Jürgen Seidel

Das Geheimnis um die Seelenpest

Roman

EIN **GULLIVER** VON **BELTZ & GELBERG**

www.gulliver-welten.de
Gulliver 957

in der Verlagsgruppe Beltz · Weinheim und Basel

Neue Rechtschreibung
Markenkonzept: Groothuis, Lohfert, Consorten, Hamburg
Einbandgestaltung: Max Bartholl
Einbandbild: Dorothea Göbel und Peter Knorr
Gesamtherstellung: Druckhaus Beltz, Hemsbach
Printed in Germany
ISBN 3 407 78957 2
1 2 3 4 5 10 09 08 07 06

Personen

Margaret Morland	älteste Tochter Sir Thomas Morlands
Andrew Whisper *Gregor Gascoigne* *Search (Felix Borden)* *Charles Summers*	Schüler am *New Inn* (Londoner Rechtsschule)
Sir Thomas Morland	Unterschatzkanzler im Dienste König Heinrichs VIII.
Lady Alice	Morlands zweite Ehefrau und Margarets Stiefmutter
Raspale	Morlands Hausnarr
William Gills	Anwalt und Mitbewohner im Hause Morlands
Johan Whisper	Andrews Vater
Aron Boggis	Fährmann, Agent und königlicher Brautbeschauer
Präzeptor Clifford	Lehrer am *New Inn*

1. Kapitel,
in welchem Tod und Leben billig sind

London, 1521

The *Bear Garden* hieß ein verrufener Ort in Southwark, der nah am Südufer der Themse, unweit westlich der Brücke lag.
Von der Stadt aus sah man jenseits des Flusses die roten Dächer der beiden kreisrunden, hölzernen Arenen mit ihren bunten Fahnen frech über alle Häuser und Bäume hinausragen. Im Grunde war es ein skandalöser Anblick.

Jeden Dienstag und Donnerstag passierte Andrew Whisper nach dem Unterricht die Brückentore, meldete sich vor den Arenen beim Tierwart und verdiente sich, seit er fünfzehn Jahre alt geworden war, mit allerlei Arbeiten in den Stallungen ein paar Pennys Taschengeld. Es musste ein Geheimnis bleiben. *Bear Garden* hatte einen denkbar schlechten Ruf.

Auch Margaret ahnte nichts davon, das hoffte Andrew jedenfalls. Nach der Arbeit wusch er sich und lief den Fluss hinauf bis zu einem Wäldchen, wo sie sich heimlich trafen. Zu selten, was daran lag, dass Margaret eine Morland war, die älteste Tochter von Sir Thomas Morland, Unterschatzkanzler und Sekretär des Königs, ein strenger und sehr einflussreicher Mann. Er selbst, Andrew, war dagegen ein Niemand und auch sein Vater hatte keinen Namen. Es war alles schwierig! Trotzdem war Andrew froh, dass er Margaret kannte und sehr mochte. Er freute sich auf sie. Am Nachmittag würde sie über die Brücke nach Southwark kommen, um ihn zu treffen.

Kämpfe fanden in *Bear Garden* an vier Tagen in der Woche statt. In der östlichen Arena kämpften die Bären um ihr

Leben, in der westlichen die Stiere. Das Ganze war verpönt. Dennoch sah man viele Adlige, schlecht verkleidete Mönche, sogar Priester, spielkranke Damen und italienische Tuchhändler, die sich dort amüsierten. Und natürlich viele andere Londoner. Sie schrien und jubelten und trugen heimlich Waffen bei sich. Nur seine engsten Freunde wussten, dass Andrew hier die Ställe kehrte, die riesigen Schwarzbären und Stiere fütterte und die Wände der Arenen mit Essigwasser abwusch, nachdem sich das wilde, bunte Publikum verlaufen hatte.

Vor allem der Schulrektor und die Lehrer wussten nichts davon. Das *New Inn* war die renommierteste Rechtsschule Londons. Andrew durfte sie besuchen, es war ein Privileg. Aber nicht sein Vater trug die Kosten, sondern der Rektor und ein paar Adlige, die Andrew gar nicht kannte. Sie bezahlten das Schulgeld für die jeweils Jahresbesten. Auch schlief und aß er in der Schule; da gab es keinen Unterschied, egal ob einer reiche Eltern hatte oder nicht. Nur Taschengeld war nicht dabei.

Andrew hatte Pläne. Er konnte Anwalt werden oder Beamter. Wenn er fleißig war, würde er das Recht bekommen, sich eine Frau zu suchen, nicht irgendeine, Margaret, im Prinzip, wenn bloß ihr Vater nicht dagegen wäre, aber das war er nun mal und er würde seine Meinung niemals ändern. Oder vielleicht doch …?

»Was ist los mit dir?«, kläffte der Tierwart. »Du träumst doch wieder! Ich mach dir Beine!«

Er trat nach Andrew.

Der Junge sprang zur Seite und ging an seine Arbeit in den Ställen, verteilte Stroh, rieb die zwei Pferde des Betreibers ab, der einmal an jedem Kampftag aus Bermondsey kam, um die Wetteinnahmen abzuholen.

Der Lärm aus den Arenen war beängstigend. Gejohle, Pfiffe gellten herüber. Jetzt lief der Bär in die Arena Andrew überkam jedes Mal ein Schauer, wenn es so weit war. Er kannte jeden Augenblick der Kämpfe.

Es war so unfair! Wären es vier oder fünf Hunde, die man drüben auf den Stier losließ und hier dem Bär entgegenhetzte, wäre es vielleicht ein echter Kampf. Aber es waren jeweils acht und mehr Hunde, alle kräftig, über Tage hin bewusst gereizt und hungrig.

Die Rufe, Flüche, Schreie wurden schlimmer. Andrew genügten die Geräusche, er brauchte nicht mehr hinzusehen, um genau zu wissen, was in der Arena gerade vor sich ging. Jetzt war der Bär von einem kleinen Pfeil getroffen worden, der ihn noch wilder und zorniger machen sollte. Nun erst wurden die Hunde eingelassen. Sie jagten kläffend auf den Platz, der überall mit roten Inseln übersät war, das trockene Blut vergangener Kämpfe.

Der Tierwart schickte Andrew an die Rampe der Arena, um dort Unrat aufzusammeln. Die Luft war voller Lärm und Staub. Die Leute tobten, warfen ungeduldig Steine nach den Tieren.

Die Hunde griffen nie sofort an. Voller Misstrauen schlichen sie umher und witterten, lauernd und nervös. Der Bär schüttelte den schweren Kopf. Er hob die Nase, sog Luft ein und spürte die Gefahr. Dann schlich der erste Hund heran, seitlich gehend, herüberschielend, mit offenen Lefzen, die Fänge blitzten weiß.

Andrew wusste, dass dies der Anfang war. Alle wussten es. Die Luft vibrierte vor Erwartung. Andrew fragte sich, ob Gott jedem dieser Leute aus dem Publikum die Lust an diesem Spiel verzieh oder ob der Teufel hinter alldem steckte. Margaret und er hatten oft gestritten, nicht ernstlich, aber leidenschaftlich, ob Gott entfernt im Himmel war oder ganz nah im Herzen eines jeden Menschen.

Der Bär brüllte jetzt, die Menschen schrien. Andrew schleppte seinen Eimer weiter. Er schämte sich. Er wusste nicht, warum, ob es das Mitleid für die Tiere war oder die Wut, dass keiner außer ihm erkannte, was eigentlich passierte. Es kam ihm manchmal vor, als ob er selbst der Mörder dieser Tiere sei.

»Die Fässer und die Säcke in den Keller!«, befahl der Tierwart und winkte Andrew zu einem Ochsenkarren, der eben eingetroffen war.

Es war frisches Bier in Fässern und ein Dutzend Säcke voller Brot und hartem Dörrfleisch. Man sah es an den Fliegen, die jeden Sack verfolgten.

Die Fässer waren schwerer, als Andrew tragen konnte. Er benutzte einen kleinen, flachen Wagen mit vier hölzernen Rädern. Andrew schuftete verbissen, er wollte nichts mehr hören von den Kämpfen. Er machte Fäuste und biss die Zähne aufeinander, bis der große Ochsenkarren leer war.

Margaret würde nachher kommen! Das war der Lichtblick dieses Tages. Sie würde zu Pferd über die Brücke kommen, natürlich nicht alleine; Raspale begleitete sie, der Hausnarr ihres Vaters, ein ehrlicher und freundlicher älterer Mann, der seltsam sprach. Margaret vertraute ihm, und Andrew war ihm dankbar, dass er die Tochter seines Brotherrn ohne dessen Wissen herbegleitete – ein hohes Risiko, denn Sir Thomas Morland war bekannt für seinen Jähzorn.

Andrew kannte Margarets Vater nicht persönlich. Einmal hatte er ihn in der Stadt gesehen, bei einer Prozession, an deren Spitze Lords und Richter gingen. Sir Thomas war ein großer Mann, nicht nur von der gesellschaftlichen Stellung her. Seine Züge waren streng und stark, man sah ihm an, dass er sich notfalls in jeder Hinsicht wehren konnte. Andrew war der Prozession ein kleines Stück gefolgt, unauffällig, eben nur, um Margarets Vater zu betrachten, seinen Widersacher, der ihrem Glück so fest im Weg stand und wirklich übermächtig war.

ALS ANDREW SPÄTER zu den Stallungen ging, lagen schon ein paar zerrissene Hunde achtlos übereinander geworfen vor dem Scheunentor. Sie waren mausetot.

Von der Arena her echote wildes Klatschen. Der Bär lebte also noch. Andrew schleppte Heuballen aus der Scheune zu den Ställen, als er im Augenwinkel sah, dass etwas sich bewegte. Einer der Hunde lebte noch! Andrew sah sich suchend um, ob der Tierwart oder ein anderer Stallknecht in der Nähe waren. Der Hof war leer. Andrew warf das Heu ab und starrte auf die Tiere, ihr blutverschmiertes Fell. Der oberste Hund atmete, die Augen blickten ängstlich. Andrew holte den flachen Wagen, noch zweifelnd, zögerlich. Einen verletzten Hund zu berühren konnte sehr gefährlich sein. Er ging näher heran. Vorsichtig zog er den Hund an seinen Hinterbeinen auf das Wägelchen und fuhr es in den Stall. Es gab genug Verstecke, dunkle Nischen, Winkel, in die niemand blickte. Andrew bedeckte den Hund mit Stroh, träufelte ihm Wasser auf die Schnauze und kehrte in den Hof zurück, wo er mit seiner Arbeit fortfuhr.

Jetzt kamen Zweifel auf. Ihm wurde klar, wie sinnlos der Versuch war, diesem Hund zu helfen. Was konnte er denn für ihn tun? Wie sollte er ihm helfen? Wahrscheinlich würde der Hund sowieso nicht überleben. Und es war streng verboten, Kadaver aus den Arenen in die Stadt zu bringen. Aber wie schrecklich der Gedanke, dass der Hund zwischen den anderen toten Tieren dagelegen hätte und irgendwann gestorben wäre!

Andrew hörte neuen Lärm von der Arena. Jetzt lag der Bär wohl schwer verletzt am Boden. Die letzten zwei, drei Hunde hatten ihn besiegt. Endlich war der Kampf vorbei. Andrew war verwundert, dass es ihm heute so zu Herzen ging. Nicht dass es ihm zuvor egal gewesen wäre. Aber dieses tiefe Mitleid war ihm fremd. Als hätte Gott es ihm ins Herz gelegt. In welcher Absicht bloß, wenn Tiere keine Menschenseele hatten?

Er schlich sich in den Stall. Der Hund lebte noch. Andrew gab ihm wieder Wasser, berührte seinen Kopf. Dann ging er wieder an die Arbeit, warf Fleischabfälle in die Bärenkäfige, schüttete Futter in die Koben und füllte die Futterraufen mit Heu. Der Tierwart rumorte drüben in der Schmiede. Andrew hörte, wie er hämmerte und fluchte.

Er wünschte sich, dass die Sonne schneller wanderte, damit die Zeit verging und Margaret käme – und dass die Arbeit hier vorüber sei und dass der Bär seine Erlösung fände. Er schuftete verbissen weiter, die Hände taten weh. Er hatte Tränen in den Augen, nicht nur vom Staub.

DICHT AM SÜDLICHEN THEMSEUFER stand eine hohe Buchenhecke, die sich von den Falcon Stairs bis nach Lambeth Marsh erstreckte. Unterbrochen wurde sie von kleinen Birkenhainen, sumpfigen Mulden und allerlei niedrigem Buschwerk, in welchem man sich gut verstecken konnte und viel sah, ohne dass man selbst gesehen wurde.

Andrew liebte diese Gegend. So ähnlich stellte er sich Gottes Himmel vor. Nicht vollkommen entrückt, sondern bewohnbar. Keine Wüsteneinsamkeit, sondern einfach nur ein wenig Ferne von dem Trubel. Die Stadt war nicht verschwunden. Der Wind trug ihren Lärm über das Wasser, den Krach der Menschen, Karren, Tiere. Was er von hier aus sehen konnte, war die Stadt als Silhouette, die Kirchturmspitzen, Mauertürme, die Dächer der Paläste, tausend Häuser und Kamine, nur das Schöne eigentlich. Der Dreck, das Schäbige und Lästige dagegen blieben ihm verborgen.

Andrew saß auf einer alten, moosbewachsenen Mauer. Das Wägelchen, auf dem der Hund lag, stand nicht weit entfernt in einem dichten Schlehenbusch versteckt. Der Hund atmete, wer weiß, wie lange noch. Andrew hatte ihn mit Vorsicht und Geduld zum Tor hinaus und über schmale Wege bis hierher gezogen.

Bear Garden lag jetzt hinter ihm, für ein paar Tage jedenfalls. Er hatte sich schon oft gefragt, wie Gott es eingerichtet hatte, dass in einem Herzen so viele verschiedene und widerstrebende Schläge möglich waren: die düstere, verborgene Schaulust bei den Kämpfen und zugleich das Mitleid mit den Tieren oder seine Liebe zu Margaret …

Solche Gedanken kamen ihm nur hier, am Fluss, wenn er allein war. Dort drüben lag die laute Welt, die Stadt, die Schule, in der es kaum eine Möglichkeit gab, auch nur für einen kurzen Augenblick allein zu sein. *Vor sich selbst zu stehen*, wie er es nannte. »Was macht ihr, wenn ihr vor euch selber steht?«, hatte er Gregor, Charles und Search, die engen Freunde, schon so oft gefragt. Sie schauten ihn mit großen Augen an und hatten nie verstanden, was er meinte.

Margaret dagegen hatte ihn sofort verstanden. Sie war das klügste Mädchen, das er kannte. Ihr Vater hatte sie und ihre Geschwister von klein auf unterrichtet. Sie lasen fließend Griechisch und Latein. Ihr hatte er auch seine Zweifel anvertraut, die ihn von Zeit zu Zeit befielen. Ob Gott wirklich im Himmel sei und Gläubige von Sündern unterschied. So selbstverständlich, wie ihm dies als Kind erschienen war, vor gar nicht langer Zeit, war es jetzt nicht mehr – zumal sich in der Stadt und an den Schulen seit ein paar Wochen Dinge zugetragen hatten, die Angst bereiteten.

Insgesamt sieben Jungen etwa seines Alters waren tot aufgefunden worden.

Erst drei, die sich vermutlich selbst vergiftet hatten. Die ganze Stadt redete darüber. Dann weitere zwei, die von einem Mauerturm gesprungen waren, und erst vor einer Woche wieder zwei, die ein Feuer gelegt und darin den Tod gefunden hatten. Bei allen waren Abschiedsbriefe gefunden worden, in welchen sie erklärten, Gott hätte sie verlassen und dass sie keinen Weg mehr sähen, in dem verbliebenen Nichts zu leben. Am *New Inn* flüsterte man bereits von einer *Seelenpest*, die immer weiter um sich greifen werde, wenn niemand mit Entschiedenheit dagegen vorgehen würde.

ALS MARGARET ENDLICH KAM, blitzte die Sonne schon durch das Laub der Birken.

Sie winkte Andrew zu. Raspale folgte ihr. Er trug sein kurzes Schwert am Sattel. Andrew zweifelte, ob er es im Ernstfall tüchtig führen würde. Er war bestimmt zu alt, zu langsam, viel zu gutmütig und hatte kleine, freundliche Falten um die Augen, die jeder Feind sofort erkennen und missbrauchen würde.

Margaret trug ihren himmelblauen Umhang, der in langen Falten zu beiden Seiten bis über ihre Schuhe hing. Die Säume waren mit kleinen goldenen, eingestickten Sternen besetzt. Es waren zweihundertdreizehn; Andrew hatte sie einmal gezählt. Jeder Stern, hatte er sich vorgestellt, sei ein Tag in seinem Leben, den er mit Margaret liebevoll verbringen dürfe. Als er es Margaret damals sagte, hatte sie geweint. Die Liebe zwischen ihnen war so stark gewesen, dass beiden schwindelig wurde.

Sie hielten sich aneinander fest und hätten sich beinah geküsst.

Jetzt kam sie angeritten. Raspale grüßte vornehm. Es war ein Kopfnicken, das niemand außer Andrew überhaupt wahrgenommen hätte. Der alte Mann ritt an Margaret vorbei, brachte seinen Rappen vor dem Jungen zum Stehen und sagte: »Nur eine Stunde, junger Mann. Ich bin sehr ungeduldig.«

»Ich danke Ihnen, Sir«, antwortete Andrew.

Margaret stieg ab. Sie sprang, sie war beweglicher als andere Mädchen, jungenhaft beinah. Sie zog die starre Kappe von ihrem Kopf, wickelte das Haarband ab und schüttelte die langen, braunen Haare aus. Raspale schimpfte gleich, weil es sich wirklich nicht gehörte.

Sie drehte sich im Kreis, blieb dicht vor Andrew stehen und streckte beide Hände vor. Er nahm sie und hätte sie jetzt liebend gerne fest umarmt. Stattdessen hielt er ihre Hände fest und fühlte sie. Der Alte drüben schnalzte mit der Zunge, das Pferd drehte sich herum und trug ihn fort, ein Stück in Richtung *Bankside*.

Endlich waren sie allein. Am liebsten hätte er sie einfach nur so angesehen.

Sie lächelte, ein wenig angestrengt. »Ich habe mir fest vorgenommen, meinen Vater umzustimmen. Ich zwinge ihn mit aller Macht.«

»Den kann nicht mal der König zu was zwingen«, sagte Andrew.

»Ich steige zu ihm hoch in seinen Arbeitsturm und klopfe an die Tür.«

»Und was willst du ihm sagen?«

»Dass wir uns lieben.«

»Das weiß er schon«, entgegnete Andrew. »Das will er gar nicht hören.«

»Ich will es!« Sie zog seine Hände an ihre Lippen und küsste sie. »Wie süß das wäre!«

Sie wandte sich zur Seite und blickte über den Fluss zur Stadt.

Andrew betrachtete ihr Profil, die schöne, lange Nase, ihre Stirn, das Kinn, das etwas vorsprang, wie ihr Wille. Er zog sie ein Stück den Weg entlang, bis zu ihrem *Herzbaum*, so nannten sie einen alten Stamm, der dort im Gras lag. Sie setzten sich.

»Die Stiefmutter Alice ist sowieso auf meiner Seite«, rief Margaret, »die Geschwister ebenfalls!«

»Die kennen mich doch gar nicht.«

»Ich habe dich beschrieben. Die großen, grünen Augen, die starken Hände, deine schöne Stimme, alles, alles.« Sie wurde plötzlich traurig. »Ich weiß, dass es trotzdem niemals sein darf. Ich weiß es ja.« Sie sah ihn an, rückte ein Stück näher, sie fühlte seine Wärme.

»Wir könnten fliehen«, sagte Andrew. »Zu den *Whitefrairs* oder nach *St. Martin's le Grand* oder in eins der anderen Asyle mitten in der Stadt, wo es nur Diebe und Mörder gibt und uns niemand suchen wird. Aber dann werde ich kein Anwalt und du hast Griechisch und Latein umsonst gelernt.«

»Und wenn schon!«

Andrew wusste, was sie dachte. In Wahrheit würde sie niemals auf das verzichten, was sie daheim gelernt hatte. Sie liebte es, zu lesen und zu schreiben oder sich um irgendeinen Bibelvers zu streiten, wie er zu verstehen sei.

»Ich möchte nach Italien!« Sie strahlte. »Ich will, dass du mich raubst, entführst. Nur ein paar Tage lang.« Sie boxte ihn.

»Und wenn wir wiederkommen, raubt mich dein Vater. Dann kannst du meinen abgeschlagenen Kopf oben auf dem Brückentor bewundern. Ich grinse immer noch, während die Krähen schon mein Wangenfleisch verspeisen …«

»Lass das, Andrew!«, rief sie. »Das ist kein Spaß!« Sie sah ihn traurig an.

»Entschuldige …«

»Ich bin genauso wütend auf ihn wie du. Aber du sollst ihn nicht schlecht machen. Das will ich nicht. Er hat es schwer.« Sie schmollte. »Ich sehe ihn kaum, weil er nur dauernd über seinen Büchern und Papieren hockt. Wenn ich ihn bitte, mit mir auszureiten, zeigt er mir sein Tagebuch, in dem er festhält, wann er ins Gericht nach Whitehall oder nach Westminster muss.«

Er nahm ihre Hände und führte sie zu seinen Lippen. Da war sie schon versöhnt.

Sie schwiegen eine Weile. Dann sprang Andrew plötzlich auf, als hätte Margaret ihn gezwickt, und machte ein paar Schritte von ihr weg. Es war Verlegenheit. Er dachte an den Tagtraum, der ihn von Zeit zu Zeit befiel wie Fieber. Er stellte sich vor, wie es wohl wäre, mit Margaret in einem Bett zu liegen. Sie wären beide unbekleidet. Sie würden sich auf keinen Fall berühren. Sie würden schweigend liegen und jeder würde an den anderen denken. Das wäre alles. Er schämte sich, so etwas überhaupt zu denken. Was würde Margaret sagen, wenn sie es wüsste?

Andrew ging zu ihr, reichte ihr die Hand und zog sie von dem Stamm hoch. Er zog sie zu dem Schlehenbusch, wo er das Wägelchen versteckt hatte.

»Ich muss dir etwas zeigen. Hab keine Angst! Sei leise, sonst erschreckst du ihn …«

Margaret sah den Wagen im Gestrüpp, sie sah den Hund und machte sich von Andrew los, blieb stehen. Er ging näher heran und hockte sich.

»Er ist schwer verletzt. Ich weiß nicht, ob er überlebt.«

Margaret war bleich geworden.

»Wie willst du ihm denn helfen?«, fragte sie. »Du kannst doch gar nichts tun.«

»Wieso nicht?«

»Willst du ihn mit in die Schule nehmen?«

»Er atmet noch, er lebt, Margaret!« Andrew hatte eine Hand auf das Fell gelegt.

»Wie willst du mit ihm über die Brücke kommen? Was werden die Wachen sagen?« Margaret ging näher heran. »Sie werden dich nicht durchlassen.«

»Ich versuche es.« Andrew glaubte selber nicht, dass die Posten an den Brückentoren Verständnis zeigen würden. Vielleicht sagte er es nur, um Margaret ein Widerwort zu geben. Um sein Gewissen zu beruhigen, weil er in *Bear Garden* Geld verdiente und sie nichts ahnte.

»Du arbeitest dort vorne in *Bear Garden*, stimmt's?«, sagte sie, als hätte sie mit Leichtigkeit in seinen Kopf geschaut.

Andrew nickte.

»Ich habe mich immer gewundert, dass wir uns hier im Süden treffen«, sagte sie. »Wenn Raspale es erfährt, wird er mir verbieten, noch einmal herzukommen. Aber wahrscheinlich weiß er es genauso gut wie ich. Wir werden ihn jetzt dringend brauchen …«

»Heißt das, du hilfst mir?«, rief Andrew. Er stand auf und sah sie an. Er liebte sie jetzt noch mehr als vorher, er fühlte es ganz deutlich. Dennoch traute er sich nicht, sie in den Arm zu nehmen. Er hatte Angst, dass sie sich erschreckte und ihn wegstieß. Irgendwann, so nahm er sich vor, würde er es schaffen, und es würde schöner sein als alles, was er je erlebt hatte.

ALS RASPALE WIEDERKAM, stand die Karre mit dem Hund schon auf dem Uferweg. Der Alte sah ihn aus der Ferne, ritt heran und betrachtete den Hund.

Andrew wartete nervös.

Margaret blickte Raspale aus großen, bittenden Augen an. Sie hielt ihren Fuchs am Zaumzeug und rieb ihm liebevoll das große, weiche Maul.

»Ach ja«, sagte Raspale endlich. »Da haben wir zwei junge Leute, wie ich sehe, die der Meinung sind, auch Tiere hätten eine rettenswerte Seele. Und ich soll diese Sünde unterstützen.«

Andrew senkte den Blick.

»Raspale!«, eilte Margaret ihm zur Hilfe. »Du hast das größte Herz, das ich kenne. Wenn ich nicht wüsste, dass du mit jeder von Gottes Kreaturen Mitleid fühlst …«

»Du und deine Redekunst!«, murmelte der Alte. »Und was sollen wir tun?«

Noch bevor Andrew antworten konnte, stieg Raspale von dem Rappen, zog die Decke unter dem Sattel hervor und legte sie behutsam über den Hund, er stopfte die Ränder fest und schüttelte den Kopf.

»Wir kommen alle ins Gefängnis, nach *Newgate Prison*, wo man uns verfaulen lassen wird. Ich war schon dort, das könnt ihr mir ruhig glauben. Ich habe Knochen holen müssen, ich weiß nicht, ob von Ochsen oder Menschen …«

Margaret nahm seine Hand und küsste sie.

»Nicht doch, Kind!« Er zog die Hand zurück. »Bestechlich bin ich obendrein, das weißt du doch.« Er stieg aufs Pferd. »Wir gehen! Es ist spät!«

Vom Weg aus konnte man die alte, schwere Brücke sehen, wie eine Burg stand sie im Fluss. Die Bögen schimmerten bemoost, die Themse stürzte rauschend übers Wehr.

Raspale ritt voraus. Andrew zog den Wagen. Es war mühsam, der Weg war löchrig, die Räder waren klein. Margaret ging hinter Andrew her und führte den Fuchs am Halfter.

Die ersten Häuser von Southwark lagen rechter Hand. Das Brückentor kam immer näher. Andrew schwitzte vor Angst. Wenn es gelang, den Hund in die Stadt zu bringen, würde er ihn vorübergehend im *Deadhouse* verstecken, einer alten Ruine gleich hinter dem Konvikt der Schule. Von dort würde er auch einen Weg zum Schlangenkeller finden, dem Versteck der Jungen, wo das Tier, wenn Gott es wollte, weiterleben konnte.

Sie standen vor dem Tor. Andrew hockte sich und fühlte unauffällig, ob der Hund noch lebte. Dann zog er das Wägelchen, dicht hinter Raspales Rappen, auf die Brückenrampe. Am Torhaus blieb der Alte stehen und holte ein Blatt Papier mit großem, rotem Siegel aus der Satteltasche. Die Wachen prüften es.

Margaret flüsterte. »Es ist Vaters Siegel. Raspale trägt es immer bei sich, für alle Fälle.«

Raspale wurde durchgewunken, Andrew folgte ihm. Seine Hände waren schweißnass. Auf dem Brückenpflaster klapperte der Wagen noch viel schlimmer als auf dem Uferweg. Die Decke rutschte weg. Andrew musste anhalten und sie feststecken. Der Hund bewegte sich, er schnaufte leise, blinzelte erschöpft. Andrew redete mit ihm, strich ihm die Schnauze. Er zog den Wagen weiter.

»Clatter!«, rief er Margaret zu. »Ich nenne ihn Clatter. Weil er so furchtbar klappert.«

»Der Karren klappert«, antwortete Margaret.

»Der Hund genauso«, entgegnete Andrew lachend.

Raspale drehte sich kurz um. Er war nervös. Die Söldner, Stadtsoldaten und Gassenvögte wurden für ihr Misstrauen bezahlt, damit nicht Diebe, Gauner, Mörder in die Stadt gelangten.

Die Brücke war geschafft. Das zweite Tor versperrte jetzt den Weg. Raspale hielt abermals den Rappen an. Die Wachen kamen näher.

Er zeigte das Papier. Die Männer rochen daran, als ob sie auf diese Weise sicherstellen könnten, dass das Siegel echt war.

Der Alte sagte etwas. Die Wachen redeten. In diesem Augenblick entdeckte Andrew drüben an der Brückenflanke ein Gesicht, das ihn erschreckte. Es war der Lehrer Clifford, Präzeptor und stellvertretender Rektor des *New Inn*.

Andrew duckte sich sofort, der Lehrer sah ihn nicht. Er sprach mit einem fremden Mann, einem Landsknecht wohl, der einen langen Mantel trug, ein groß gewachsener Kerl mit offenem, langem Haar. Er trug auffällige, enge Hosen, das eine Bein war rot, das andere blau und schräg gestreift. Die Streifen waren fingerbreit und quittengelb. Plötzlich fiel Andrew ein, dass es die Tracht von manchen jener Männer war, die draußen auf dem Fluss in einem Fährboot ruderten.

Andrew schielte immer wieder hin und hoffte, dass die Wachen das Tor freigaben und Raspale endlich losritt. Er stand hinter Margarets Fuchs in guter Deckung. Noch. Sie merkte es.

»Was hast du?«

»Ein Lehrer. Ausgerechnet hier.«

Der Präzeptor Clifford war gefährlich. Er tauchte gern und immer wieder überraschend im Konvikt auf, wo die Schüler wohnten, durchsuchte das Dormitorium, den Schlafsaal, sogar die Betten und fand manchmal Brot oder süße Rüben. Es war verboten, aus dem Refektorium Speisen mitzunehmen. Die meisten Schüler taten es trotzdem, sie hamsterten, weil sie nachts vor Hunger oft nicht schlafen konnten. Andrew hatte Margaret nie davon erzählt. Er schämte sich. Sie kannte sicher keinen Hunger, nicht in *Old Barge*, im Hause Morland, das über eigene Stallungen verfügte, Ziegen, Hühner, Schweine, und einen großen Garten mit Gemüse, Obstbäumen und einer Menge Beerensträucher.

Raspale drehte sich nach ihnen um. Er machte Zeichen, dass es weiterging. Andrew blieb in seiner Deckung. Nicht gut genug. Er spähte zu dem Lehrer, der ihn plötzlich anblickte und eine Handbewegung tat, als schüttelte er etwas in seiner Hand.

»Was ist?«, fragte Margaret, die sich nach Andrew umgewendet hatte.

»Nichts«, log er und zog den Karren durch das Tor. Clifford hatte ihn erkannt! Andrew blickte geradeaus, bloß nicht zurück! Raspale ritt die Fishstreet nordwärts, die so bevölkert war mit Menschen, Ochsenkarren, Sänften, Eseln, Ziegen, dass er nur langsam vorankam und durch die Zähne pfeifen musste, um sich und seinem klappernden Gefolge ein wenig Platz zu schaffen.

2. Kapitel,
in welchem Schmerz und Angst regieren

Master Summers! Charles, mein Bester!«, rief der Lehrer und Präzeptor Clifford. »Wir halten es wie üblich. Sie kennen das ja schon …«

Niemand in der Klasse wagte, sich zu bewegen oder hörbar Luft zu holen.

»Sie knien genauso lange, wie ich rede. Das ist fromm. Ich habe viel zu sagen und Sie haben eine Menge auszuhalten. Der Mensch ist zäh.«

Charles Summers trug kurze Filzhosen und kniete vor der Klasse auf einem Dutzend trockener Erbsen, die Clifford stets bei sich trug und im Bedarfsfall plötzlich aus der Tasche holte und einzeln und bedeutungsvoll klickend auf das Pult fallen ließ. Die Erbsen sprangen ein paar Mal hoch und schließlich auf den Boden, wo sie in Windeseile von den Jungen der ersten Reihe aufgesammelt wurden. Ging das zu langsam, so konnte sich einer dieser Vorderen auf eine halbe Stunde Erbsenknien einstellen, selbst wenn er mit dem aktuellen Anlass der Bestrafung nichts zu tun hatte. Clifford sah in aller Ruhe zu, wie die Schüler sprangen und grabschten, sich gegenseitig schubsten, und lachte innerlich. Jeder wusste, dass er lachte, während sein Gesicht gefroren blieb.

»Master Summers«, sagte der Lehrer, »es ist doch allgemein die Regel, dass *ich* das Wort ergreife und nicht umgekehrt. Das ist Ihr Problem, Summers, dass Sie die Welt immer auf den Kopf stellen müssen. Sie sind vermutlich der Auffassung, dass die Welt, wie Gott sie geschaffen hat, schlecht sei. Am Ende gar, weil Ihr persönlicher Platz darin ein bisschen unbequem ist. Nun, Master Summers, ich habe mir vorgenommen, diesen Platz für Sie noch unbequemer zu gestalten, und glaube damit im Sinne Gottes zu handeln. Ich nenne Ihr Verhalten anmaßend, ich sehe Hochmut, lieber Freund, und ich gedenke ganz entschieden dagegen einzuschreiten …« Er räusperte sich ausgiebig. »Und nun zu unserem Thema, Gentlemen.«

Eine Pause entstand. Er blickte zu einem der hohen, schmalen Fenster aus blindem, bläulichem Glas. Das Laub einer Kastanie, die fast den Hof ausfüllte, projizierte Schatten, wenn die Sonne schien.

»Dieses Licht ist das Licht Gottes.« Clifford deutete zu dem Fenster. »Wer denkt, die Welt sei ohne Gott, übersieht, dass es das Licht gibt. Gäbe es keinen Gott, so wäre alles um uns dunkel, rabenschwarz. Aber wir sehen Licht, ergo: Wir erkennen Gott.«

Andrew Whisper mahlte mit den Zähnen. Er hielt die Luft an, zählte bis sieben und fragte halblaut in die Stille: »Und die Blinden?«

Cliffords Blick traf ihn wie das Licht Gottes mitten in sein Herz. Er biss sich auf die Zunge. Er ließ die Luft aus seinen Lungen strömen, ihm wurde heiß. Clifford stand über ihm.

»Die Blinden werden sehend, Master Whisper. So steht es in der Schrift. Was haben Sie geflüstert?« Clifford blickte lauernd auf ihn nieder und fuhr fort: »Die Blinden werden sehend, weil sie im Tod zu Gott kommen, der ihnen sein Licht schenkt. *Leuchtet* das nicht sogar Ihnen ein, ha, ha?«

Andrew duckte sich und musste grinsen. Licht ist Gott und Gott ist Licht, das mochte schon so sein. Was aber, wenn nun einfach bloß die Sonne scheint …?

»Was ist so komisch, Master Whisper? Finden Sie meine Argumentation belustigend? Wir wollen alle lachen.« Cliffords Blick wanderte zur Zimmerdecke empor. Sie war überall wolkig vom Ruß und über dem eisernen Ofen in der Ecke noch dunkler.

»Ich weiß, was Master Whisper denkt«, sagte Clifford. »Er denkt, das Licht könnte ja auch ohne Gott da sein … einfach so. Die Sonne am Himmel scheint und es ist hell. Mehr braucht es nicht. Und wenn unser Master Whisper draußen am Fluss ein Feuer entzündet, um den Fisch zu braten, den er gefangen hat, dann steckt da auch nicht Gott dahinter, sondern Master Whisper und niemand sonst.« Er sah Andrew triumphierend an.

Andrew schüttelte vorsichtig den Kopf. Aber Clifford hatte sich schon festgebissen.

»Doch. Und nehmen wir einmal an, Master Whisper hätte Recht …« Er trat zu Charles, der vor ihm auf den Erbsen kniete, und legte seine Hände auf dessen Schultern. Charles' Jungengesicht verzerrte sich, er wusste, was bevorstand. Clifford drückte, erst zaghaft, dann fester, auf die Jungenschultern. Man sah es in Charles' Augen, die sich langsam füllten, während sein Mund weiß wurde.

»Bitte!«, hauchte er und machte einen hohen Ton, der sich im Raum verlor.

»Master Whisper«, sagte Clifford, »löscht Gott aus. Er denkt ihn einfach weg.« Plötzlich senkte er die Stimme und rief mit aufgesetztem Pathos: »Die Welt ist ohne Gott! … Wir sind ohne Gott!« Er ließ Charles' Schultern los und straffte sich.

»Merkt ihr es? Spürt ihr es?«, flüsterte er. »Fühlt ihr die Leere, die tödlich werden kann?« Er ging mit großen Schritten bis zur Wand, folgte ihr zum hinteren Teil des Raums und blieb dort stehen. Keiner der einundzwanzig Jungen wagte es, sich umzuschauen. Es war so still, dass man Cliffords Lederschuhe knarren hören konnte, obgleich er keinen Schritt mehr tat.

Charles schnaufte kurz. Irgendwo draußen schrie ein Esel.

»Nehmen wir also an, die Welt sei ohne Gott! Es gibt ihn nicht und nicht sein Licht, seine Güte, Gerechtigkeit, seinen stillen Blick in jedes Herz, sein Wissen, was uns morgen blüht, was uns in der nächsten Stunde erwartet. *Die Welt … ist … leer.* Leer, Gentlemen, unendlich leer!« Er dehnte, was er sagte, und jeder Junge krümmte sich, um dieser Leere zu entkommen.

»Und diese Leere«, rief Clifford plötzlich, »wird jeden Einzelnen an seiner Einsamkeit verzweifeln lassen! Denn das ist es, was bleibt, wenn Gott nicht existiert: die Einsamkeit. Gott ist das Netz, in welchem wir uns verfangen, aber er ist auch das Netz, das uns zusammenhält, das uns als Gemeinschaft aller Christen eint. Ohne dieses Netz ist jeder auf sich selbst geworfen und verloren. Und jetzt verstehen wir mit einem Mal, warum es junge Menschen gibt, die … die sich töten, weil sie denken, dass …«

Andrew Whisper streckte seinen Fuß vor und gab der Bank seines Vordermanns einen leisen Tritt. Es war Gregor Gascoignes Bank. Gregor zuckte zusammen. Natürlich hatte auch er längst begriffen, dass Clifford von dem sprach, was in den Briefen stand.

»Master Summers!«, rief der Lehrer. »Ohne Gott zu sein bedeutet, nicht bloß knien, solange ich rede, sondern *ewig* knien, mit keinem Ende, keinem Ziel und keiner noch so fernen Erlösung von der Qual!« Clifford kam zurück nach vorne. »Und Sie, Master Whisper! Ich habe Ihre Fußnachricht an Ihren Vordermann durchaus bemerkt, ich bin nicht blöde.«

Andrew beherrschte sich, blickte zu Boden, muckste sich nicht und hörte nur, wie Charles vorne leise zu heulen anfing, wie ein Wickelkind. Das Wimmern wurde immer lauter.

»Fassen Sie sich!«, schrie Clifford. »Gott hat Sie nicht verlassen, Sie selbst haben ihn in den Abgrund gestürzt, jetzt müssen Sie dafür bezahlen. Aber wem Gott verloren geht, der darf nicht glauben, dass er damit auch nur im Geringsten den wahren, den einzigen Gott auslöscht. Sie, Summers, haben Ihren eigenen Gott getötet, nur *Sie* sind jetzt allein, wir anderen nicht! Oder, Master Whisper? …« Er brannte seinen Blick in Andrews Kopf.

»Wie steht es denn um Ihren Gott, um den persönlichen *Andrew-Whisper-Gott*? Wurde er womöglich ebenfalls über Bord geworfen, weil man ihn nicht mehr brauchte, weil die Sonne gewiss auch ohne ihn am Morgen aufgeht? Sagen Sie es uns, Whisper, wir sind alle furchtbar neugierig!« Er blitzte angriffslustig, fuchtelte mit den Händen und zog hörbar Luft durch seine Nase hoch.

»Eine Posse!«, rief er. »Jawohl, eine Posse ist das alles. Sieben Jungen, die sich mit eigener Hand entseelen. Gefährlich, Gentlemen, überaus gefährlich! Whisper, haben Sie sich jemals die Finger verbrannt, am Herdfeuer etwa? Es tut verdammt weh. Aber nun stellen Sie sich vor, was dort unten im Fegefeuer geschieht, wo jetzt diese Jungen schmachten! Master Summers, hören Sie auf zu heulen und hören Sie mir zu! Glauben Sie, dass die sieben sich dort auch bloß die Finger verbrennen? Nein, man verbrennt ihnen die gesamte Haut, den ganzen Körper, alles, ohne Gnade und mit nur einer sehr kleinen Aussicht auf Linderung, auf Vergebung. Nein, ich fürchte, in Gottes Fegefeuer geht es grausam zu, sehr grausam, Master Whisper, überaus grausam …« Clifford japste. »Dafür sind die Sünden der Menschen zu immens, als dass man sie mit Herdfeuerverbrennungen an den Fingern ahnden könnte!«

Er wandte sich wieder Charles zu. »Begreifst du also, Summers, wie giftig diese Gedanken sind?«

»Ja, Sir!« Der Junge zitterte am ganzen Leib. Der Boden unter ihm hatte schmierige Flecken, an den Knien klebte Blut.

»Erkennst du auch, dass die Welt ohne Gott öd und leer ist?«

»Oh ja, Sir.«

»Gut so, Master Summers«, sagte Clifford. »Sie dürfen sich erheben. Und, Gentlemen, ich fordere Sie auf zu schweigen, wenn Sie diesen Raum verlassen! Kein Wort nach draußen über diese Dinge!«

Charles fiel nach vorne, stützte die Hände auf und kippte wie leblos zur Seite.

»Helft ihm doch!«, befahl der Lehrer.

Sofort sprangen einige Jungen aus der ersten Reihe auf und fassten Charles unter die Arme. Jemand holte ein Tuch und wischte die Steine sauber, putzte jede einzelne Erbse und legte sie in eine kleine Schale auf dem Lehrerpult.

Clifford stand abseits mit verschränkten Armen. Andrew beobachtete ihn aus den Augenwinkeln. Die Züge des Lehrers waren jetzt entspannt.

»Master Whisper«, rief er plötzlich.

Es wurde still.

»Was war das auf der Brücke?«

»Auf der Brücke, Sir?«, fragte Andrew. Ihm wurde schwindelig.

»Gestern Abend«, sagte der Lehrer. »Eine flache Karre und die Tochter unseres ehrenwerten Unterschatzkanzlers, auf einem schönen Fuchs, wenn ich nicht irre …«

»Ja, Sir.«

»Was, ja, Sir?«

»Ich …«, stotterte Andrew und fühlte, wie ihm das Blut aus dem Gesicht stürzte. »Der Diener des Unterschatzkanzlers, Sir … er hatte mich gebeten … mir befohlen, in Southwark eine Fuhre Lindenholz zu holen.«

Clifford runzelte die Stirn.

»Sie lügen, Master Whisper. Ich fühle es.« Er stand vor der Klasse und hielt plötzlich eine Weidengerte in der Hand. Seine Augen funkelten. Er hob die Gerte und schlug aufs Pult.

»*Good order, Gentlemen!* Der Unterricht ist keineswegs beendet. Master Summers, sind Sie wiederhergestellt?«

»Jawohl, Sir«, sagte Charles. Ihn plagten noch die Schmerzen, aber er hatte sich, wie alle anderen, auf seinen Platz gesetzt.

Der Lehrer balancierte die Rute waagerecht auf einem Finger. Irgendwo tönte ein Glöckchen.

»*Bona mors est homini, vitae quae exstinguit mala* … Charles Summers!«

Charles stand auf, fasste sich an den Mund und hüstelte. »Der gute Tod … nein … Der Tod ist gut … der … der das Leiden … beendet …«

»Na sieh mal an, Charles, Junge!«, sagte Clifford wohlwollend. Dann drehte er sich um. »Master Whisper! … *Ubi nil timetur, quod timeatur, nascitur.*« Er lauerte geduckt wie eine Katze.

Andrew überlegte. Dann sagte er: »Wo Furcht nicht herrscht, gebiert sich was zum Fürchten.«

»Alle Achtung, Whisper!« Der Lehrer zog die Brauen hoch und nickte. Aber sein Lob war geschwindelt, Andrew wusste es, jeder wusste es. Clifford lobte nie.

»Die liebe Angst«, sagte der Präzeptor singend und spitzte den Mund, als wollte er pfeifen. »Was wären wir ohne sie? Unsere Seele triebe formlos auseinander. Die Angst ist der Zaun, der uns Kontur gibt.« Er schoss Andrew einen Blick zu. »Man muss nur drohen.«

Andrew brannte innerlich. Er spürte, wie sehr Clifford von sich selbst sprach, von seiner eigenen Angst.

»*Animus*«, rief der Lehrer, »*vereri qui scit, scit tuto ingredi* … Master Biggs!«

Ein schmächtiger Junge aus der dritten Bank erhob sich und wurde bleich. Man sah, wie Clifford sich freute, sein Mund zuckte.

»Wie steht es, Biggs? Was macht die süße Furcht in Ihrem Herzen? Fühlt es die nahende Gefahr?«

»Das Herz …«, sagte der Junge. »Das Herz kann ängstigen …«

»Sich ängstigen, wenn überhaupt«, verbesserte Clifford.

»Das Herz … das sich ängstigt …«

»… kommt in Gefahren um«, meckerte der Lehrer und lachte. Er ging zum Pult, nahm das Schälchen mit den Erbsen und schüttete sie in seine Hand.

»Das Herz«, stotterte Biggs, »das sich ängstigt, ist … gewappnet …«

»Na, immerhin«, sagte Clifford abfällig und schlenderte die Fensterseite entlang. Plötzlich blieb er stehen. »Sehen Sie mich an, Biggs!«

Der Junge zitterte.

»Haben Sie Angst?«

Biggs schwieg.

»Ich habe Ihnen eine Frage gestellt!«

»Ja, Sir«, sagte der Junge kaum vernehmbar.

»Was, ja?«

»Ja, ich habe Angst.«

»Wovor?«

»Vor Ihnen, Sir.«

»Vor mir? Nein, Master Biggs. Sie lügen. Nicht vor mir, vor diesen Erbsen! Vor diesen winzigen, toten, lächerlichen Erbsen!«

»Ja, Sir«, hauchte der Schüler.

Clifford holte Luft. »Begreifen Sie, welche Macht diese Erbsen über Sie haben. Ein paar Erbsen, Biggs, es ist zum Totlachen. Und das Paradoxon ist, dass Ihre Angst umso begründeter ist, je weniger Erbsen es sind. Was sagen Sie?«

»Ja, Sir.«

»Wie ist das zu erklären? Es ist der Schmerz, das Mysterium des Schmerzes …« Er spähte durch die Bänke, eilte von Gesicht zu Gesicht. »Waterman! … *Pro medicina est dolor, dolorem qui necat.*«

Der Schüler übersetzte. »Der Schmerz, der Schmerzen wegrafft, ist Arznei.«

»So ist es!«, rief Clifford und blickte Andrew an. »Master Whisper, gibt es etwas, über das wir zu reden haben?« Clifford blitzte scharf. »Manchmal erleben wir ja Dinge … verstehen Sie mich nicht falsch … die erscheinen uns … zweifelhaft, erfunden, geträumt. Sagen Sie, Master Whisper … schlafen Sie eigentlich gut?«

»Wie bitte, Sir?«

»Ob Sie nachts gut schlafen.«

»Ja, Sir«, antwortete Andrew. Er hielt Cliffords Blick stand.

»Das ist sehr beneidenswert«, sagte der Lehrer. »Waterman, Biggs, bitte nehmen Sie Platz, es macht mich krank, wie Sie dastehen und … Vesper, Pause, Gentlemen!«, unterbrach er sich. »Sie sind entlassen. Master Whisper bleibt bei mir. Der Herr segne Sie und …« Clifford stellte sich neben die Tür, wo er die Hände ineinander legte und jedem der Jungen, die an ihm vorübergingen, in die Augen sah.

Andrew blieb sitzen.

Clifford schloss hinter dem Letzten die Zimmertür, blickte Andrew an und schob den Riegel vor. »Wir möchten alleine sein und ungestört, nur Gott soll uns als Zeuge dienen.«

Er ging zum Pult und ließ die Erbsen eine nach der anderen in die Schale fallen. Dann sagte er: »Junger Mann, was erwarten wir voneinander. Dass zwischen uns ein Krieg beginnt? Sie würden ihn verlieren. Sie sind ein Schüler, Whisper, Sie sind doch eigentlich ein Kind …«

Andrew zeigte keine Regung. Er war zu angespannt und überrascht.

»Hör zu, ich will das alles nicht«, sagte Clifford. »Wir treffen ein Abkommen. Wir lassen uns in Frieden. Ich vergesse, dass ich dich mit Sir Thomas Morlands Tochter gesehen habe, und du vergisst, dass du mich vor der Stadt gesehen hast, mit diesem Schüler. Wie hieß er noch? McDuff. Der kleine Tim.«

Andrew fühlte, wie ihm der Schweiß den Rücken herunterlief.

Also wusste Clifford, dass er ihn, den Lehrer und Präzeptor, vor ein paar Wochen zusammen mit dem Schüler Tim McDuff in der Nähe von *The Gully* gesehen hatte: nur zwei Tage bevor man Tim als ersten Toten fand – getötet von der Seelenpest, was immer das bedeutete.

The Gully, die Mulde, war ein abgelegenes Feuchtgebiet im Nordosten Londons. Die Felder und Gärten grenzten dort an eine lange, dichte und leicht gekrümmte Hecke aus Buchen, Eichen und Holunderbüschen. Dahinter stand ein Wald, in welchem eine weite Senke lag, *The Gully*, die im späten Winter, wenn der Fluss über die Ufer trat, zur Eisfläche wurde und im Sommer abends im Schatten des Waldes lag.

Immer wieder hatte es Verbote für alle Schüler gegeben, sich dort aufzuhalten. Die Jüngeren lernten dort, wie man sich gegen die Älteren zur Wehr setzt; die älteren Schüler fanden heraus, was dran war an den Geschichten der Erwachsenen, die mit ihren Taten prahlten. Es gab seltene Pilze, Rinden, giftig-bittere Beeren und winzige Kupferstiche holländischer Herkunft, auf denen Dinge abgebildet waren, die niemand glauben mochte.

Clifford spuckte aus. Dann neigte er sich vor und sagte leise: »Mit dem Tod von diesem Tim McDuff habe ich nichts zu tun, Whisper, das musst du mir glauben.« Und plötzlich wieder laut: »Sie glauben mir doch, Master Whisper, oder? Ich töte Sie, wenn Sie mir nicht glauben, beim Leben meiner Mutter …«

Andrew wollte aufstehen und zur Tür gehen.

Clifford hob die Hand.

»Nein, mein Junge. Einen Augenblick noch …« Er wandte sich dem Pult zu, nahm ein paar Erbsen aus der Schale und sagte: »Ich verlange nichts von anderen, was ich nicht selbst erdulden kann.« Damit hockte er sich hin und legte je zwei Erbsen in kleinem Abstand zueinander auf den Boden. »Zwei für jedes Knie«, sagte er. »Weil ich das Beinkleid trage.«

Er stützte sich nach vorne mit den Händen ab. Dann brachte er seine Knie auf die Erbsen, richtete sich auf und faltete die Hände.

»Sehen Sie, was ich meine, Master Whisper? *Pro medicina est dolor, dolorem qui necat.*«

»Ich möchte gehen, Sir, bitte!«

»Nein, wir beten jetzt. Willst du dich sträuben, Whisper?«

»Nein, Sir.«

Der Lehrer kniete. Es tat ihm weh, man sah es. Die Lippen zitterten und wurden farblos. Andrew ekelte sich, ein Schauer lief ihm über den Rücken.

»Whisper!«, jammerte Clifford. »Wir alle sind doch Menschen, Kreaturen, fleischlich und verletzlich …«

Andrew sah mit einem Mal in seiner Phantasie, was in *The Gully* vielleicht vorgefallen war. Er kannte Tim McDuff nicht sonderlich, er war ein Mitschüler gewesen, mehr nicht. Aber er stellte sich vor, dass Clifford ihn vielleicht verfolgt und eingeschüchtert hatte. Tim war für seine Kränklichkeit bekannt gewesen. Es blieb ein Rätsel, was ausgerechnet er an diesem rauen Ort verloren haben mochte. Andrew phantasierte, wie Clifford ihn ergriff, zur Rede stellte, ihn irgendwie bedrängte. Dass Tim zwei Tage später tot aufgefunden worden war, hatte in der Schule eine Menge Angst und bei fast allen große Betroffenheit erzeugt. Und es schien Clifford sehr unbequem zu sein, dass Andrew ihn kurz zuvor mit Tim gesehen hatte. Der Lehrer verstärkte diesen Eindruck immer mehr, indem er, zugleich Schwäche zeigend und berechnend, auf den Erbsen kniete.

Diese Einsicht war so rätselhaft und überraschend, dass Andrew schwindlig und sogar ein wenig übel wurde. Er fühlte sich bedroht. Er drehte sich zur Tür und öffnete den Eisenriegel. Er ignorierte Cliffords Ruf und rannte auf den leeren Flur hinaus.

3. Kapitel,
in welchem eine Tochter für die Liebe kämpft

Als Margaret in die Küche kam, fühlte sie die Blicke ihrer Stiefmutter.

»Oh ja, mein Kind, ich habe ihn gesehen.« Lady Alice schüttelte sich die Reste der Steckrübe von den Händen. Vor ihr lag ein bleicher, krautiger Hügel.

»Unten am Flussufer ... Er zog einen kleinen Wagen hinter sich und schwitzte ordentlich. Wie heißt er? Andrew Whisper?«

»Werden Sie es dem Vater sagen, liebe Mutter?«, fragte Margaret.

Lady Alice schüttelte den Kopf.

Sie hatte die merkwürdigsten Augen der Welt Als Kind hatte sie bei einem Unfall das linke Auge verloren. Als sie erwachsen war, passte ihr ein italienischer Augenmacher ein neues gläsernes an, das jetzt seltsamerweise natürlicher aussah als das erhaltene rechte, das später von einer Krankheit ein wenig entstellt worden war und immer etwas tränte.

»Was soll ich ihm denn sagen?«, bemerkte sie wie beiläufig. »Dass du dich heimlich mit ihm getroffen hast?«

»Nein, bloß nicht!«, bettelte Margaret.

Lady Alice war nicht Margarets richtige Mutter. Sie war eine zierliche Dame von fast vierzig, mit spitzem Kinn und bläulicher Haut.

Der Vater hatte sie vor zehn Jahren zur Frau genommen, nur vier Wochen nach dem Tod von Jane, Margarets leiblicher Mutter. Die hastige Heirat hatte damals Befremden ausgelöst. Selbst der König hatte fragen lassen, was das solle. Thomas hatte seinem frisch gekrönten Herrscher einen Brief geschrieben: Ein gutes Frauenherz sei wie ein Steinpilz, den man zeitig vor der Fäule schneiden und verwerten müsse. Ganz London lachte über diese Zeilen, nur Lady Alice nicht.

Sie hatte wirklich ein gutes Herz, und sie war nicht bloß die neue Mutter von Thomas' vielen Kindern, sondern für ihn selber auch beinah der bessere *Pater familias*, das Oberhaupt, der Hausvater, die wichtige Rolle, für die er selber viel zu wenig Zeit fand. Alice war durchaus ein bisschen männlich mit ihrer etwas lauten, tiefen Stimme, mit ihrer festen Art und mit den stampfenden Schritten, die man überall früh genug hörte, um ihr, wenn nötig, aus dem Weg zu gehen.

»Liebe Mutter«, sagte Margaret, »hatten Sie in Ihrer Jugend denn nie Geheimnisse? … Süße Geheimnisse?«

Lady Alice wechselte die Farbe. »Herrje, wenn dein Vater hörte, was wir miteinander reden.«

»Dann haben wir ein neues süßes Geheimnis«, sagte Margaret flink und horchte an der Tür zum Flur. »Wir sind allein und niemand hört uns.«

»Was du dich traust …«, sagte die Dame und schnalzte mit der Zunge. »Geheimnisse und Eifersucht sind ja das Salz der Liebe. Ei, wenn das mein Vater selig hätte hören können … Er hätte mich wohl totgeschlagen.«

»Das war früher mal«, sagte Margaret, nahm ein Messer und ging ihrer Stiefmutter zur Hand. »Heute sind wir klüger und wissen einfach mehr.«

»Du vielleicht, weil euer Vater eine Schule für euch macht. Da bist du in London wohl das einzige Mädchen, das gebildet ist, von deinen Geschwistern und den Mündeln einmal abgesehen. Glaub ja nicht, dass über unsere Hausschule immer und überall gut geredet würde, beileibe nicht.«

»Mein Vater fühlt sich ein«, versetzte Margaret. »Er würde

mich zum Beispiel nie zwingen, jemanden zu heiraten, den ich nicht liebe, wie das andere Väter tun.«

»Aber er würde auch nie erlauben, dass du diesen Andrew heiratest, selbst wenn der arme Kerl das Geld dafür besäße.«

Margaret brummte zornig. »Ach bitte, liebe Mutter, lenken Sie nicht immer ab. Ich will wissen, ob Sie selbst mal ein Geheimnis hatten.«

»Ich will, ich will!«, rief Lady Alice singend und schob sich ein kleines Rübenstück in den Mund. »Und am liebsten mit viel Leidenschaft, nicht wahr? … Oh ja, doch, er hieß … Waldemar!«

Margaret musste kichern und schlug sich die Hand vor den Mund.

Die Stiefmutter blickte zur Decke. »Er war ein Held, ein Ritter, wie du noch keinen gesehen hast. Stell dir vor, ein Deutscher.«

»Blond und groß.«

»Nein, er war klein, kleiner als ich. Und es sah albern aus, wenn wir so nebeneinander standen. Aber seine Stimme! Ich habe mich in seine Stimme und in seine Hände verliebt. Seine Stimme ging mir durchs Ohr direkt in das Herz … Und dann die Hände … Aber ich war ihm nicht schön genug«, setzte sie traurig hinzu. »Ich bin nun mal hässlich.«

»Nein.«

»Oh doch.«

»Aber inwendig haben Sie das beste Herz der Welt«, sagte Margaret und lachte frei heraus.

»Ich danke dir sehr, mein Kind.« Die Dame wischte sich die Tränen aus dem lebenden Auge. »Waldemar war die Tragödie meines Lebens. Jeder Mensch erlebt eine solche Tragödie, glaube mir.«

»Ich nicht.«

»Ach!«

»Ich werde glücklich …« Margaret ließ ihr Messer fallen, rannte um den Tisch und warf die Arme um die Mutter. »Sie müssen nicht so traurig sein. Wir alle lieben Sie!«

Lady Alice ließ es sich nach Herzenslust gefallen. Sie drückte Margaret ebenfalls, drehte sie hin und her.

»Wenn uns dein Vater sehen könnte, würde er unsere Verschwörung gleich durchschauen, der Fuchs.«

»Ein Fuchs im Kampf mit zwei Schlangen, die sich zu wehren wissen«, sagte Margaret. Sie ließ die Mutter los, die wieder ernst blickte.

»Das alles ziemt sich überhaupt nicht, das weißt du.«

»Ich weiß zu viel, liebe Mutter. Viel zu viel. Vor allem, dass ich ihn bald wieder treffen werde, sehr bald schon …«

»Ich will nichts davon wissen«, sagte die Dame und wandte sich wieder den Rüben zu. »Sei nur vorsichtig! Wo nun die Seelenpest an jede Türe klopfen kann.«

»Das macht mir Angst, liebe Mutter.«

»Jetzt sagt man, dass Verbrecher dahinter stecken, kaltblütige Mörder, Spanier, Franzosen, Italiener …«

Die Küchentür wurde grob aufgestoßen und Raspale schleppte zwei Eimer Wasser herein. Er stellte sie schnaufend unter dem Fenster ab, wo das Steinbecken war, drehte sich um und grüßte stumm, als hätte er die Küche nicht vor ein paar Minuten erst verlassen. Dann rieb er sich die schwarzen Hände, klapperte in seinen schweren Holzpantinen zur Esse und prüfte die Glut. Er zog die Hakenstange herunter und nahm einen großen, eisernen Topf ab, den er auf den Tisch stellte. Mit einer weiten Bewegung wischte er die geschnittenen Rüben vom Tisch in eine Schale und warf sie in den Topf, schüttete Wasser darüber und hängte den Kochtopf an die Hakenstange.

»Amos-Abadja«, murmelte er. Die beiden Frauen nickten

ihm zu und schoben die Reste zusammen. Raspale trug, wie immer, seine rote Fuchsfellkappe. Die Kappe hatte ihm vor Jahren das Leben gerettet, als er einmal von Wölfen verfolgt worden und ernsthaft in Gefahr gewesen war. Er verlor die Kappe, die Wölfe stürzten sich auf sie und Raspale hatte flüchten können. Am nächsten Tag war er zurückgekehrt und hatte die Kappe wiedergefunden. Sie wurde instand gesetzt, und ihr Besitzer schwor, fortan alle Grüße, Bitten und Dankesformeln nur noch in einer eigenen Sprache auszusprechen, die er aus den Namen der Apostel selbst entwickelt hatte. *Haggai* hieß »danke«, *Maleachi* »bitte« und *Zephania* bedeutete »willkommen«.

»Amos-Abadja«, wiederholte Raspale leise. Was überdies so viel wie »Ich bin fertig« hieß.

Er nahm die Schale mit den Abfällen, trug sie zur Tür und klapperte nach draußen zu den Ziegenställen.

»Mein Waldemar war jedenfalls alles andere als vollkommen«, sagte die Mutter unvermittelt.

Margaret blickte sie aus großen Augen an.

»Er hatte keine Ohren. Er war ohne Ohren geboren und hatte nur zwei kleine Löcher, wie ein Huhn.« Lady Alice gackerte vergnügt.

»Natürlich hat er viel gelitten, man wollte ihn verbrennen. Er sei ein Teufel. Aber ich weiß, er konnte genauso gut hören wie jeder andere. Er trug eine lustige Kappe, ein bisschen wie Raspale. An der Kappe hingen links und rechts lange Klappen, so dass man die Missbildung nicht sah. Eines Tages, als ich es noch gar nicht wusste, kam er zu mir und sagte: Soll ich dir was zeigen, was du noch nie gesehen hast? Ich kriegte es schon mit der Angst zu tun …« Sie kicherte. »Da riss er sich die Kappe vom Schädel und ich starrte ihn nur blöde an.«

Margaret hielt sich einen Finger an den Mund. Raspales

Pantinengeklapper wurde wieder lauter. Im nächsten Moment ging die Tür auf, und der Alte trug die leere Abfallschale herein, rieb sie mit einer Hand voll Wasser ab und stellte sie in das Regal zurück, aus dem er sie genommen hatte.

Er nestelte an seiner Kappe. Schließlich tappte er zur Flurtür, verbeugte sich und lief hinaus.

»Ich gehe zum Vater«, sagte Margaret. »Sie sind auf meiner Seite, nicht wahr, liebe Mutter?«

Lady Alice antwortete nicht. Sie ging zur Tür, die von Raspale, wie immer, nicht geschlossen worden war, und hielt sie auf. »Gott schütze dich, mein Kind.«

Margaret küsste sie auf die Wange und lief hinaus.

DAS STUDIERZIMMER DES VATERS lag in einem Turm, der sich an das Wohnhaus schmiegte, und war nur über eine dunkle, enge Wendeltreppe zu erreichen.

Die Treppe hatte Margaret schon Angst eingejagt, als sie noch ein Kind gewesen war. Das Schlimmste war die Drehung um sich selbst und dass man vor und hinter sich dasselbe sah, die Steine bloß, das triste Mauerwerk. Hinzu kam das Geräusch der Schritte, das von den Wänden geisterhaft zurückgeworfen wurde.

Margaret raffte das weite, lange Kleid ein Stück und kletterte empor. Die Treppe drehte falsch herum. Nichts wirklich Gutes, Frommes drehte sich nach links. Wenn man sich links über die eigene Schulter schaut, sieht man bloß Schlechtes! Schwärmen im Frühjahr die Bienen aus, kann man das Brot auf dem Tisch nach links drehen, dann kehren sie nicht wieder. Dem Kuchenteig, den Margaret mit eigener Hand nach links gerührt hatte, ist es kein einziges Mal bekommen!

Sie nahm Stufe für Stufe, presste tapfer die Lippen und

horchte angestrengt. Schatten flogen umher. Je weiter man nach oben kletterte, umso kürzer wurde der Widerhall der Schritte, bis er hoch oben trocken an die Holztür schlug, durch deren Schlüsselloch das Arbeitslicht des Vaters fiel.

Als Kind hatte sie die Treppe nicht alleine gehen wollen. Der Vater hatte sie fast jeden Morgen hinaufgetragen, damit sie sein Schreibpapier, Blatt für Blatt, mit Weihwasser beschrieb. Das Beschreiben hatte ihr Spaß gemacht, am Anfang jedenfalls. Später war es langweilig geworden, die Feder in das Wasserfass zu tauchen und Wort für Wort, Zeile für Zeile die Psalmen abzuschreiben, die man auf dem Papier nicht lesen konnte, weil das Wasser verflog und nur der Geist einzog.

Sobald die teuren Blätter getrocknet waren, hatte der Vater sie selbst beschrieben, so schnell und emsig, dass sie nie so recht hatte nachkommen können mit ihrem Segensschreiben. Es hatte sogar Tränen gegeben, damals, aber niemals Schläge.

Sie dachte an die Zettel, die sie früher an vielen Stellen des Hauses versteckt hatte. Es waren schmale Streifen von Thomas' gesegnetem Papier. Die meisten hatte sie immer in einem alten Tragealtar versteckt, der unbeachtet in der Stube stand und längst schon das Eigentum von Mäusen und Spinnen geworden war.

Der Geist in dem Papier hatte einen ganz eigenen Geruch gehabt. Sie roch und fühlte ihn, wenn sie die Streifen vorsichtig an ihrem Hals entlangrieb, an der Wange oder über den Rücken ihrer Hand. Wenn sie krank gewesen war, hatte sie das gesegnete Papier heimlich in die bittere Medizin getaucht, die man ihr zu trinken gab. Gottes Kraft erleichterte das Trinken und konnte Fieber senken.

Als sie dreizehn Jahre alt geworden war, bekam der Vater einen königlichen Sekretär, ein schmales, blasses Männlein mit flinker Federhand, die jedes Wort aus Vaters Mund fast zeitgleich aufs Papier warf – freilich ganz ungesegnetes Papier, was sie lange nicht verstanden hatte.

Das Echo wurde kürzer. Margaret kannte jeden Mauerstein und jede Mörtelfuge. Sie ging weiter, es war die letzte Windung der Treppe. Sie hörte Thomas' Lehnstuhl knarren und wie die Holzbeine auf dem Boden schabten. Jetzt stand sie vor der Tür, ließ einen Atemzug verstreichen und klopfte an.

Der Vater bat sie einzutreten. Sie öffnete.

»Guten Morgen, lieber Vater«, sagte sie und schloss leise die schwere Tür. Der Vater saß tief über seinem Tisch gebeugt. Die Feder kratzte.

»Komm näher, Megge, liebes Kind! Ich freue mich über deinen Besuch. Du bist nicht mehr oft hier oben. Früher hat es immer nach dir gerochen, ich mochte das sehr. Denkst du manchmal an früher zurück?«

»Oh ja«, sagte Margaret und nahm auf einem Hocker Platz.

Sie ordnete ihr Kleid, zog an der Schleife ihrer reich bestickten Haube.

»Es gibt da etwas, Megge, worüber ich mit dir reden möchte. Es geht um diese Gerüchte. Deine Stiefmutter ist dumm genug, sich an dieser Tratscherei nach Kräften zu beteiligen. Sag bitte nichts! Ich weiß, wie sehr junge Menschen geneigt sind, solche Sensationen allzu ernst zu nehmen.«

Margaret schüttelte den Kopf. »Verzeihen Sie mir bitte, Vater. Mir wurde gesagt, dass es keine Sensationen seien. Es stimmt, dass es unter Schülern Unglücke gegeben hat, dass sie sich selbst getötet haben. Sie haben großen Einfluss, Vater, Sie müssen unbedingt erreichen, dass …«

Thomas unterbrach sie. »Und ich weiß, wer solche Dinge sagt, nämlich dieser Querkopf, ein Schüler namens Andrew Whisper. Gib es lieber zu!« Er lächelte.

»Andrew studiert am *New Inn*, Vater.«

»Weil der ehrenwerte Dean es ihm aus eigener Tasche bezahlt, Megge, nur deshalb. Sein Vater kann es sicher nicht bezahlen.«

»Weil Andrew klug ist. Er ist ein guter Christ. Ich mag ihn sehr. Bitte, seien Sie nicht böse, dass ich dauernd widerspreche ...«

»Ich bin dir überhaupt nicht böse. Ich bin stolz, dass du dich wehrst und deinen Willen zeigst. Aber das hat nichts mit Andrew Whisper zu tun, wir reden später über ihn. Es stimmt, dass man in den vergangenen Wochen eine Anzahl Schüler tot aufgefunden hat. Niemand weiß, ob es nicht wirklich Unglücksfälle waren.«

Er hatte plötzlich seine Amtsmiene aufgesetzt, sie kannte das.

»Was ich nur sagen will, ist, dass ich dankbar wäre, wenn du nicht auch darüber reden würdest. Es liegt mir sehr am Herzen. Ich weiß, du möchtest von mir wissen, was ich darüber weiß. Ich darf es dir nicht sagen.«

»Weil es zu bedrohlich ist für mich?«

»Nein. Weil ich es nicht darf!«

»Ich bin fast sechzehn Jahre alt. Ich bin erwachsen.«

Thomas nickte freundlich.

»Es hat nichts mit Lebenserfahrung zu tun«, erklärte er. »Eher mit Klugheit. Und so gesehen wärst du die Erste, der ich etwas über diese Dinge sagen müsste.«

»Danke, Vater«, sagte sie.

Aber sie war keineswegs zufrieden. Die ganze Stadt sprach über diese toten Schüler und die rätselhafte Seelenpest!

»Ist es eine Krankheit?«, fragte Margaret.

Thomas nahm ihre Hand und legte sie in seine. »Es ist in erster Linie kein Gesprächsthema für ein junges, gebildetes

Mädchen. Worte sind gefährlich, sie können Messer sein, sie können töten, Megge.«

»Ja, eben, deshalb interessiert es mich.«

Er schüttelte den Kopf. »Mein kluges Kind. Das kommt davon, wenn man es gut meint und die Kinder unterrichtet, sie wollen alles wissen, auch das Gefährliche … Doch nun zu Andrew Whisper, Megge. Ich würde mich freuen, wenn man mir nicht länger Dinge zutrüge, die mir nicht gefallen.«

Margaret entzog ihm ihre Hand. Warum war ein Vater so stark? Warum hatte er so viel Macht über das Leben seiner Kinder? Wieso durfte er mit einem Wort die ganze Welt umwerfen, beinah wie Gott?

»Du siehst, ich habe nur Bitten an dich. Ich muss mich bei dir entschuldigen. Aber tu mir den Gefallen! Dein alter Vater wird genug bekämpft. Der König quält mich, der Lordkanzler Wolsey ist noch schlimmer. Am meisten piesackt mich der Bürgermeister, der Lord Mayor, der mir den zweiten Rappen abgekauft hat, welcher seit gestern lahmt. Er will sein Geld zurück, dieser Gauner, aber ich huste ihm was.«

»In Wahrheit sind Sie überall beliebt, Vater«, sagte Margaret und fasste nun seine Hände. »Und Sie wissen es. Und ich liebe Sie am tollsten, das ist wahr. Sie kokettieren, lieber Vater, Sie werden sich versündigen.«

»Ja«, sagte er ernst. »Und du bist daran schuld.« Er zog die Säume seines Hausmantels enger. Es war kühl geworden. »Ich will nicht, dass meine Tochter Umgang hat mit einem Querkopf. Dieser Andrew Whisper ist renitent.«

»Er ist ehrlich, Vater.«

»Ehrlich!«, rief Thomas verächtlich. »Wenn er ehrlich wäre, hätte er dir längst gesagt, dass sein Vater ein Taugenichts und Trinker ist und jede Menge Schulden bei mir hat. Ich kann es nicht erlauben, ich will es nicht. Es schadet uns, mir, der

Familie, allen. Ich kann in meiner Position nicht milde sein, es ist unmöglich.«

»Der Vater vergiftet die Gefühle seiner Tochter!«, rief sie empört.

Thomas machte große Augen. »Du weißt gar nicht, was Gefühle sind. Du bist ein Kind. Wenn das Gefühl den Thron besteigt, tritt Hunger ein und alle Freunde werden dich verlassen.«

»Lieber Vater, wie können Sie so etwas denken?«

»Ich bin ein Mann. Ein Mann weiß so etwas, eine Frau nicht.«

Sie schwieg. Sie fühlte sich plötzlich schwach. Es war, als hätte er eine Zauberformel gesprochen. Die Art, wie er es sagte, war jedes Mal beinah *mosaisch*. Sie sah die Gesetzestafeln vor sich, hörte die Schläge des Meißels, der Steinstaub brannte in ihren Augen …

»Sie haben sicher Recht«, sagte sie grimmig und löste sich von ihm.

»Ich wäre sonst ein schlechter Vater«, sagte er. »Ich versuche, dich zu verstehen, und schlage dich nie. Welcher Vater ist so gütig? Aber zu viel Freiheit hat den Verlust der Form zur Folge. Was ist, wenn die Welt die Form verliert? Du bist klug genug, Megge, dir diese Frage selbst zu beantworten.«

»Ich liebe Sie trotzdem, Vater«, sagte Margaret, mit einem Mal versöhnt. Sie würde ihn bezwingen, irgendwie. Ein andermal.

Sie machte einen Knicks und verließ das Zimmer. Sie ging die obersten Stufen hinunter. Der Vater schaute ihr nach. Sie winkte auf der Wendeltreppe, bis er nicht mehr zu sehen war.

4. Kapitel, in welchem Gott an Macht einbüßt

Das Dormitorium, der Schlafsaal des Konvikts, war leer und düster. Durch das schimmlige Ölpapier der beiden winzigen Fenster fiel das Sonnenlicht herein, als wäre es mit Mehl vermischt.

»Das ist also Nummer acht«, sagte der Präzeptor Clifford. »Wo bleiben denn die Träger?«

Gregor Gascoigne stand wie gelähmt neben der Pritsche, auf der der fremde Junge lag.

Der Junge wirkte gar nicht tot, obwohl man sah, dass er nicht lebte. Sein Blick war starr, aber die Augen blickten noch, als schauten sie der Seele hinterher.

Gregor wandte sich zur Seite und reichte dem Präzeptor den versiegelten Brief. Der Lehrer riss das Siegel ab, entfaltete das Blatt und las.

»Sie können gehen, Master Gascoigne.«

Clifford presste die dünnen Lippen aufeinander.

Gregor machte eine knappe Verbeugung und warf einen letzten Blick auf den toten Schüler, der erst am Vortag in die Klasse gekommen war und dessen Namen er vergessen hatte. Er bekreuzigte sich, murmelte ein kurzes Gebet und verließ den Schlafsaal.

Auf dem Gang kam ihm der Pedell mit ein paar Helfern entgegen. Sie trugen eine Bahre. Gregor drückte sich an der Seite vorüber, ging schneller. Im Hof hing das Brunnenseil dreifach gerollt über dem hölzernen Handlauf. Es war das Zeichen, dass Andrew draußen am *Deadhouse* auf ihn wartete.

Gregor sah sich prüfend um. Dann folgte er dem Hofweg bis zu einem Niedergang und sprang die vier Stufen nach unten. Hier lag ein alter Gang, der das Konvikt mit dem Totenhaus verband, einer klaffenden Ruine, die wie ein zerbrochener Riesenzahn aus einer Insel wuchernder Holunderbüsche in den Himmel ragte. Das *Deadhouse* trug seinen Namen von alters her. Es hieß, dass man dort vor Zeiten unbekannte Tote aufgebahrt hätte, damit sie von Angehörigen identifiziert und zur Bestattung mitgenommen werden konnten.

Gregor bahnte sich den Weg von dem Durchgang zur Ruine. Es war heiß, er schwitzte. Er dachte an den toten Jungen.

Andrew saß auf einem großen Findling, der am Eingang des Totenhauses lag und etwa die Größe eines Ochsenkarrens hatte. Dessen Oberfläche war fleckig und glatt, mit einem ziemlichen Gefälle, so dass man sich, wenn man darauf saß, nach hinten fallen lassen und in die Wolken schauen konnte.

Andrew hockte mit hängenden Beinen auf der Felsenkante. Er trug enge, halblange Bundhosen und eine offene, am Saum zerrissene Jacke.

»Hat Clifford irgendwas gesagt?«, fragte er sofort.

»Der sagt nie was«, antwortete Gregor und setzte sich neben Andrew auf den Stein. »Ich hab ihn gesehen, den toten Jungen. Er hatte einen Brief bei sich, in dem bestimmt wieder steht, dass er Gott verloren hat. Andrew, ich hab Angst.«

»Hat Clifford was über mich gesagt?«

»Nichts.« Gregor blies die Wangen auf und pustete. »Hast du gehört? Da war ein Brief …«

»Hast du gar nichts lesen können?«, unterbrach Andrew ihn.

Gregor schüttelte den Kopf. »Ich wette, es ist der achte Selbstmord. Was sonst? Wenn es ist, wie sie sagen, dass es dich einfach überfällt und du den Glauben verlierst wie einen Türschlüssel oder ihn vergisst wie eine Parole vor dem Stadttor, und du stehst draußen und es wird Nacht und eiskalt und niemand lässt dich rein?«

»Spinner!«, sagte Andrew verächtlich. Er hatte selber Angst.

»Tu nicht so stark!«, zischte Gregor und sprang von der Felsenkante ins Gras.

»Hör zu!«, sagte Andrew. »Ich muss dir was zeigen. Es ist wichtig. Du musst mir helfen.« Er fasste ihn am Arm und zog ihn zur Ruine. Drinnen schob er Gregor in eine Mauerecke, wo im hohen Gras die flache Karre stand. Der Hund lag halb zugedeckt darin.

Gregor ging näher und bückte sich. »Was ist mit ihm?«

»Ich hab ihn gestern aus *Bear Garden* rausgeschmuggelt. Er lag unter den toten Hunden.«

»Und wie hast du ihn über die Brücke gekriegt?«

»Zugedeckt«, sagte Andrew nur. »Aber Clifford hat mich gesehen. Ausgerechnet. Ich kann's selbst kaum glauben.«

Gregor blickte zu ihm hoch. »Du bist so gut wie relegiert!«

»Er weiß nichts von Clatter. Er hat nur die Karre gesehen. Deshalb frag ich ja, ob er von dir was wissen wollte?«

Gregor schüttelte den Kopf.

»Er heißt Clatter.« Andrew bückte sich und streichelte den langen Kopf. Der Hund schnaufte leise.

»Er wird schon wieder. Er kann nur nicht hier bleiben. Wir müssen ihn zum Schlangenkeller bringen.«

»Wir?«, fragte Gregor misstrauisch. »Quer durch die Stadt?«

Andrew kannte Gregor. Er wusste, dass er helfen würde, mit viel Maulen und Nölen, aber er würde helfen, genauso wie die anderen, Charles und Search, denen er es noch erklären musste.

»Wenn du die anderen vor mir siehst, sag ihnen, was los ist. Heute Abend bringen wir ihn hin.«

Gregor staunte bloß. »Obwohl Clifford dir schon auf den Fersen ist?«

Andrew kraulte das Fell. »Sieh ihn dir doch an! Wir müssen was zu fressen besorgen, vielleicht noch eine Decke oder so.«

Gregor stand auf. »Ich hätte jedenfalls Angst vor Clifford, an deiner Stelle.«

»Tolle Hilfe!«, sagte Andrew. »Und was bitte soll ich tun?«

»Vielleicht die Finger von der Sache lassen?«

»Die Sache ist ein Hund«, schimpfte Andrew. »Er hat eine Seele, wie wir.«

»Jetzt spinnst du wirklich. Ein Hund mit Seele! Ich hör schon, wie dich Clifford runterputzt.« Er machte Cliffords schneidende Stimme nach: »Und so also kommen auch die Hunde in das Paradies, Master Whisper! Wie wunderbar! …«

»Der zweifelt auch bloß«, sagte Andrew. Er wusste, dass Gregor jetzt große Ohren kriegte.

»Meinst du, Clifford zweifelt heimlich?«

»Jeder zweifelt heimlich.«

»Glaub ich nicht.«

»Dann lass es sein. Wir können Gott nicht fragen, oder? Ob Hunde eine Seele haben.« Er sah Gregor an. »Was würdest du ihn fragen?«

Gregor wurde bleich. Er zögerte. Dann sagte er: »Ob Gott bei mir ist. Ob er mich kennt.«

»Aber was, wenn Gott gar nicht existiert?«

»Mich gibt es ja auch, und dich«, versetzte Gregor. »Diesen Hund da, die ganze Welt. Also muss es Gott geben, der sie gemacht hat.«

»Ich weiß nicht«, sagte Andrew lässig.

Gregor blinzelte. »Aber ohne Gott gäbe es die Welt nicht.«

»Wieso denn?«

»Woher soll denn sonst alles kommen?«

Andrew zuckte mit den Achseln. »Es wäre eben einfach da.«

Gregor schüttelte sich. Plötzlich sprang er ein Stück zur Seite, als hätte ihm jemand einen Stoß versetzt. Er sah die toten Schüler vor sich in der Phantasie. Ein paar von ihnen hatte er gekannt. Wusste Gott, dass so etwas geschehen war? Wusste ER, dass Harry Duncan Gift genommen hatte? Sein Leichnam steckte ganz zerschnitten im Schaufelrad der Wassermühle von Laughing Hill. Und jetzt der Neue in der Clifford-Klasse, der erst am Morgen aufgefunden worden war! Wusste Gott das alles? Oder war das alles ohne IHN passiert? War die Welt – die Sterne und der Ozean, die Berge, Flüsse, Bäume, Menschen, Vögel, Steine, Wanzen, Staub, die Luft, alles, was es gab –, war das womöglich ohne Gott entstanden, ganz von alleine, irgendwie …?

Andrew sah, dass Gregor sich grauste. »Hab nicht immer so viel Schiss!« Er spuckte aus. »Wenn es Gott nicht gibt, müssen wir eben alles selber machen.«

»Es muss ihn geben.«

»Wenn es dich tröstet.« Andrew schubste Gregor vor sich her auf den Gang zu, der zurück zum Hof führte. »Denk an den armen Clatter! Wir treffen uns am Abend.«

Gregor stolperte, fing sich wieder und riss dabei ein paar Holunderzweige ab, mit denen er die Luft auspeitschte. Es pfiff und schwirrte, als wären Engel in der Nähe.

»Hör mal, Greg«, sagte Andrew, als sie den schmalen Gang betraten. »Ich denke auch, dass es Gott geben muss. Aber was, wenn wir ihn alle bloß erdenken, wenn er ein Wunschgedanke ist? Dann ist auch die Gerechtigkeit verschwunden, die Gott in unsere Herzen legt. Die Welt muss dann so kalt und böse sein, ich könnte keinen Augenblick mehr leben …«

5. Kapitel, in welchem ein Gerücht grassiert

»Man erzählt sich überall …«, sagte Lady Alice und blickte ihrem Mann gerade in die Augen. »Es heißt, man habe eine Kommission gegründet.«
Thomas verzog den Mund. »So, so. Es heißt und man erzählt sich! Die anderen sagen! … Was erzählt man sich denn so?«

»Ich weiß es, Morland«, antwortete die Dame. »Man bildet eine Untersuchungskommission, die den rätselhaften Tod der Schüler klären soll.«

»Der Tod lässt sich nicht klären«, schulmeisterte Morland. Natürlich war diese Wortspalterei lächerlich. Er schluckte angestrengt. »Verzeih, aber ich darf darüber nicht sprechen.«

»Mit wem nicht? Mit mir?«

»Mit niemand, Frau.« Er wandte sich ab und zuckte mit den Schultern.

Lady Alice stand im großen Zimmer an der Anrichte und legte Tücher zusammen. Sie nahm sie an den Zipfeln, ließ sie fallen und legte sie aufs Holz. Sie strich sie glatt, halbierte sie hängend, viertelte und achtelte, bis das Bündel nur noch ziegelgroß war. Dann legte sie das Tuch auf einen kleinen Turm, der fast schon eine Elle hoch war und manchmal wankte.

»Du dürftest gar nichts davon wissen«, sagte Thomas und drehte sich wieder zu ihr hin. »Dass die Weiber alles ausforschen müssen! Es gibt eine Kommission, ja, aber das ist Routine. Und es wäre mir lieber, du würdest dich weniger mit Margaret verschwören. Wo ist sie eigentlich?«

»Sie kommt.«

»Was heißt, sie kommt?«

»Sie wird rechtzeitig im Haus sein«, sagte die Dame ruhig.

»Heißt das, sie ist nicht da?«

»Das heißt, Morland, dass sie jeden Augenblick mit einem großen Korb Kastanien in den Hof kommt, den zu holen ich sie gebeten habe. Musst du immer misstrauisch sein?«

»Ja«, sagte er trocken und hatte sich schon wieder seinen Papieren zugewandt. Die beschriebenen Bögen füllten den halben Tisch. Schreibfedern, Scheren, Papiermesser, Sanddose und zahllose Notizzettel bildeten ein Schlachtfeld, auf dem niemand Sieger werden konnte, weil keine Ordnung und kein Frontverlauf zu sehen waren. Die Bücher türmten sich zu breiten Mauern.

»Mach mir nur Vorwürfe«, rief er halblaut. »Ich hab's ihr selbst gesagt, dass ich ein denkbar schlechter Vater bin, der nie zu Hause ist, nie schlägt und niemals Nein sagt.«

»Das stimmt nicht. Du kokettierst.« Lady Alice lachte. »Den ganzen Tag sagst du Nein. Haben wir Geld für das schadhafte Dach? Nein. Sollen wir nicht ein bisschen mehr Holz und Kohlen kaufen? Nein. Gibt es im Herbst für alle neue Mäntel? Nein. Wenigstens für die Kinder? Nein …«

»Nun übertreib mal nicht!«, unterbrach er sie.

Sie schürzte die Lippen. »Mich mit ihr *verschwören*! Ich muss es ja, sonst tut es niemand.«

»Du gibst es also zu.«

»Ich habe keine Angst«, sagte sie fest.

Er schoss einen Blick auf sie ab. »Ich habe einen Verdacht, der sie betrifft, die noch ein Kind ist mit ihren fünfzehn.«

»Sechzehn.«

»Ach, komm! Sie trifft heimlich diesen Bengel. Den Sohn dieses Trinkers, Spielers, Lügners, was du willst. *Johan Whisper!*

Ich kenne diesen Kerl lange und gut genug, um zu wissen, was ich sage. Margaret schleicht sich aus dem Haus und spielt die Erwachsene, sie tanzt uns auf der Nase herum, Frau.« Er ließ sein Federmesser hörbar auf den Tisch fallen und drehte sich erneut um. »Sag was!«, befahl er.

»Nein.«

»Weil du sie deckst.«

»I wo!«

»Ich hätte Lust, sie einzusperren«, rief er. »Sie läuft doch nicht etwa alleine durch die Stadt, oder?«

»Nie«, sagte Lady Alice. Sie lächelte versteckt. Sie konnte fühlen, wie es in ihm brodelte. Jetzt, plötzlich, aus heiterem Himmel kam dem Herrn die Idee, über seine Tochter Verdächtigungen auszuschütten.

»Du bist eifersüchtig«, sagte sie hart. Sie wusste, dass sie einen wunden Punkt getroffen hatte.

Thomas bewegte sich nicht.

Seine Hand, die eben noch gesucht, geblättert und an den Federspitzen herumgekratzt hatte, schwebte mit einem Mal starr über dem Tisch, mitten in der Luft.

»Du verkennst die Gefahr, Alice«, sagte er mit angespannter Stimme. »Dieser Schüler Andrew Whisper ist recht aufgeweckt und neugierig. Er steckt mit anderen zusammen, sie treffen sich, sie lesen, sie geheimniskrämern, essen Pilze, atmen Rauch ein, alles, was du ebenfalls verdammen würdest, wenn es dir zu Ohren käme. Der Rektor Furges hat es mir gesagt. Womit wir wieder bei deinem Lieblingsthema wären: die *Atheismuskommission.*«

»Ach, die Versammlung hat schon einen Namen!«

»Ich finde auch, dass diese Todesfälle ganz entsetzlich sind«, fuhr Thomas fort. »Wir wissen nicht sehr viel. Es gibt ein paar Briefe, die uns Rätsel aufgeben. Das alles ist sehr unerquicklich.« Er hatte keine Lust mehr, weiterzuerzählen. Es ging sie gar nichts an. Es ging niemand etwas an. Am liebsten wäre er jetzt aufgesprungen und hinausgelaufen, an die frische Luft.

»Umso wichtiger, die Sache aufzuklären«, meinte sie. »*Atheismuskommission*, was für ein grässliches Wort!«

»Die Jungen schreiben in den Briefen, dass es Gott nicht gebe. Stell dir das bitte vor! Schlimmer noch: dass es ihn nie gegeben habe.« Er schwieg nachdenklich.

Lady Alice hatte mit dem Zusammenlegen aufgehört. Sie blickte reglos aus dem Fenster in den Hof und schien gar nicht mehr zu atmen. Ihr Mund war hart.

»Kein junger Mensch denkt sich so etwas selber aus«, sagte sie leise.

»Genau das ist meine Befürchtung. Dass jemand vordenkt, heimlich Predigten hält oder Briefe schreibt, die solche Sünden zu ihrem Inhalt haben. Deshalb eine Kommission, und deshalb eine *geheime* Kommission.« Thomas drehte sich kurz zu ihr um. »*Geheim*, Alice. Kennst du das Wort?«

»Ja«, sagte sie gereizt.

Die Zimmertür wurde plötzlich einen Spalt weit geöffnet und ein vollbärtiges Gesicht lugte herein.

»Störe ich?«

»Kommen Sie rein, William!«, rief Thomas. »Verteidigen Sie mich, Sie sind Anwalt und haben Wortgewalt.«

Die Tür öffnete sich ganz und herein trat ein mittelgroßer Mann in einem langen, blauen, ziemlich abgetragenen Hausrock. Er grüßte mit einer angedeuteten Verbeugung. Er roch nicht gut, aber nur Alice nahm es wahr.

»Geht es Ihnen gut?«, fragte er.

»Danke, Mister Gills«, antwortete die Dame. »Doch dieser Mann hier, mein Ehegatte, leidet, weil er mich zur Frau genommen hat. Immer wenn es ernst und wichtig wird, schweigt er sich aus.«

»Hören Sie einfach nicht hin, William!«, sagte Thomas. »Ich habe ihr schon viel zu viel verraten. Es wird erst Ruhe sein, wenn sie neben mir im Tower sitzt und jammert. Der König hat Besseres zu tun, als die Weiber dieser Stadt mit geheimem Gesprächsstoff zu versorgen!«

Sie warf ihm einen giftigen Blick zu.

»Die Seelenpest …?«, sagte William Gills. Er zog ein Schreiben aus der Tasche. »Schlechte Nachrichten, Sir Thomas. Der Parlamentsbote hat dies hier eben an die Tür gebracht. Sekretär Harris hat es geöffnet und mir im Vertrauen mitgeteilt.«

Thomas nahm den Brief und las.

»Etwa ein neuer Toter?«, fragte Lady Alice.

Gills nickte. »Draußen an den Bunhill Fields. Und wieder so ein Abschiedsbrief. Die Stadt summt von Gerüchten. Jetzt sagt man, Luther hätte von Deutschland Mörder ausgesandt, die mit Geschick und Gift die Jugend unseres Landes töten werden.«

Lady Alice hatte die Hand am Mund. Das Kinn zitterte. »Und wenn es stimmt?«

»Ich muss ins Parlament«, sagte Thomas. »William, Sie sind mein Anwalt und leben mit in meinem Haus. Ich vertraue Ihnen. Bleiben Sie hier und beschützen Sie mein Weib. Sie zittert schon, als würde man sie jeden Augenblick ermorden.« Er zog den Mund breit und blickte entnervt zur Decke. »Oder kümmern Sie sich um Margaret, sie ist verrückt geworden, sie will den König stürzen! Oder jedenfalls den Vater …«

Er lachte bitter, raffte einige Papiere zusammen und verließ das Zimmer.

6. Kapitel,
in welchem Freunde sich Vertrauen schenken

In dem ganzen Schlafsaal brannte eine einzige Kerze. Die meisten Jungen lagen in ihren Betten, einige schliefen schon. Nur Andrew, Gregor und Search hockten an Charles' Bett und flüsterten.

Charles lag auf der Seite. Er trug in Öl getränkte Lappen um die Knie. Andrew hatte sie besorgt.

»So wie Clifford sich verhält, möchte ich schwören, dass er Dreck am Stecken hat«, erklärte er und musste den anderen ein zweites Mal schildern, was der Präzeptor vor seinen Augen in dem Klassenzimmer aufgeführt hatte.

»Und wieso warst du selbst in *Gully*, als du ihn dort mit McDuff gesehen hast?«, fragte Search.

»Ein spanischer Matrose verkauft dort braune Blätter, die man anzündet und deren Rauch man einatmet. Dir wird schwindelig, Junge, aber du wirst es lieben.«

»Woher hast du das Geld dafür?«, fragte Charles.

»Er arbeitet in Southwark«, antwortete Gregor und stieß Andrew an. »*Bear Garden!* Er hat Geheimnisse, der Kerl.«

Andrew ärgerte sich. »Ich habe einen verletzten Hund gerettet. Er liegt im *Deadhouse*. Heute Nacht bringen wir ihn durch die Stadt zum Schlangenkeller. Leider hat mich Clifford gesehen, als ich ihn über die Brücke brachte. Die Tochter des Unterschatzkanzlers war dabei. Sie heißt Margaret und geht niemand etwas an.«

»Er ist verknallt!«, maulte Charles.

Andrew hatte nichts anderes erwartet und sich vorgenommen, die Fopperei wehrlos über sich ergehen zu lassen.

»Hast du sie schon geküsst?«, fragte Charles.

»Wenn ja, würde ich es dir haarklein erzählen, Flachkopf.«

»Die Tochter des Unterschatzkanzlers!«, flüsterte Gregor. »Warst du schon mit ihr am Hof des Königs? Du träumst doch!«

Andrew sagte nichts. Er hatte keine Lust zu streiten. Er dachte an den Hund und dass er in der Küche des Konvikts noch dringend ein paar Abfälle stehlen musste, bevor sie Clatter auf dem Karren durch die dunklen Gassen bis nach Bridewell ziehen konnten.

Und der Präzeptor Clifford ging ihm durch den Kopf. Vielleicht war alles eine Drohung, das Knien auf den Erbsen, womöglich sogar Charles' Bestrafung, für die es keinen nachvollziehbaren Anlass gegeben hatte, was allerdings für Clifford nicht unüblich war. Andrew hatte sogar den Verdacht, dass Clifford wusste, dass es den Schlangenkeller und die *Blackfrairs Seven* gab, dass sie dort Pilze aßen, gewisse Rinden kochten und nun die Blätter des Spaniers verbrennen und einatmen würden, kurz, dass Clifford all dies wusste und noch mehr. Und Andrew dachte weiter: Was hatte Clifford mit den toten Jungs zu tun? Was hatte er mit Tim McDuff zu tun, den niemand mehr befragen konnte? Oder bildete er sich all das nur ein? Aus Angst vor Clifford?

»Ich will den Hund hier von der Schule weghaben«, sagte er, »so schnell es geht.«

»Ich will ihn sehen«, sagte Charles. »Ist er groß? Ein Sheppard?«

»Ein Wolf«, antwortete Gregor. »Fast. Er sieht ziemlich gefährlich aus. Ein Kämpfer, genau wie du, Charles.«»Morgen kannst du ihn dir ansehen«, sagte Andrew. »Wer kommt nachher mit mir in die Küche, damit Clatter was zu fressen kriegt?«

»Das mach ich besser alleine«, sagte Search.

Andrew dankte ihm. »Greg und ich besorgen Filz und Tücher, um die Räder der Karre zu umwickeln, sonst wacht ganz London von dem Lärm auf.«

»Das nehme ich euch übel, dass ihr mich hier liegen lasst«, beschwerte sich Charles.

»Bedank dich bei Clifford!«, sagte Andrew. »Und mach die Augen zu, morgen will ich dich wieder auf den Beinen sehen.«

Die drei Jungen gaben Charles die Hand und schlichen sich zur Tür.

Im Flur war alles still.

Sie gingen barfuß, sie kannten die Geräusche, die üblichen und die eher verdächtigen. Zwischen Dormitorium und Küche lagen das Wäschezimmer und die kleine Wohnung des Pedells. Vor dessen Tür trennten sich die Jungen. Search schlich in die Küche. Andrew und Gregor betraten das Wäschezimmer und stahlen Lappen, ein paar Schnüre und eine zerrissene Decke. Dann gingen sie zum Hauptportal, betraten den Hof und arbeiteten sich weiter bis zu dem Gang vor, der sie zum *Deadhouse* führte.

Clatter schnaufte, als sie kamen. Er bewegte sich, versuchte sogar aufzustehen. Andrew flüsterte beruhigend, streichelte das raue Fell. Der Hund schnaufte erschöpft, aber er war wacher als am Vortag.

Die Jungen umwickelten die Räder. Dann zogen sie den Karren aus der Ruine in den Hof. Gregor war der Späher, schlich voraus, pfiff leise Zeichen. Sie kamen ans Portal, das allerdings verriegelt war. Andrew kannte einen Trick, wie sich der Riegel, wenn man draußen war, zurückschieben ließ, ohne dass er in die Raste fiel, so dass er sich später abermals von außen öffnen ließ. Es war ein Schlitz im Holz, durch den er seine Messerklinge schob. Das verbotene Messer trug er in einer innen eingenähten Tasche an seinem Gürtel.

Sie waren auf der offenen Straße, folgten ihr nach Westen, nahmen schmale, dunkle Gassen, wo sie konnten, und horchten ständig auf Geräusche, Schritte, Stimmen. Die Räder rumpelten gedämpft. Manchmal hallte es gefährlich von den Häuserwänden wider. Aber alle Fenster blieben dunkel, niemand rief nach ihnen oder schlug Alarm.

In der Höhe von St. Paul's bogen sie nach Süden ab in Richtung Themse. Kurz vor der Uferstraße sah Andrew Licht und sie versteckten sich. Es war ein Trupp Soldaten, die laut redeten, schimpften und mit ihren Waffen klapperten. Gregor hatte seinen Spähervorsprung aufgegeben und half, den Wagen hinter einen Stapel Holz zu schieben. Die Männer kamen näher. Die Jungen wagten kaum zu atmen, als Clatter plötzlich leise jaulte. Die Männer horchten einen Augenblick, dann zogen sie weiter. Andrew kraulte Clatter und ließ sich von ihm die Hände lecken.

»Jetzt sind wir wirklich Freunde, Clatter und ich«, flüsterte er Gregor zu.

Die Stimmen der Soldaten wurden leiser. Zwischen den Häuserwänden hörte man den Fluss, wie sich das Wasser an den *Stairs* und Uferwänden brach.

Der Schlangenkeller in Bridewell war das sicherste Versteck der Stadt. Niemand wäre je auf den Gedanken gekommen, dass man ihn betreten konnte.

Als Andrew den Zugang vor zwei Jahren entdeckt hatte, war er über den Hof einer verlassenen Schmiede gekommen, um ein paar wilde Beerensträucher zu erreichen, die dort standen. Hier war er auf den Niedergang gestoßen, der überwuchert war und in die Kellergänge führte, von denen jeder annahm, dass sie seit der Flut im Jahre 1511, an die sich Andrew selbst erinnern konnte, vollständig unter Wasser lagen.

Der Name Schlangenkeller hatte nichts mit den teuflischen Reptilien zu tun, sondern mit den gewundenen und weit verzweigten Gängen, die sich angeblich vom Themseufer bis in die Gegend um St. Bride's Church erstreckten und aus den Tagen John Wiclifs stammten. Dort unten war Andrew auf einen höher gelegenen, trockenen Raum gestoßen, der nun als Treffpunkt und Versteck der *Blackfrairs Seven* diente.

Der Raum war niedrig und feucht. In den Mauerwänden befanden sich überall Nischen, in denen Flugschriften lagen, mit Messern zerstochene Bücher und tönerne Heiligenfiguren, denen der Kopf oder die Gliedmaßen fehlten. In einem Winkel lagen kurze Schwerter, Stöcke, Messer und Nagelkeulen. Von der Decke hingen Stiefel, Sporen und eine Menge Lederriemen; es sah aus wie in der städtischen Waffenkammer.

Die *Blackfrairs Seven*, das waren Gregor Gascoigne, Charles Summers, Search, der eigentlich Felix Borden hieß, und er, Andrew, der die verschworene Gruppe vor etwas über einem Jahr zusammengebracht hatte.

Obgleich sie nur vier Freunde waren, war Andrew für *Seven* gewesen, weil es besser klang. Der ganze Name war dem Fährsteg zwischen Bridewell und Puddle Warf entlehnt, der die Londoner mit Parry's Garden am Südufer der Themse verband.

Charles Summers überragte die drei anderen um Kopfeslänge. Andrew mochte Charles wegen dessen Stärke. Er mochte es, vor ihm zu stehen und zu ihm hochzugucken, ein bisschen wie zu einem Vater. Andrews Vater, Johan Whisper, war klein und hatte ein rotes Gesicht. Andrew schämte sich für ihn, weil er sehr oft betrunken war, obwohl er eigentlich hätte stolz sein können, weil der Vater der beste Schreiber im Londoner Rathaus war – gewesen war! Er konnte wunderschöne Initiale zeichnen, wie die Mönche in den alten Zeiten. Der Bürgermeister, der Lord Mayor persönlich, hatte ihn gelobt und ihm besondere Geschenke zukommen lassen, früher mal. Irgendwann hatte der Vater zu saufen angefangen, war nachts nicht mehr nach Hause gekommen und hatte Schulden gemacht, unter anderem bei Margarets Vater, Sir Thomas Morland. Das Geld hatte er in Windeseile beim Kartenspiel verloren.

Search war krumm, weil er schlecht sehen konnte und wohl Angst zu stolpern hatte. Es wirkte, als suchte er beständig was am Boden – deshalb der Name. Vermutlich hätte er italienische Augengläser gebrauchen können, wie manche Lehrer sie hatten und unentwegt anspuckten und polierten.

Obwohl Search nur wenig sah, durchschaute er die meisten Dinge schneller als jeder andere. Andrew wusste das. Wenn es ein Problem gab, stieß er ihn irgendwann an, damit er etwas sagte, und hörte zu. »Sag ich doch!«, meinte Andrew dann beiläufig und tat, als hätte er sich das, was Search erzählte, soeben selber überlegt.

Als Andrew und Gregor Bridewell erreichten, war Search schon da und wartete am Kellereingang mit einem Beutel Brot, zwei Fetzen Ziegenfleisch und etwas Hühnerhaut für Clatter, der alles sofort gierig fraß.

Der Niedergang zum Schlangenkeller hatte uralte, ausgetretene, bemooste Sandsteinstufen. Der Schacht war schwarz. An den Flanken der Treppe wucherten Efeu, Knöterich und Ackerwinde bis in die Tiefe hinein. Die Jungen mussten die Karre mit dem kranken Hund bis zu dem trockenen Gewölbe tragen.

Drinnen saßen sie auf selbst zusammengezimmerten Stühlen, auf alten Kisten, es war teils Treibholz vom Ufer der Themse, teils waren es Reste aus den verlassenen Kellergängen. In der Mitte des Raums stand ein Tisch, dessen Platte eine alte Tür mit rostigen Beschlägen war. Die Beine standen schief und hatten jedes eine eigene Gestalt. Das erste war eine schlanke Tonne, das zweite Bein war ein Stück Lanzenschaft, das dritte bestand aus Ochsenknochen, die von Lederriemen zusammengehalten wurden. Das vierte Tischbein fehlte, weil eine Ecke des Türblatts in einem Spalt der Kellerwand feststeckte.

Die Stimmung war schwer, seit längerem schon. Früher hatten sie Spaß gehabt, gelacht, allerlei Blödsinn getrieben in ihrem Versteck und nie darüber nachgedacht, ob es gefährlich sei, giftige Pilze zu essen oder Schnaps zu trinken.

Seit die ersten Schüler tot aufgefunden worden waren, gelang es nicht mal mehr, mit ein paar Witzen über Cliffords Quälereien hinwegzugehen. Die Angst schlich wie ein unsichtbares Tier durch jede Seele, wenn es am Morgen in der Schule hieß, dass wieder der und der gefunden worden sei, tot. Was für ein Wort! Es war wie eine scharfe Klinge. Die Schüler sorgten sich, es gab schon Gruppen, die auf eigene Faust nachforschen wollten, ob es Vorzeichen für diese Krankheit gab. Es musste eine Krankheit sein; niemand konnte sich vorstellen, dass etwa ein Verbrechen der erste Grund sein könnte. Auch die Gerüchte, in denen Martin Luthers Leute eine Rolle spielten, wurden unter Schülern nicht so ernst genommen wie etwa der Verdacht, dass jene Briefe, die man bei den Toten fand, etwas viel Gefährlicheres enthielten, Gedanken vielleicht, die man nicht denken sollte, oder Wissen, Worte, Sätze, die einen Menschen töten konnten …

»Wir brauchen einen Schlachtplan gegen Clifford«, stellte Andrew fest. »Er führt etwas gegen mich im Schilde. Gegen uns alle, glaube ich. Er weiß vielleicht, dass wir uns heimlich treffen.«

»Ich hab noch eine andere Sorge«, gestand Gregor unerwartet. »Vor zwei Wochen traf ich meinen Patenonkel. Er konnte mich nie leiden, hat mich als Kind verprügelt. Er hat eine Fähre auf dem Fluss. Ich hätte ihn vielleicht gar nicht mehr erkannt; jedenfalls sah er mich und lachte, gab mir die Hand und quatschte los, als wären wir die dicksten Freunde. Wie Leid es ihm täte, dass meine Mutter gestorben sei, und so was. Ich hab ihm nichts geglaubt, es war so seltsam.«

»Was meinst du mit seltsam?«, fragte Search.

»Ob ich nicht Lust hätte, gelegentlich zu ihm nach Hoxton zu kommen, in seinen Garten, wo er Bienen hat und Obst. Jetzt, wo ich Schüler im *New Inn* sei, wo doch jeder wisse, dass die Suppenteller dort oft trocken bleiben. Ich war erstaunt. Das kann nicht der Pate Aron sein, dachte ich. Aber er war es, die gestreifte Landsknechtshose und die langen, braunen Haare …«

»Langsam!«, unterbrach ihn Andrew. »Mit so einem Kerl habe ich gestern Clifford auf der Brücke reden sehen. Langes offenes Haar und zwei verschiedene Hosenbeine.«

Gregor bestätigte.

»Andrew hat Recht. Wir brauchen einen Schlachtplan«, bemerkte Search.

»Erst mal werden Gregor und ich zum Fluss gehen«, sagte Andrew, »um zu sehen, ob wir tatsächlich denselben Kerl meinen. Am besten morgen.« Man sah ihm an, dass er sich Sorgen machte. »Was mich am meisten stört, ist, dass ich diesen Mann zusammen mit Clifford gesehen habe. Clifford hat sich irgendwie verändert, finde ich. Er war ja immer mies und grausam, aber heute Morgen kam er an mir vorüber, und ich bin sicher, dass er weinte.«

»Nicht Clifford, nie«, sagte Search.

»Das dachte ich auch sofort.«

»Vielleicht hat er eine Krankheit, die ihm Schmerzen macht«, schlug Gregor vor. »Ich will mich nicht versündigen, aber so richtig Leid tut er mir nicht.«

»Wohl niemandem«, sagte Andrew. Er fand einfach nicht die richtigen Worte, um den anderen zu sagen, was er fühlte. Clifford und Tim McDuff … Clifford und dieser fremde Mann an der Brückenrampe … Die Art, wie Clifford ihn angesehen hatte, die Art, wie er mit ihm im Klassenzimmer umgegangen war … All das machte ihn nervös, ließ ihn nicht schlafen.

»Ich weiß nur eins«, sagte Gregor und riss Andrew in die Gegenwart zurück. »Mein Patenonkel ist ein richtig mieser Hund.«

»Psst!«, machte Andrew und deutete auf Clatter. »Wie gut für dich, dass unser Hund fest schläft und dich nicht hören kann.«

7. Kapitel, worin ein Mensch vom Fliegen träumt

The *Old Barge*, das große Stadthaus Sir Thomas Morlands, stand frei am Ende zweier Straßen, die an dieser Stelle zusammenliefen.

Nach Westen, im Rücken des Hauses, erstreckten sich eigene Gärten und Felder, es gab Ställe, Scheunen und Volieren, in denen ein paar Raben, ein Dutzend Fasane und ein uralter Pfau lebten, der den Namen Leo trug. Dass auch der Papst so hieß, war Zufall. Dennoch, behauptete Raspale, habe der Vogel so manche Ähnlichkeit mit Seiner Heiligkeit im fernen Rom: »Genauso bunt und gottlos!«

Sir Thomas überhörte es.

Raspale war sein Diener und sein Hausnarr. Und Narren dürfen sagen, was sie wollen; ihre Worte sind bedeutungslos. Raspale lebte in einer winzigen Dachmansarde des *Old Barge*, von wo aus er täglich auf die Welt herniederblickte und mehr als alle anderen sah. Raspale war es auch, der sich am meisten um die Tiere kümmerte, die Garten, Hof und Haus bevölkerten.

Neben Hunden, Ziegen, Eseln, Gänsen, Hühnern und einigen Wildschweinen gab es auch zwei Affen, die in einer alten, trockenen Scheune lebten. Dorthin zog sich Raspale oft zurück, wenn er genug vom Rummel der Familie hatte, wenn er mit Wesen reden wollte, »die unserem Herrgott näher sind als jeder Mensch«.

Das Morland'sche Anwesen hatte siebzehn Zimmer und einen hohen Treppengiebel, der fast alle Häuser der Umgebung überragte. Raspale liebte diesen Giebel, denn er hatte ihm einmal das Leben gerettet, wie er fand, vor vielen Jahren, als er sich einmal verlaufen hatte und nicht mehr wusste, in welche Richtung er nach Hause gehen musste. Da, plötzlich, hatte er zwischen den vielen fremden Dächern, sehr klein und schrecklich fern, die Stufen des heimatlichen Giebels sehen können. Seither schlich er sich manchmal aus dem Haus und folgte der Cheap Poultry, bis zur Kirche St. Thomas of Acon oder gar noch weiter. Dann stellte er sich vor, er hätte sich verirrt, wie damals, ganz traurig und verloren. Bis er es wirklich wieder mit der Angst bekam, sich endlich umdrehte – und ein kleines Stück des Giebels sah.

Aus der Ferne sah das *Old Barge* ein bisschen aus wie eine Burg. Es gab einen Turm, eine dicke, umlaufende Mauer, in der sich ein großer Torbogen befand mit einer Flügeltür, die dicker als der Stamm der alten Birke war, die vorne an der Straßenecke stand und im Frühsommer ganze Wolken feiner, honigfarbener Samenblättchen in die offenen Fenster regnen ließ.

Raspales Dachmansarde war überall schief. Das Kämmerchen lag auf dem höchsten Boden und war nur über eine Leiter zu erreichen, die Raspale, wenn ihn die Kinder oder Mägde ärgerten, nach oben zog. Dann spuckte er hinab und schimpfte laut nach Herzenslust, bis der Hausherr kam oder Lady Alice und die Menge klatschend auseinander trieb.

Das Beste an der Mansarde war ein winziges Fenster, das sich im Dach befand und von dem aus Raspale »bis nach Oxford« sehen konnte, in Wahrheit immerhin bis Hampstead oder Highgate.

Die Höhe war verwirrend, und aus dem Fenster sah er, wie die Welt sich streckte, dehnte und im Dunst verschwand. Dann die vielen Dächer, unter denen tausend fremde Menschen lebten, stritten, liebten, logen, starben. Jeden Morgen stand er an seinem kleinen Fenster und redete, sehr leise freilich, zu den Menschen: »Ich, Raspale, Narr des Ritters Morland, blicke auf euch alle herab und weiß viel mehr als ihr dort unten …« Dann spuckte er herzhaft über die steilen Schindeln in die Tiefe und lachte so laut, dass die Mägde in den Gärten ihre Köpfe hoben.

Er wusste, dass der erhöhte Blick, den er so liebte, lästerlich und wider Gottes Willen war. Denn auf die Welt herab blickte eigentlich nur ER, der diese Welt geschaffen hatte. Der auch im Himmel war und in den Wolken! Dorthin jedoch wünschte Raspale sich am allermeisten. Was er sich nämlich wirklich wünschte, war zu fliegen, *fliegen*, wie ein Bussard, hoch, mit scharfen Augen, gut bewehrt und schneller als die Engel.

Und es gab Eingeweihte. Der junge John Clement wusste es, Sir Thomas' Mündel, knapp dreizehn Jahre alt. John war anders als die anderen im Haus. Er humpelte ein wenig und hatte Schorf, weshalb er oft gehänselt wurde, viel alleine saß und bereits zweimal bei einer königlichen Heilung war, bei der der König seine Hand auflegte, bislang erfolglos.

John redete mit Tieren, Steinen, Erde, mit Kreide, die zerrieben wurde. Den weißen Brei strich John sich auf den Schorf. Bei vollkommener Windstille hatte Raspale ihm einmal sein Buch gezeigt. Johns Augen hatten einen Glanz bekommen, der bewies, dass er verstand, was ihn, Raspale, umtrieb.

Das Buch war nämlich nicht zum Lesen da. Es hatte große, weiße Seiten, auf denen Libellenflügel klebten. John Clement hatte gar nicht glauben wollen, was er sah. Es waren hunderte, so dünn wie Seifenwasserhaut, so leicht wie Luft.

Raspale fand es gar nicht schwierig, die Libellen mit dem Netz zu fangen. Viel schwieriger war es, das Buch im Hause zu verstecken. Die Mansarde war nicht sicher, keins der Zimmer. Erst im Keller hatte er eine Nische gefunden, die hoffentlich niemand kannte. Das Buch hatte Oktavformat, es war größer als zwei Ziegel. Auf Johns Frage, wie er mit den dünnen Flügelblättern, die man nicht berühren konnte, jemals fliegen wolle, lachte Raspale und erklärte: Wie Blattgold müsse man die Flügel tragen, auf die Haut gestrichen, hingepinselt, bis sie, fast unsichtbar, zur zweiten, eigenen Hülle würden. Er hatte eine Schachtel hervorgeholt, in der ein hübscher Schild aus Federn lag. Der Vogelgeist und der Libellenwille! John hatte ihn verstanden.

Auch Margaret wusste es ... die liebe Margaret! Sie war genauso eingeweiht. Aber Margaret war für Raspale eigentlich kein Mensch, kein richtiger wie jeder andere. Sie war ein Engel! Raspale kannte Margaret, seit Lady Jane, Morlands erste Frau, sie anno fünfzehnhundertfünf geboren hatte, noch im Haus des Richters Sir John Morland, das in der Milk Street stand.

Margaret war von Anfang an ein sehr besonderes Kind gewesen. Stiller als die jüngeren Geschwister. Sie hatte mit ganz wachen Augen in die Welt gesehen und jedes Mal, wenn Raspale ihr damals den kleinen Finger hingehalten hatte, seine ganze Hand ergriffen. Mit ihm, dem Narren, hatte sie dies Spiel getrieben, mit niemand sonst!

Und trieb es noch, rannte heute noch lachend auf ihn zu und fasste einen Finger, dann die Hand und hielt sie fest. »Erzähl mir was und hör nie auf damit!« Er, der Narr, der Kasper, der Hanswurst im Hause Morland – erzählte, schwatzte, und summte, bis Margaret einschlief, wie vor hundert Jahren, so erschien es ihm. Sie liebte seine Schnurre, im Sommer Libellen einzufangen und ihre Flügel mit Harz wie kleine Pfauenräder miteinander zu verkleben, um irgendwann damit zu fliegen. Sie stellte es sich lustig vor. Sie flog mit ihm, fasste seinen Finger und erhob sich in den Himmel, wo nur Gott und die Engel sein sollten. Sie verstand ihn wirklich, tiefer noch als John, der doch ein Kindskopf war. Sie beschützte ihren »Vogelmenschen« und hatte alle Mitbewohner (es waren achtzehn) überzeugt, dass Raspale harmlos war, wenn er des Nachts durch Flure schlich und in den Keller. Ihr verdankte er zudem, dass Sir Thomas ihn vor Jahren nicht aus dem Haus verwiesen hatte, als er, der Hausnarr, krank geworden war.

Eines Morgens war er wach geworden und hatte Flecken im Gesicht gehabt, am ganzen Körper. Der Arzt kam und war ratlos, hatte flüsternd Warnungen geäußert, dass eine solche Krankheit das Haus verpesten könne. Was dann zu allem Unglück auch passierte: Die Kinder wurden krank und eine Magd.

Raspale bettelte, nicht vor die Stadt gejagt zu werden, was üblich war. Nur Margaret stand zu ihm und drängte ihren Vater, noch Geduld zu haben. Sie betete sechs Wochen lang und Raspale genas endlich, mit Gottes und mit ihrer Hilfe. »Ein Kinderwunder!«, hatte Lady Alice überall erzählt.

Mit Margaret redete er auch anders als mit anderen. Ihr hatte er gestanden, dass er in seinem tiefsten Herzen zweifle, dass Gott im Himmel wohne, dort oben, wo die Wolken sind. Vielmehr in den Bäumen, erklärte er, in manchen Steinen auch, im Wasser allemal und in den Tieren sowieso.

Margaret nahm Raspale manchmal wortlos in den Arm. In diesem Schweigen lag sein Glück. Alles nur für Margaret. Margaret! Für sie fing er Libellen, für sie versuchte er zu fliegen! Vielleicht nicht hoch, vielleicht nicht bis in Gottes Himmel wie die Engel. Vielleicht nur wie die lieben Vöglein über allen Dächern …!

8. Kapitel,
in welchem nicht nur die Liebe wichtig ist

Die Sonne stand schon tief. Während Andrew auf Margaret gewartet hatte, war unter seinen Händen ein kleines Haus entstanden, gebaut aus Zweigen, Laub und mit dem Messer glatt geschnitzter Rinde. Es war eins der wenigen Treffen, von denen auch Raspale nichts erfahren sollte.

Das Laubhäuschen war nicht größer als ein Ziegelstein. Es hatte eine Tür, zwei Fenster und ein Dach. Der Schornstein war ein dicker Stock. Andrew wischte Laub und Erde glatt und machte so den Garten. Der Zaun war ein Spalier aus kurzen Zweigen.

»Für uns beide?«, fragte Margaret prompt.

Er hatte sie zwar leise kommen hören, sich aber nicht umgedreht. Er reichte ihr die Hand. Sie hockte sich und war sofort verzaubert.

»Wenn du es willst«, sagte er.

Er sog die Luft in ihrer Nähe ein. Ihr Duft war so geheimnisvoll. Sie betrachtete das Häuschen, fand es entzückend und fühlte sich verstanden. Er sah sie an und freute sich, dass sie sich freute.

Ihr Treffpunkt war ein alter Garten in Smithfield, wo sie sich sicher fühlten. Sie saßen eng beisammen und hielten sich bei den Händen. Andrew hatte sich verkleidet, er trug ein blaues, festes Hemd und eine eingekerbte Mütze, wie ein Matrose sah er aus.

Er hatte schon gewusst, dass sie so etwas fragen würde, wenn sie das Häuschen sah. Ob es für sie beide sei. Als er zu bauen angefangen hatte, war ihm nichts dergleichen durch den Sinn gegangen. Er hatte sich einfach bloß gelangweilt. Nach einer Weile war ihm klar geworden, dass Margaret mehr darin erkennen würde. Er hatte einen Augenblick gezaudert, unsicher, ob er das Häuschen schnell zerstören sollte.

Sie passten nun mal nicht zusammen. Margaret, das ferne Königskind, und er, der Bettelknabe! Sie hatten sich bei einem Schulfest des *New Inn* das erste Mal gesehen. Margaret war immer wieder rot geworden. Andrew hatte gar nicht glauben können, dass ein Mädchen ihn so ansah. Er hatte sich geziert, war immer wieder ausgewichen, zweifelnd, ob wirklich er gemeint sei. Erst gegen Ende des Festes war Margaret auf ihn zugekommen, wie zufällig, und hatte im Vorübergehen seinen Arm berührt. Ihr Vater, selbst einst Schüler am *New Inn* und heute Freund des jetzigen Rektors Peter Furges, war dicht neben ihr gegangen und hatte nichts davon bemerkt.

Wochen waren vergangen, bis Andrew Margaret wiedergesehen hatte. Auf der Straße, an der Seite eines älteren Mannes, der eine rote Mütze trug und lebhaft auf sie einredete. Sie lachte hell, die Augen strahlten – bis sie ihn plötzlich erkannte und ihr Gesicht gefror. Vor Freude, denn als sie vorüberging, wandte sie sich um und lächelte. Der Alte, es war Raspale, wie er später erfuhr, hatte sie am Arm gefasst und fortgezogen.

Seither war über ein Jahr vergangen. Andrew hatte herausgefunden, wo Margaret wohnte, wer sie war. Wochenlang hatte er sich in Bucklesbury herumgetrieben und spioniert. Eines Tages dann entdeckte er sie, als sie mit einer Magd zum Markt in West Cheap ging.

Er folgte ihnen, behutsam. Erst als sie die engen Ständegassen wieder verließen, stellte er sich so, dass Margaret dicht an ihm vorübergehen musste – und sie erschrak gehörig! Später, als es dunkel wurde, war sie ans hintere Gartentor des *Old*

Barge, ihres Elternhauses, gekommen, aufgeregt und flüsternd. Da hatte er das erste Mal ihre Hand gehalten. Margaret hatte in der Nacht, wie sie ihm später beichtete, kein Auge zugetan.

Jetzt hockte sie dicht vor dem Blätterhäuschen und schaute alles an. »Hast du wirklich dabei an uns gedacht?«

»Schon«, druckste er.

»Ein bisschen wenigstens?« Sie hatte ihn durchschaut. Sie war so klug!

»Doch ja. Ich hatte ja viel Zeit … Du bist so spät gekommen.«

»Ich muss immer schleichen und mich überall verstecken, damit mich niemand sieht, die alte Barnes, die Hexe, und am Tellers Court vorbei.«

Sie machte eine Pause.

»Wir sind sehr vernünftig, Andrew. Wir wissen, dass wir nicht zusammenkommen können. Aber wir träumen einfach, dass es anders wäre. Schau nur, wie schön das Licht dort durch die Bäume fällt. Da ist es leicht, unseren Herrgott zu lieben, oder?«

Andrew nickte.

»Glaubst du, er selbst hat uns zusammengeführt?«, fragte er und hockte sich dicht neben sie. »Das muss er doch, alles ist aus seiner Hand und durch seinen Willen da.«

Sie nickte.

»Aber wenn er's war, gehören wir zusammen. Oder spielt er nur mit uns?«

»Gott?«, fragte sie zurück.

»Ja.«

»Sag so was nicht!«

»Trotzdem!« Er stach einen Stock in das lose Erdreich.

»Wir müssen nicht immer wissen und verstehen, was Gott will«, sagte sie.

»So redet bestimmt dein Vater.«

»Er weiß so etwas.«

»Ja, weil er mich nicht leiden kann.«

Sie schwieg.

Dann fragte sie: »Woran denkst du jetzt?«

»Das errätst du sowieso nicht.«

»Doch«, sagte sie. »Du willst Blumen für mich sammeln.«

»Nein. Ich denke, es wäre schön, dich jetzt zu küssen.«

Margaret sprang hoch. »Das geht nicht, Andrew.«

»Warum?«

»Du weißt, warum.«

»Nein«, sagte er und sah sie ehrlich an.

Sie schüttelte den Kopf und tat einen Schritt weg von ihm. »Höchstens auf die Wange. Das nächste Mal «

»Auf die Wange? Das ist kein Kuss.«

»Ein Wangenkuss, kein Mundkuss. Du weißt genau, warum.«

Sie war sehr entschieden, das spürte er. »Na gut, ein Wangenkuss.«

»Das nächste Mal. Vielleicht.«

»Nicht vielleicht. Versprich es mir!«

»Na gut«, sagte sie. »Und gegen den Willen meines Vaters. Er würde mich töten. Aber es ist mir egal, weil es die Liebe ist.« Sie hob den Kopf. »Wir wollten uns Geschenke machen«, sagte sie und zog etwas aus der Tasche ihres Kleides. »Ich habe ihn für dich gemacht. Damit du an mich denkst.« Es war ein kleiner Hund, aus Holz geschnitzt.

Andrew hatte einen Brief für sie. »Ein Lied und selbst gereimt. Es ist versiegelt. Du musst warten, wenn du es lesen willst.«

»Ich kann nicht warten.«

»Du musst, das gehört dazu.«

»Höchstens einen Atemzug.«

»Nein, mehr.«

»Eine Minute!«, rief sie freudig.

»Dummkopf.«

»Eine Stunde.«

»Nein.«

»Bis zum Abendgebet. Länger halte ich es nicht aus.«

»Schon besser«, sagte er.

»Warum so lange?«

»Damit du leidest, damit du dich verzehrst, für mich.«

»Du bist verrückt … und süß.«

»Dein Herz soll bluten, süß bluten, lieber Engel. Nur für mich. Du sollst nur an mich denken, an niemand sonst.«

»Wie grausam!«, rief sie.

Er nahm ihre Hände und zog sie näher. Sie wehrte sich, ein bisschen. Er küsste ihre Hände.

»Die Nacht verbringe ich weinend, um dich weinend. Ist das gut so?«, fragte sie.

»Ja.«

»Wie lieb ich dich jetzt habe …«

»Schmerz gibt der Liebe ihre Würde«, sagte er.

Sie schüttelte den Kopf. »Es graust mich, wenn du so was sagst.«

»Die Liebe ist wirr, Margaret«, sagte er.

»Wo sie doch so etwas Schönes ist!«

»Und Schweres.«

»Ach, du …« Sie nahm ebenfalls seine Hand und küsste sie, nur angedeutet, ihr Mund berührte nichts. Er war für einen Augenblick enttäuscht.

»Ich muss nach Hause«, sagte sie. »Wenn Raspale merkt, dass ich zu spät komme …«

»Du Häschen!«, rief er leise.

»Schreib mir einen schönen Brief und gib ihn Dick, dem Sohn des Kutschers, der bei uns ein und aus geht. Ich sag ihm das Versteck. Wie geht es Clatter?«

»Er frisst und bellt. Mit dem Laufen hat er noch Probleme. Wir sind jetzt Freunde. Er freut sich, wenn ich komme.«

»Grüß ihn von mir! Und sag ihm, dass ich ihn gern besuchen würde, aber dass sein Lebensretter mich nicht zu ihm lässt!«

»Es geht nicht, Margaret«, sagte Andrew. »Die anderen Jungen würden mir das nie verzeihen. Der Schlangenkeller ist tabu.«

»Tabu für dumme Häschen, oder?«, rief sie und legte sich die Hände offen an den Kopf, wie große Löffel.

Dann lachte sie und lief davon.

ALS MARGARET IN DER FERNE den Treppengiebel des Elternhauses sah, schlichen sich Bedenken in ihr Herz. Die Angst vorm Vater. Sie war am Flussufer entlanggelaufen, bog nun nördlich in die Stadt und nahm die schmalsten, dunkelsten Gassen, die Augen überall, die Ohren scharf, die Haut gespannt. Sie zog sich den Schal bis ins Gesicht und huschte, rannte, wo sie rennen konnte. Es dämmerte. Noch in den engsten Straßen drängten sich die Leute. Träger schleppten Körbe, Säcke, Reisekoffer, Kisten. Andere schoben Karren, trugen Sänften, Kiepen, Kinder, Hühnerkörbe, wieder andere hatten nur einen Brief in der Hand und fragten nach dem Namen eines Hauses.

Niemand beachtete Margaret wirklich, dennoch fürchtete sie, dass jemand sie entdeckte und verriet. Nicht auszudenken, was Thomas sagen oder tun würde! Sie duckte sich bei jedem Kinderschrei, bei jedem Ruf, bei jedem Pfiff, der durch die Gassen hallte. Peitschenhiebe flogen durch die Luft,

Lachen polterte aus einem Fenster in den Weg, Gebell und Hammerschläge, dann Chorgesang aus einer Kirche, im offenen Portal saß eine Frau auf einem Stuhl und stöhnte, ein Mann betupfte eine Wunde an ihrem Bein. Es stank nach faulenden Kartoffeln, nach Sprossenbier, nach Essig, Jauche. Dann roch es nach gebratenem Fleisch, nach Brot und Kohl, geräucherten Makrelen, schließlich mal nach Wäsche, dann nach Farbe, nach verwestem Fisch und Sauermilch. Jedes Haus verströmte etwas Neues, Eigenes, das Margaret weitertrieb, sie hier erschreckte, dort für einen Augenblick verführen wollte. Sie lief, sie flüchtete, sie japste atemlos und ihre Lungen brannten lichterloh.

Als sie um eine Ecke bog, da lag vor ihr etwas auf dem Boden. Fast stürzte sie, sprang gerade noch drüber weg. Es war ein Kind in Lumpen, es hielt die Arme über das Gesicht gekreuzt, um sich zu schützen. Ein Mädchen, vier, fünf Jahre alt.

Margaret beugte sich hinunter, berührte die kleine, dürre Schulter. Zwischen den Ärmchen öffnete sich ein Sehschlitz. Margaret fuhr zurück. Das Gesicht war narbig, ein Auge blind, die Lippen zitterten. Sie hockte sich, zog die Arme des Mädchens langsam auseinander, plötzlich standen Männer neben ihr. Zu dicht.

Sie sprang auf, da griff eine Hand an ihren Schal. Jemand stieß sie, ein anderer fing sie auf und hielt sie fest. Ein dritter Kerl riss ihr die Haube vom Kopf herunter, legte seine Hand auf ihren Mund und presste, bis es wehtat. Jetzt musste sie ersticken! Margaret zog die Beine an und trat, so fest sie konnte. Jemand fluchte. Sie trampelte, sie schrie mit zugehaltenem Mund, sie biss und spuckte um sich, riss die Arme hoch und wand sich katzenhaft.

Das Kind am Boden war verschwunden.

Eine Menge Leute standen in der Nähe und sahen zu, wie man sie quälte, womöglich schänden würde! Ihr Mut gefror, ihr Zorn verlor an Schärfe, als hätten Hexen sie gelähmt. Bis anderer Lärm aufkam. Etwas blitzte auf, ein Säbel fauchte durch die Luft. Dann Schreie. Die Angreifer stolperten und fielen durcheinander, rafften sich im Halblicht auf und rannten fort. Dann wieder Schreie, leiser.

Margaret setzte sich auf den Boden, die Hände links und rechts, um sich zu stützen. Noch benommen blickte sie sich um. Da stand ein Fremder, lässig, stark, ihr Retter, in der Rechten eine Waffe, einen kurzen Säbel. Er stieß ihn mit der Spitze in die Erde.

»Vielleicht bin ich Ihr Schicksal«, sagte er. Seine feste Stimme wischte den Straßenlärm hinweg. »Ich sah es eben zufällig, wie diese Schurken aus dem Tor dort vorne kamen. Sie schienen mir nichts Gutes im Schilde zu führen. Seltsam, wie man so was ahnt!«

Er kam zu ihr, reichte ihr die Hand und half ihr auf die Beine. Er trug eine grell gestreifte Hose, das Haar lag offen auf den Schultern.

Margaret strich ihr Kleid glatt, es war ganz schmutzig. Das hochgesteckte Haar hing wirr in Strähnen. Ihre Haube lag am Boden. Sie bückte sich, aber der Mann war schneller und hielt sie schon in seiner Hand.

»Habe ich vorhin Schicksal gesagt?« Er lächelte. »Verzeihen Sie. Ich heiße Aron Boggis. Ich bin Reisender. Darf ich?« Er schlug den Staub aus der Haube und reichte sie ihr.

Margaret setzte sie auf, so gut es eben ging, band sie fest zu und wusste plötzlich nicht, wohin sie schauen sollte.

»Sie laufen sicher nicht alleine durch die Stadt? Oder etwa doch?«

Sie nickte.

Seine Stimme klang wie tiefe Glocken. Er hatte große, schwere, dunkle Augen. Margaret wollte etwas sagen. Ihr fiel nichts ein. Am liebsten wäre sie in irgendeinem Loch verschwunden.

»Ich bin schon fast zu Hause«, presste sie heraus. Ihre eigene Stimme kam ihr dünn und kindlich vor. Sie wurde rot und schämte sich.

Er sah sie an. »Hier, in dieser Gegend?«

»In Bucklesbury«, sagte sie.

»Ah ja!« Er überzog sie noch einmal mit einem langen, dunklen Blick. »Ich darf Sie doch bis dort begleiten ...« Er ließ den Säbel elegant in den silbern beschlagenen Lederschutz gleiten, der an seinem Gürtel hing. Dann stellte er sich dicht neben sie, reichte ihr den Arm und wartete.

Margaret ergriff den Arm. Sie wankte ein wenig und bezwang sich. Der Schwindel schien ihr rätselhaft und süß. Die Leute hatten sich zerstreut, der übliche Lärm der Straße kroch zurück in ihr Bewusstsein. Ihre Beklemmung war mit einem Mal verflogen, als hätte sie sich nie gefürchtet. Der Fremde neben ihr schritt aus, sicher, wissend, väterlich beinah. Sie lächelte flüchtig. Wie kam sie eigentlich darauf, sich von einem völlig fremden Mann durch London führen zu lassen? Aber sie empfand Vertrauen, nicht einmal ferne Zweifel. Sie blickte auf den heimatlichen Stufengiebel, der ab und zu zwischen den Dächern sichtbar wurde.

»Reisender also«, erklärte er. »Ich lebe überall. Wie eine Schnecke. Ich trage mein Haus mit mir herum.«

Er sah sie von der Seite an, doch sie schaute geradeaus, als herrschte ein Verbot, den Fremden anzublicken.

»Vor vier Monaten in Barcelona, dann Paris, dann war ich in Narbonne, Beziers. Wissen Sie, wo Beziers liegt?«

Margaret hatte keine Ahnung.

»Im hellen Süden Frankreichs«, antwortete er.

»Können Sie sich vorstellen«, fuhr er fort, »wenn Sie dort leben, dass Sie nach einiger Zeit aufhören, sich zu fragen, wie das Wetter wird?«

Jetzt musste sie ihn kurz ansehen. Die Frage war zu seltsam.

»Sie wollen morgens aus dem Haus gehen«, erklärte er, »und denken nach, ob sie den Pelz nehmen, den schweren Filz oder einen leichten Mantel aus florentinischem Tuch, den man doch besser nicht voll regnen lässt, nicht wahr? Es dauert ein paar Wochen, dann hören Sie auf, sich über so etwas den Kopf zu zerbrechen. Das Wetter wird egal. Die Sonne scheint, die Wolken sind weiß und leicht, nicht wie in London …« Er hüpfte, während er lachte. Margaret zog seinen Arm ein wenig fester an sich und löste sich gleich wieder etwas.

»Und das Licht in diesen Ländern!«, rief der Fremde. »Die Häuser sind so hell wie der Himmel dort. Schauen Sie sich hier um, nur rußige Fassaden! Der liebe Gott ist diesem Lande gram. Und wissen Sie, warum?«

Er lächelte wieder. Das Lächeln tat ihr beinah weh. Er zog sachte an ihrem Arm, damit sie weiterging.

»Sie sind ganz bleich, Miss. Sorgen Sie sich nicht, ich kenne Ihren Vater«, sagte er.

Beruhigung und Angst vermischten sich in ihr. Was, wenn er mit ins Haus kam und frisch und frei erzählte, was geschehen war?

»Haben Sie mich verfolgt?«, fragte sie mutig.

»Ja, zum Glück!«, rief er.

Sie ließ sich von ihm weiterziehen. Das Elternhaus kam immer näher. Gleich hatten sie den Garten erreicht, sie sah die Pflaumenbäume.

»Verzeihen Sie, ich …«, stotterte sie und wurde feuerrot.

Sie blieben stehen.

»Wir können nicht so weitergehen. Ich bin daheim. Ich danke Ihnen sehr. Sie können sicher sein, dass ich von hier ab nicht behelligt werde.« Sie machte sich von ihm los. »Hat mein Vater Sie geschickt?«

»Oh nein, Mademoiselle.« Er machte eine tiefe Verbeugung. »Wissen Sie, warum es in England kalt ist? Weil die Engländer so gottlos sind. Ja, ich glaube, sie sind ungläubig. Sie glauben nur an Gott, wenn sie sicher sind, ins Paradies zu kommen. Es ist ein Geschäft für sie. Sie bieten Gott Geld und gutes Betragen und erwarten seine Gnade. Er rächt sich mit dem Wetter, angemessen, wie ich finde.«

Margaret war sprachlos.

Ihr Blick ging unruhig zwischen ihm und dem Holztor in der Mauer hin und her.

Der Fremde streckte ihr die Hand entgegen.

Margaret fuhr erschreckt zurück. Aus seinem Daumen wuchs eine Figur empor, ein kleiner Mensch, ein aufgestecktes Männlein, das einen roten Umhang trug und eine Mitra, es war ein Kardinal, perfekt gemacht in seiner Winzigkeit.

»Sie machen mir Angst, Sir.«

»Nein, sehen Sie! Es ist nur ein Fingerpüppchen.«

Er hob die andere Hand und Margaret wollte gar nicht glauben, was sie diesmal sah: ein zweites Püppchen, seine Kleider waren prächtig.

»Der König!«, hauchte sie.

»Heinrich Tudor«, bestätigte der Mann und sah sich um. »Vergessen Sie mich nicht! Und erzählen Sie Ihrem jungen Freund von mir. Ich kenne ihn. Ich kenne jeden.« Der Mann lachte. »Jetzt mögen Sie mich nicht mehr! Ich bitte um Verzeihung. Sie müssen gehen, selbstverständlich …«

Er verbeugte sich noch einmal, winkte mit der linken Hand und ging.

Margaret zitterte, ihr Herz schlug wütend. Diese Begegnung war sicherlich kein Zufall gewesen; der Fremde wusste viel zu viel von ihr und sogar Andrew! Jetzt sah sie, dass das Tor hinter ihr geöffnet war. Sie rannte hin. Raspale schimpfte leise. Er ließ sie schnell herein und schloss die Türe zu. Dann ergriff er ihren Arm und zog sie murmelnd durch den dunklen Garten bis zum Haus. Fast stolperte sie. Ängstlich flüsterte sie ihm zu, dass ihre Kleider schmutzig seien.

Durch eine Nebentür schlüpften sie ins Haus und schlichen ungesehen bis zur Wäschekammer, wo Raspale sich bekreuzigte und wegging und Margaret sich entkleidete, um frische Sachen anzuziehen.

LADY ALICE FING IHREN EHEMANN gleich an der Haustür ab. »Du hast Besuch, Morland. Es ist dieser königliche Brautbeschauer, den du nicht leiden kannst. Ich finde ihn recht angenehm …«

»Weil er dir Augen macht«, maulte Thomas leise und ging an ihr vorbei. »Der Mann hat alle königlichen Pässe und Papiere. Ihn abzuweisen wäre sehr gefährlich. Aber deshalb muss man ihn nicht gleich verehren!«

Als Thomas das große Zimmer betrat, stand der Besucher mit vorgestreckten Armen da.

»Sir Thomas, ich begrüße Sie sehr herzlich. Ich heiße Aron Boggis, wir kennen uns nur flüchtig. Sind Sie gesund in diesen schweren Tagen?«

Thomas ließ seine Hände nehmen und schüttelte zurück.

»Ich bin Agent und in meiner Tarnung Besitzer einer Fähre mit vier Leuten, die für mich das Boot betreiben, wenn ich reise. Ich verdiene gutes Geld, ich bin kein Bittsteller. Sie dürfen mir vertrauen und müssen nicht erschrecken, wenn viele Dinge, die ich sage, eigentlich Interna sind. Meine Position berechtigt mich zu wissen, dass es in Kürze eine Kommission geben wird, in der Sie den Vorsitz führen. Dies nur zum Beispiel. Ich möchte Ihnen helfen, Sir. Ich biete Ihnen meine Dienste an. Ich bin ein Spezialist des Königs, ich verfolge, registriere und berichte an die höchsten Stellen. Ich kann berichten, dass ein gewisser Schüler sich, sagen wir, um Ihre Tochter kümmert ...«

Lady Alice kam herein und stellte Blumen auf den Tisch. Thomas blieb förmlich, distanziert. Er setzte sich mit einem Seufzer, bot Boggis einen Stuhl an. Die Dame ging hinaus.

»Was heißt, er kümmert sich?«, fragte Thomas.

»Er ist höflich und geschickt. Er fordert sie heraus. Er liebt sie, Sir. Aber die Zeiten sind gefährlich, wie Sie wissen. Man findet tote Schüler mit naseweisen Briefen, in welchen vom Tode Gottes die Rede ist und von einer großen Leere in der Welt.«

»Was wollen Sie?« Thomas wurde ungeduldig.

»Ich biete Ihnen an, das Kind zu schützen. Es zu bewahren vor den Händen dieses Schülers. Diese Hände sehnen sich danach, Ihr jungfräuliches Kind ...«

»Ich muss doch bitten!«, unterbrach ihn Thomas.

»Verzeihung, Sir. Wie ich schon sagte: Ich verfolge Menschen und ich sammle Wissen, Bilder, Orte und Gespräche. Der König lobt mich immer wieder. Er selbst ist interessiert, dass unsere gute Ordnung immer fest bestehen bleibt.«

»Natürlich«, sagte Thomas, um irgendwas zu sagen. »Muss ich Sie bezahlen?«

»Das wäre sogar edel. Es geht darum, die beiden Kinder zu beobachten, ganz in Ihrem Sinne, oder nicht? Sie selbst sind außerstande, Ihr Gesinde ist zu dumm. Sie haben keine Wahl. Ich möchte helfen. Ich berichte Ihnen regelmäßig, das verspreche ich. Und bitte unterschätzen Sie mich nicht! Geld ist nicht nötig, mir reicht die Protektion der Ämter, die Sie innehaben.«

»Ich danke Ihnen.«

»Was heißt das?«, fragte Boggis.

»Dass ich Ihren Dienst mit Dank entgegennehme«, sagte Thomas nicht ganz widerwillig.

Boggis lächelte gekonnt. »Ich wusste es. Sie können sich auf mich verlassen. Darf ich dem König sagen, dass wir Freunde sind?«

»Wenn Sie es möchten.« Thomas war erstaunt. »Was hätten Sie davon?«

»Sie waren sein Erzieher, Sir.« Boggis erhob sich. »Ich lege sehr viel Wert darauf, dass meine Freunde adelsblütig sind. Ich will Sie jetzt nicht länger stören …«

Thomas stand mit ihm auf. Sie gaben sich die Hände. Als sie den Flur betraten, stand Margaret in der Küchentür und wurde rot. Thomas sah es und war sofort verärgert. Er schnaufte laut und folgte Aron Boggis bis zur Tür.

9. Kapitel,
worin ein böser Mensch die stillste Rolle spielt

Am folgenden Tag ging Andrew nach dem Vormittagsunterricht nach Bridewell, fütterte im Schlangenkeller Clatter und zog das leere Wägelchen über den Uferweg zur Brücke, die er überquerte, um in *Bear Garden* seine Arbeit zu beginnen.

Der Tierwart sah ihn mit der Karre kommen und meckerte herum. Andrew ging ihm aus dem Weg. Aber der Kerl verfolgte ihn. »Du hast doch nicht etwa irgendeinen Köter mitgenommen! Wenn ich dich je dabei erwische, bist du reif. Wir hatten einen, der hat die Viecher nachts geklaut und einem Dänen zugeschanzt, der sie zerlegt und eingelegt hat. Ein Schlachter in Weymouth hat später dieses Zeug verkauft, als Rindfleisch. Den haben sie gehängt.«

Andrew schüttelte den Kopf und ging an seine Arbeit.

Der Tierwart rief ihm hinterher: »Dann hatten wir noch einen, der hat das Hundefell verkauft, hier unter meinen Augen! Bestimmt hätte er sich auch das Bärenfell geschnappt, wenn ich ihm nicht die Ohren und seine Nase abgeschnitten hätte. Hast du verstanden …?«

Am späten Nachmittag traf Andrew Gregor Gascoigne in der Stadt.

Sie gingen zu den *Stairs*, wo Gregors Patenonkel sein Fährboot liegen hatte. Andrew hielt sich auf Distanz, ließ Greg vorausgehen und behielt ihn nur im Auge.

Der Fluss war voller Boote, die meisten davon waren kleine Ruderfähren. Jede Fähre hatte ihren festen Liegeplatz, bis zu einem Dutzend an den jeweiligen Stegen und Treppen, den *Stairs*.

Dort flatterten an hohen Galgen und Masten bunte Fahnen oder hingen Schilder, auf denen Füchse, Raben, Blüten, Flammen und zahllose andere Zeichen auf die jeweiligen Eigentümer und Betreiber verwiesen. Überall lagen Frachtbarken an den Kais, Kohlenschiffe, Flöße, kleine Koggen mit niedriger Takelage, die durch die Brückenbögen passten, Fischkutter und Tjalgen mit winzigen Kajüten, in denen die Steuermannsfamilien und Matrosen wohnten.

Vor einem roten Galgen mit schmalem Schild blieb Gregor stehen. Das Schild zeigte einen Schwanenkopf, der die Spitze eines Ritterhelms bildete, der wiederum einen hübsch gerollten Federschwanz hatte. Alles frisch und leuchtend bunt gemalt.

Gregor hockte sich in Ufernähe hin.

Andrew blieb hinter einem Schuppen in der Deckung. Er fror und hatte Hunger, was nicht sehr ungewöhnlich war. In der Küche des Konvikts hatte es vor kurzem einen Brand gegeben. Das Wasser, mit dem das Feuer gelöscht worden war, hatte die Vorräte verdorben; es fehlte nach wie vor an Geld, um neues Mehl zu kaufen, gar nicht zu reden von Gemüse, Pökelfleisch und Fisch. Seit Tagen gab es nichts als dunkles Brot mit einem Brei aus Kleie, wenig Mehl und etwas Hirseschrot. Dazu wurden manchmal ein paar Rüben gar gekocht oder ein Kessel Knochenbrühe angesetzt. An jedem dritten Tag gab es zum Abend Kutteln und Kaldaunen. Einige der älteren Studenten hatten sich beklagt und zum Dank Schläge und einen Tag Arrest erhalten.

Der Wind malte Figuren auf das Wasser, das in langen Wellen hinfloss wie die Zeit, wie das ganze Leben eigentlich.

Andrew fühlte sich in jüngster Zeit müde, als würde sich das Lebensrad für ihn schneller drehen als für andere. Er wusste nicht, warum. Am Morgen stand er auf und betete, aß, lernte, tat die hundert Dinge, die ein jeder tat. Nur alles gleichsam herzlos. Am Abend war der Tag vergangen, und wenn er sich erinnerte, schien jeder Augenblick ihm leer.

Bis auf die Male, die er Margaret traf. Bei ihr konnte er sich selber fühlen und verstehen. Mit Margaret hatte auch das Lernen einen Sinn, wenn er bedachte, dass er es für sie tat, für sie beide, für eine Zukunft, die sie teilen könnten. Aber wie dumm von ihm, an diesen Traum zu denken! Er fragte sich, wieso er Margaret überhaupt noch traf und wieso sie ihn beachtete, obwohl ihr Vater ihrer Freundschaft keinen Segen gab. Er hätte heulen können! Er spähte auf das Wasser, das grau und schwer die dunkle Stimmung noch verstärkte. Dann trat er einen Stein fort und spuckte in den Sand. Er sah zum Himmel, der ihm plötzlich leer erschien, mit seinen Wolken, die nur Nebel waren. Was, wenn kein Gott dort oben war und jedes Wort zu ihm in einem riesengroßen Nichts verhallte …?

»Andrew!«, zischte Gregor und deutete aufs Wasser.

Draußen auf dem Fluss löste sich ein Boot aus dem Gewimmel.

Sechs Menschen saßen drinnen, einer ruderte. Alle waren dick vermummt. Jetzt konnte Andrew schon die Ruderschläge hören. Das Boot hatte ein Gepäckdeck, eine kleine Brücke mit einem niedrigen Geländer, über das die Körbe, Kisten, Säcke hoch hinausragten und das kleine Schiff sehr instabil erscheinen ließen. Es wankte hin und her wie ein Betrunkener, gefährlich tief und langsam.

Der Ruderer versuchte, die Bewegungen mit seiner Körperlage auszugleichen, er war geübt darin. Fast jede Fähre wurde überladen und schon viele waren draußen in der Strömung umgeschlagen; dagegen halfen Öle, gewisse Rinden und gesegnete Oblaten, die von den Schiffern selbst vor Antritt jeder Reise den Passagieren zum Kauf empfohlen wurden.

Das Boot berührte den Steg, der Fährmann warf die Leine auf den Poller und machte fest. Die Leute standen auf und kletterten nach oben. Andrew beobachtete jede Bewegung des Mannes, der jetzt die Schnüre des Gepäcks löste und die Teile an den Bug des kleines Schiffes trug, wo er sie schließlich auf die Schulter stemmte und an Land trug.

Aus der Ferne hörte man den Lärm der Straßen und der Brücke, von wo das Echo der eisernen Wagenräder hoch über die Giebel der Brückenhäuser sprang.

Gregor blickte Andrew an. Der Pate arbeitete im Boot. Das Wolkengrau zerriss an manchen Stellen und blaue Leere trat hervor. Andrew gab Gregor das verabredete Zeichen, dass er den Paten wirklich als den Mann erkannt hatte, der mit Clifford auf der Brücke gestanden hatte.

Der Kerl rollte Taue auf, öffnete ein hölzernes Eimerchen mit Pech und kalfaterte das Dollbord und den Boden. Greg schlich jetzt näher heran, Andrew sah es und hätte ihn am liebsten gleich zurückgerufen.

Der Pate kletterte an Land, lief schnaufend zu einem Schuppen, holte neues Werg und stieg ins Boot zurück.

Gregor lauerte geduckt. Andrew ahnte, was ihm durch die Seele ging. Greg hasste seinen Paten, er hatte es vorhin erzählt. Dass er die Eltern schlecht behandelt hatte, und ihn selber auch; da waren Streit und Schläge mit im Spiel gewesen.

Der Fluss war schwarz. Der Pate kehrte wieder. Ahnungslos, dass er belauert wurde.

Andrew sah hilflos zu, wie Gregor von der Treppe in den Uferkies hinuntersprang und einen großen Stein nahm und damit seltsam spielte. Der Pate ging vorbei, die Schritte klopften auf das Pflaster. Gregor wandte sich ihm zu, blieb schräg hinter seinem Opfer stehen und wog den Stein in seiner Hand. Dann ließ er ihn fallen. Andrew war erleichtert. Der Pate ging zum Boot. Gregor hatte Tränen in den Augen, als er die Uferstraße hastig und mit geballten Fäusten überquerte.

10. Kapitel,
in welchem Puppen wie im Leben spielen

Der Präzeptor Clifford selbst, sein Peiniger, hatte Charles Summers am Morgen im Hof des *New Inn* angehalten und in das Konvikt zurückgeschickt, wo alle Schüler wohnten. Vielleicht, weil es ihm peinlich war, dass andere sahen, wie sein Schüler nach der Bestrafung aussah und unter Schmerzen durch die Flure humpelte.

Charles war ins Dormitorium gegangen und hatte sich aufs Bett gelegt. Der Saal war leer. Von ferne hörte man die Männer in der Küche, wie sie mit den Töpfen klapperten und sangen.

Jetzt war er müde und schlief dennoch nicht. Die Frage, wieso Clifford ihn an diesem Morgen vom Unterricht befreit hatte, beschäftigte ihn weiterhin. Überhaupt hatte sich der Lehrer in ein rätselhaftes Licht gestellt, so wie er sich Andrew gegenüber verhalten hatte …

Charles schloss die Augen. Die Luft im Saal war von der Nacht verbraucht. Der Gestank wich nie ganz aus den verfilzten Decken, selbst wenn sie einmal in der Woche kurz gelüftet wurden.

»Master Summers …!«

Charles blieb das Herz stehen.

»Mein Junge, hier bin ich …!« Es war Clifford.

Charles sprang aus dem Bett, die Knie quälten ihn. Er blickte um sich, sah aber niemanden.

»Sir?«

»Hier hinten, Master Summers …!«

Clifford stand unter einem dunklen Bogen, dort wo sich der hohe Wäscheschrank befand. Charles sah ihn nur als Schattenriss.

»Was machen Ihre Beine?«

»Es geht schon wieder, Sir.« Charles merkte, wie sich Angst in seinen Magen schlich.

»Das freut mich, Junge. Ich habe das Gefühl, dass du vielleicht nicht ganz verstanden hast, warum es manchmal wichtig ist, zu lernen, was Bedrohung ist. Wenn du die Bibel aufmerksam liest, findest du unzählige Stellen, in denen Menschen sehr schwere Prüfungen bestehen müssen. Entweder scheitern sie daran oder sie entwickeln sich, von Schritt zu Schritt ... Das Schlimmste wäre stillzustehen. Das ist der Tod. Denk drüber nach, Charles! Du willst nicht stillstehen, und weil ich dich gepeinigt habe, bist du nicht mehr derselbe, der du am Vortag warst. Du solltest froh sein.«

»Ja, Sir.«

»Ich habe einen Freund, der dich besuchen wird. Du brauchst dich nicht vor ihm zu fürchten. Er ist ein guter Mensch, er will beweisen, dass unsere Angst, Gott könnte uns nicht hören, unbegründet ist. Jeder kennt diese Angst, Charles, selbst ich bin nicht davor gefeit. Dass ich vor euch den Eindruck mache, dass ich sicher bin, ist meine Pflicht als Lehrer. Ich höre ihn jetzt kommen und gehe besser.«

Clifford ging zur Tür, winkte herüber und verließ den Saal so lautlos, wie er hereingekommen war.

In Charles ließ er ein großes Loch zurück, als hätte jemand es mit einer Schere in sein Herz geschnitten. Charles konnte fühlen, dass dieser Schrecken nicht vorüber war. Clifford war gegangen, aber etwas anderes war im Saal geblieben, ein Schatten, der jetzt von der anderen Seite in das trübe Licht der schmalen Fenster trat.

»Du bist also Charles Summers«, sagte eine tiefere als Cliffords Stimme. Charles hatte sich wieder auf sein Bett gesetzt.

»Dein Lehrer hat mich vorhin reingelassen. Wir sind allein. Du brauchst dich nicht zu fürchten, ich bin weder ein Engel noch der Teufel.«

Charles lugte vorsichtig zur Tür. Dort stand ein Mann mit langem, offenem Haar.

»Sir?«, sagte Charles leise.

»Ich kann an deiner Stimme hören, dass du Angst hast. Wie soll ich mit dir reden, wenn du dir in die Hosen machst?« Der Mann lachte, es klang freundlich.

Charles hörte, wie er ein paar Schritte tat. Er sah ihn näher kommen. Das Gesicht war nicht zu sehen, nur der Mund, das Kinn, es hatte keinen Bart.

»Ach, dieser Präzeptor, ein rätselhafter Kerl! Wie er schon redet! Aber wir können uns nicht aussuchen, mit wem wir Umgang haben, stimmt's?«

»Ich weiß nicht«, hauchte Charles. Er tat keine Regung, er wusste nicht, was er empfinden oder denken sollte.

Plötzlich hatte der Mann etwas an seiner Hand, einen Handschuh, nein, etwas an seinem Finger, ein Püppchen, das sich jedes Mal verbeugte, wenn er den Zeigefinger krümmte.

»Das ist er, oder nicht?«, flüsterte der Fremde.

Charles staunte bloß. Das Püppchen war der Präzeptor Clifford, sein Ebenbild, nur alles spatzenklein und zierlich.

»Er ist stets bei mir, dieser Wicht, und wie du auch erkennen kannst, bin ich es, der ihn kontrolliert. Du musst dich also nicht mehr vor ihm fürchten. Vertraust du mir?«

Der Junge schwieg.

»Glaubst du an Gott, Summers?«, fragte der Fremde.

»Ja, Sir.«

»Ich beneide dich dafür. Wie Gott mir fehlt!«

»Fehlt, Sir?«

»Es gibt ihn nicht.«

»Doch, Sir.«

»In deiner Welt. Ich habe ihn verloren.«

»Es gibt nur eine Welt«, versetzte Charles.

»Wieso? Kenne ich deine Mutter oder den Ort, wo du geboren bist? Das ist nicht meine Welt, Charles, sondern deine, in der es eben einen Gott gibt, an den du glaubst und der für dich alles beieinander hält.«

»Gott ist über allem, Sir. Das lernen wir.«

Der Fremde lachte wieder. »Wir lernen auch, dass Krieg zu führen sei. Aber ist es wirklich gut, anderen Menschen den Schädel einzuschlagen und ihnen Haus und Hof zu rauben, bloß weil sie eine andere Sprache sprechen oder weil sie vielleicht dümmer oder begabter sind als wir? Wir wissen so wenig, Charles. Schau nur die Spanier und Portugiesen! Sie segeln durch die Meere und erobern sich die Welt. Was würde ich darum geben, einmal dorthin mitzureisen, in eine andere Welt, so fremd, als wäre man gestorben und hätte doch die Gnade einer Wiederkehr mitsamt all der Erfahrung ...«

Das Cliffordpüppchen war verschwunden. Der Fremde zog die Hand aus seiner Manteltasche.

»Ach, sieh mal, was ich finde! Seltsam. Eine trockene Erbse!« Der Fremde ging zur Tür. »Adieu!« Es wurde mäuschenstill, nur die Geräusche aus der Küche klangen leise her.

Charles fühlte Gott, der über allem war. Er schloss die Augen. Er würde eine Weile liegen bleiben. Später würde er zum Schlangenkeller gehen und nichts von dem erzählen können, was geschehen war. Er betete das Vaterunser und fühlte ängstlich in sich nach, ob Gott ihn hörte und hoffentlich behütete ...

11. KAPITEL,
in welchem Freunde sich das erste Mal misstrauen

Andrew nahm die Thames Street, Gregor die Route über *The Wardrobe*, Search folgte dem Fluss bis Bridewell – und Charles, dem immer noch die Knie wehtaten, schlich sich von Norden an.

Die *Blackfrairs Seven* gingen stets getrennt, wenn sie sich im Schlangenkeller trafen. Aus Vorsicht. Sie blickten hinter sich, je näher sie dem Fleet River und der westlichen Stadtmauer kamen. Jeder hatte seine Kniffe, sich am Ende gleichsam vom Erdboden verschlucken zu lassen.

Andrew war spät dran, und er beeilte sich, so gut er konnte.

Die Thames Street war voller Lärm und Staub. Zahllose Fuhrwerke drängten sich aneinander vorbei, überall Pfiffe, Glocken, Peitschenknallen, Flüche, Schreie, Rufe, Tiergebrüll, die von den Häusern widerhallten. Handkarren wurden gezogen, geschoben, standen im Weg herum. Unzählige Träger schleppten Bündel, Säcke, Kisten, Käfige mit Hühnern, halbe Schweine, Körbe mit Gemüse, Steingut, Lederrollen, Filzballen, Nägeln und Beschlägen. Arbeiter trugen Bauholz, Steine, Kiepen mit Sand, Kalk, Kies und Lehm. Andrew wich aus, wurde angerempelt, stolperte über Bretter, die aus dem Dreck der Straße ragten, musste sich ducken, wurde beäugt, übersehen, ausgelacht, bestaunt und, wie ihm plötzlich schien, verfolgt!

Es war ein Junge, elf, zwölf Jahre alt, in zerrissenen Hosen, schmutzig, barfuß, mit zerzausten Haaren und knochigen Hungerwangen, die Augen steckten tief in dem Gesicht.

Der Bengel schielte immer wieder ungeschickt herüber. Andrew tat, als merkte er es nicht. Der Junge zögerte zuweilen, folgte weiter, spähte, hielt einen kurzen, dicken Stock, mit dem er spielte. Ein kleiner Dieb vielleicht, der sich an Andrews Fersen geheftet hatte, um seinem Bandenchef am Abend irgendetwas auf den Tisch zu legen, ein Stück Leder oder Brot, damit er nicht verdroschen wurde. Ein kleiner Messerheld, der einem ziemlich wehtun konnte. Andrew hatte ein paar Begegnungen mit solchen Ratten überstanden.

Er bog um eine Ecke, um eine zweite. Der Junge klebte an ihm wie Pech, hüpfte umher, schlenderte, pfiff und spuckte wie ein Großer. Plötzlich kletterte er über einen Zaun, kehrte zurück und hatte einen Apfel in der Hand, der mit ein paar Bissen flink in seinem Mund verschwand. Schon waren die Gärten am Fleet River in Sicht. Andrew musste handeln, jetzt. Der Bengel ging ihm langsam auf die Nerven. An einer Baumgruppe ließ er sich blitzschnell in eine Mulde fallen, wartete einen Moment und robbte an den oberen Rand. Er lugte die Straße hinauf: Sein Verfolger war verschwunden. Er wartete noch einen Augenblick, dann stand er auf. Der Lärm der Straße, die noch nah war, brach sich in den Gassen, wurde leiser und versiegte, als er in die abgelegenen Gärten kam.

Er überquerte die Brücke in Bridewell, folgte dem Treidelweg ein Stück und tauchte ins Gestrüpp der alten Schmiede ein, vollkommen ungesehen, wie er glaubte, als plötzlich Margaret vor ihm stand!

»Das ist ein Schreck! Du bist nicht unfehlbar«, sagte sie mit süßer Stimme. »Der junge Herr hier ist Dick Dickens, der Sohn unseres Kutschers.« Sie deutete auf den mageren Bengel, der plötzlich in der Nähe stand. »Ich fürchte, er ist im

Verfolgen und Verstecken besser als du und hat sich seinen Penny wohl verdient.«

Margaret gab dem Jungen die Münze und lächelte Andrew an.

»Er hat dich von mir abgelenkt. Bist du uns böse?«

»Ja«, sagte Andrew. Er meinte es ganz ernst. »Die andern sind dort unten. Du kannst nicht mit.«

Dick polierte das Geldstück und machte sich aus dem Staub.

»Ich will nicht mit«, erklärte Margaret.

Andrew trat unruhig auf der Stelle.

»Ich wollte dir eigentlich bloß zeigen«, fuhr sie fort, »dass ich auch was kann. Mein Vater wäre stolz auf mich.«

»Du weißt genau, dass das nicht stimmt«, sagte er.

Sie nickte. »Magst du mich trotzdem immer noch?«

Er grinste nur.

»Ich muss jetzt zu den anderen«, sagte er und spuckte kräftig aus.

Margaret nickte.

Sie zog ein zusammengefaltetes Papier aus ihrem Kleid und gab es Andrew. »Vielleicht glaubst du mir jetzt, dass ich mutig bin. Ich habe es heimlich im Studierzimmer meines Vaters abgeschrieben.«

Andrew öffnete das Blatt.

Er wurde bleich.

»Sag bitte nichts!«, bat Margaret. »Lies es dir durch und zeig es den anderen, wenn du willst. Ich wollte auch ein bisschen nützlich sein.«

Andrew fühlte sich beschämt. »Du kannst jetzt nicht allein nach Hause gehen.« Er war besorgt. Wie war sie vorhin eigentlich unbehelligt an Söldnern, Gassenvögten und Stadtwachen vorbeigekommen, die an jeder Ecke standen und

Frauen oft belästigten, statt ihnen Schutz zu bieten? Es ziemte sich einfach nicht für eine junge Dame, allein umherzulaufen. Aber so war Margaret. Mit dem Kopf durch alle Wände und kein Feind ist schlimm genug! Doch wenn er ehrlich war, bewunderte er gerade diesen Dickkopf am allermeisten.

»Ich bin alleine hergekommen«, sagte sie. »Dick Dickens hätte mich wohl kaum beschützen können. Niemand traut mir etwas zu. Du bist nicht besser als mein Vater.« Sie lachte. »Ich werde mit ihm reden, um seinen Segen für uns bitten. Er ist im Herzen gut. Er will mein Bestes. Du und ich gehören zusammen, das wird er noch verstehen.« Sie winkte Andrew zu und lief davon.

Er starrte auf das beschriebene Papier und warf ihr einen Kuss nach. Dann überflog er, was Margaret für ihn abgeschrieben hatte. Es war der Abschiedsbrief von Tim McDuff. Ein kalter Schauer lief über seinen Rücken.

Er folgte dem niedrigen, dunklen Gang zum Schlangenkeller, tastete sich an den rauen, gemauerten Wänden entlang, bis er weit hinten Lichter flackern sah. Er hörte Stimmen, blieb stehen und rief die Parole: *»Semper libertas, pavor nunquam!«*

Die anderen übersetzten: »Immer Freiheit, niemals Furcht!«

Andrew ging weiter, bis er in der trockenen Kellerhöhle stand, die breiter als der Gang war, aber genauso niedrig.

»Wo warst du denn?« Gregor hielt ein Öllicht in die Höhe.

Andrew tat, als blendete es ihn.

Er begrüßte Clatter.

»Eine Art Überfall«, log er. »Eine Horde Bettelkinder, schlimmer als hundert Zecken.«

Der Hund stand auf und freute sich. Andrew hatte ihn am Vorabend draußen ein Stück laufen lassen. Er humpelte zwar, aber das schien ihn nicht zu stören. Andrew hatte ihm erzählt, was ihn bedrückte, wie einem Freund. Clatter hatte zu ihm aufgeblickt, als ob er jedes Wort verstanden hätte.

»Ich hab hier was.« Andrew hielt den Brief in seiner Hand.

Er las laut vor: »Im Namen des Vaters, des Sohnes und des Heiligen Geistes, Amen. Wer diese Zeilen liest, hält die Worte eines Toten in der Hand. Ich, Tim McDuff, Schüler am *New Inn* zu London, wurde im Jahre des Herrn 1505 in Mile End als viertes Kind des Schneiders John McDuff und seiner Frau Eileen geboren … Jetzt kommt es!« Andrew blickte hoch. Dann las er weiter.

»Zwei Tage nach Mariä Verkündigung fand ich zwischen den Decken meines Betts einen versiegelten Brief, der nur zwei Zeilen enthielt: *Gott ist. Die Welt ist. Du bist Aber wie groß ist die Entfernung zwischen euch?* Zuerst kam mir die Frage dumm und albern vor. Ich vergaß sie fast. Dann, nach ein paar Tagen, wurde sie ein kleines Tier, das sich in meine Seele schlich und mich nicht schlafen ließ. Ich betete vergeblich. Ich schlug mich blutig, ohne dass mir Gott half, die innere Ruhe wiederzuerlangen …«

Andrew machte eine Pause. Es war totenstill.

»… Das Tier wurde größer. Es nagte an meinem Herzen. Es ernährte sich von mir. Ich wurde diese Frage nicht mehr los: Wie weit entfernt ist Gott von mir?«

»Gott ist mit uns«, stellte Gregor leise fest.

»Weil es die Welt gibt«, ergänzte Search.

Charles sagte nichts.

»… Das Tier wurde zum Ungeheuer«, las Andrew weiter. »Es kroch in meine Träume und fraß ein Loch in meine Welt. Ich hatte Angst. Ich betete nicht mehr. Mein Glauben starb. Ich fühlte nichts. Ich hatte aufgehört, ein Mensch zu sein …«

Andrew atmete tief ein.

»... Später fand ich einen zweiten Brief. Darin stand, dass Gott nicht sei und dass es niemand gebe, der mein Leben lenkt und meine Seele rettet, weil auch die Seele nichts als ein Gedanke sei. Und dass dieser Gott, der nicht sei, mir die Eltern rauben werde, das sei mit Wissenschaft berechnet und stehe unumstößlich fest.« Andrew blickte um sich. »Hier bricht der Brief ab.«

Search fand als Erster wieder zu sich. »Ein Gott, der gar nicht existiert, könnte ihm wohl nicht die Eltern rauben.«

»Wo hast du den Brief her?«, fragte Charles.

»Das sag ich nur, wenn ein *Blackfrairs*-Geheimnis daraus wird«, sagte Andrew.

Alle stimmten zu.

»Margaret Morland hat ihn heimlich abgeschrieben. Offenbar ist ihr Vater damit befasst, die Todesfälle zu untersuchen.«

»Wer ist Margaret Morland?«, fragte Charles.

»Die Tochter des Unterschatzkanzlers«, erklärte Gregor. »Die Morlands haben eine eigene Hausschule, der Vater unterrichtet auch die Mädchen. Andrew wird in den Adel einheiraten.« Er grinste bissig.

»Eine Schule für Mädchen?«, sagte Charles erstaunt.

»Ja, damit sie später schlau genug sind, um Leuten wie dir sicher aus dem Weg zu gehen«, rief Andrew und boxte Charles.

Charles schlug zurück. Zu fest, fand Andrew. Ihm war längst aufgefallen, dass Charles irgendwie verändert war.

»Was ist eigentlich los mit dir?«

Charles machte eine Handbewegung, als scheuchte er ein Tier weg. Clatter konnte nicht gemeint sein, er lag schlafend in der Ecke und seufzte ab und zu. Es war in letzter Zeit oft vorgekommen, dass einer der Freunde ungeduldig reagierte und bei jeder Kleinigkeit fast aus der Haut fuhr. Seit diese Selbstmorde vorkamen, hatte jeder Angst, ob er es zeigte oder nicht. Gerüchte liefen täglich um, und jeder hoffte, dass der Spuk ein Ende nahm.

»Du hast doch irgendwas, Charles!«, drängte Andrew.

Charles sprang auf und rannte einfach aus dem Keller. Andrew folgte ihm und stolperte. Er rief ihm nach. Am Eingang hörte er, wie Charles die Gartenmauer übersprang. Andrew blieb stehen. Die anderen waren ihm gefolgt. Er spürte, dass irgendetwas vorgefallen war. Sie alle fühlten es, wortlos, als ob sich zwischen ihren Herzen geheime Zeichen hin und her bewegten.

12. Kapitel,
in welchem Lügen eine große Rolle spielen

Der jüngste Todesfall, von dem der Anwalt und Mitbewohner von *Old Barge* William Gills berichtet hatte, war noch viel schrecklicher als alle früheren. Ein vierzehnjähriger Schüler der *St. Anthony School* in Bridewell hatte offenbar seine Eltern, drei Geschwister, eine Tante sowie vier Inwohner seines Elternhauses und sich selbst mit einem heimtückischen Gift getötet, das er zuvor, wie er in seinem Abschiedsbrief berichtete, von einem norwegischen Seemann erstanden hatte. Ein Nachbar fand die Toten in der Küche ihres Hauses, die Glieder grauenvoll verrenkt, die Gesichter verzerrt, blut- und schaumverschmiert und voller Fliegen. Der Brief des Jungen steckte in seiner verkrampften Hand, die man zerbrechen musste, um ihn zu entnehmen.

Der Gassenvogt, der den Brief sicherstellte, konnte selbst nicht lesen, war aber neugierig genug gewesen, das Schreiben erst einmal seinem Barbier zu zeigen, dessen Schwager als Sekretär bei einem Anwalt in Spital Fields tätig war, so dass der Inhalt rasch die Runde machte und also diesmal kein Geheimnis blieb.

Zwei Tage nach dem grausigen Leichenfund erzählte man, ein Engel sei vom Himmel herabgefahren und hätte den Toten die Seelen aus dem Mund gerissen, um sie im selben Augenblick mit Blitz und Lärm auf ewig in die Hölle zu entsenden.

In seinem Abschiedsbrief beklagte der Junge, er hätte Gott verloren wie ein wertvolles Geschenk, dessen Verlust das Leben leer und sinnlos werden ließe.

Nur einen Tag darauf nahm man am Alders Gate achtzehn Studenten fest, die sich auf offener Straße, alle Menschen vor dem Weltende warnend, wie Flagellantenbrüder mit Ruten blutig schlugen.

Weit draußen vor den Toren, in Islington, griff man eine Bande Kinder auf, die eine Ziege kreuzigten, und in Shadwell, am Fluss im Osten der Stadt, ging eine Frau ins Wasser. Am Ufer fand man einen Brief, in welchem sie von einer ungeheuren Leere sprach, von einem schwarzen Abgrund, der in ihr entstanden sei, nachdem sie Gott verloren habe, *verloren wie die Liebe eines Menschen, der mit einem Mal verschwindet und jeden Sinn und alle Liebe mit sich nimmt.*

Die Toten wurden untersucht, man fand nichts Ungewöhnliches. Zwei Abdecker verbrachten die Leichen daraufhin nach Hoxton, wo der Junge ohne Gottes Segen irgendwo verscharrt, seine Familie und die übrigen Opfer jedoch ordentlich begraben wurden. Die ertrunkene Frau aus Shadwell wurde in Gravesend in einem Moor versenkt.

NICHT ZULETZT DIESER VORKOMMNISSE und der daraus erwachsenen Gerüchte wegen drängte Thomas Morland in den folgenden Tagen auf die erste Einberufung der so genannten Atheismuskommission.

Teilnehmer waren der Bischof von Middlesex Leonhard Reed, Sir Julian Pinchbeck, der Sekretär des Lordkanzlers Thomas Wolsey: Kardinal und zweitmächtigster Mann im Land. Des Weiteren Doktor Fergus, Rektor der Rechtsschule *New Inn*, wo, wie es schien, die Seelenpest begonnen hatte, und schließlich Walter Skinner als Berater des Lord Mayor, des Bürgermeisters der Stadt London.

Das Treffen war für Mittag anberaumt.

Thomas ließ die Sänfte schon gegen elf Uhr rufen. Er

bestieg sie missgelaunt und sorgenvoll, drängte auf Schnelligkeit, um noch vor Ankunft der übrigen Kommissionsmitglieder einzutreffen.

Die Träger schwitzten, sie stanken wie die Ziegen. In der King Street hatte man einen Haufen bettelnder Kinder eingefangen und in einen Pferch gesperrt. Ein Mann beschüttete die schreienden Kinder mit Wasser. Thomas spielte einen Moment lang mit dem Gedanken, anhalten zu lassen, um zu fragen, was das solle. Dann lenkte ihn ein Wagen ab, der so hoch mit Möbeln beladen war, dass man zu Recht die Angst bekam, er könne umstürzen. Sechs Ochsen zogen das haushohe Bauwerk auf vier wackligen Rädern durch die Straße.

Thomas schüttelte sich. Unweit, zur Linken, nur ein kleines Stückchen die alte Catteaton Street nach Osten hoch, lag das Rote Viertel, *Love Lane, Maid Lane* und wie die schlimmen Gassen alle hießen. Es ärgerte ihn jedes Mal, wenn er daran dachte. Wie oft war er fast dort gewesen und hatte sich vom Teufel selbst beinah verführen lassen! Und Gott? Gott ließ den Satan frei gewähren. Nicht bloß damals bei den Kartäusern, den guten Mönchen, für die Thomas sich als junger Mann entschieden hatte. Es nahm kein Ende! Der Teufel wollte ihn noch mal besiegen, denn keine Tour nach Guildhall, dem alten Parlamentsgebäude, wo die Kommission sich treffen würde, war jemals fromm verlaufen und ohne dass die abgrundtiefen Reize wie aus dem Nichts ihm in den reinen Sinn gefahren wären. Er hasste es so sehr, dass er sich vor Jahren von einem Bader ein goldenes Häkchen in die innere Wange hatte nähen lassen. Sobald er lachen musste, tat es weh, und er verlernte es. So gründlich damals, dass auch die Kinder, wenn sie mit ihm tollten, sich wohl wunderten, dass er nicht schmunzeln konnte. Erst später, als die Abszesse in der Wange nicht mehr heilen wollten, hatte er die Zwicke aus dem Mund entfernen lassen und sich mit seinem alten Nesselhemd begnügt.

Er nahm die Peitsche jetzt und schlug die Sänftenträger. Tüchtig drauf! Dann, zähneknirschend, bezwang er sich und spuckte aus, stieß die Peitsche wütend in ihr Futteral zurück und machte heimlich Fäuste.

Guildhall war erreicht. Vor dem Tor zum Innenhof hatte sich ein Stau gebildet. Vier Wagen warteten, zwei Dutzend Reiter oder mehr und eine Menge Träger, Arbeiter, Passanten, Boten sowie eine Herde Schafe zwischendrin, die vor den Hunden, die sie trieben, flüchteten.

Thomas schrie Befehle in den allgemeinen Lärm, die Träger hielten an. Er bezahlte und stieg aus, bahnte sich einen Weg zum Eingang und winkte einen Büttel heran, der ihn erkannte und zum Seitentürchen bat. Er betrat den Hof, wischte sich die Stirn und dankte Gott, dass er dem Mob entkommen war.

Der Majordomus kam aus dem Haus gelaufen, streckte die Hand zum Gruß vor und stürzte beinah auf den Boden.

»Sir Thomas, Sie kommen wie gerufen, Gott sei Dank! Und guten Morgen! Ich bin ganz aufgelöst und völlig ratlos. Was ist los? Alle Welt will in den Hof, als ob die Pest grassiert!«

Thomas grüßte unwillig zurück. Er streckte ebenfalls die Hand vor, aber um den Speichellecker fern zu halten.

Der Mann verbeugte sich und wies Sir Thomas den Weg zu dem mächtigen Portal des dreistöckigen Gebäudes, das wie ein Berg den grauen Himmel abschnitt.

»Wenn Sie, der Majordomus, vor diesem Mob die Waffen strecken«, sagte Thomas, »was soll dann das Parlament ausrichten? Ich dachte immer, Sie sind Herr im Haus!« Er lachte falsch.

Der Majordomus wurde bleich und schwieg. Als sie am Hauptportal angelangt waren, riss er einen Flügel auf, empfahl sich und lief davon.

Thomas folgte dem Flur bis zu einer breiten Treppe, die zu den oberen Amtsräumen und Schreibsälen führte. In den Kontoren wurde gearbeitet. Die Diener trugen Folianten durch die Flure, säuberten Mäntel und Talare, putzten Stiefel und füllten Krüge mit verdünntem Wein.

Der kleine Saal, in welchem sich die Kommission treffen würde, war kalt und dunkel. Einer der Lakeien öffnete die Vorhänge und ließ von zwei Kohlenjungen eine große, qualmstinkende Eisenwanne ins Zimmer schleppen. Die Funken sprühten lustig und verbrannten das Parkett. Der Diener schimpfte, ängstlich um sich blickend.

Thomas setzte sich auf einen der Lehnstühle, die um den gewaltigen Tisch standen. Seine Laune wurde immer dunkler.

Der Diener stand noch in der Tür und fragte, ob er etwas bringen könne, ein Stück Kuchen oder süßes Brot. Thomas scheuchte ihn hinaus. Es tat ihm sofort Leid, und doch auch wieder nicht. Er war sich selber spinnefeind. Er wusste, dass keiner in der Kommission etwas wirklich Nützliches zu dieser Seelenpest (was für ein Wort!) beitragen würde; alles würde an ihm hängen bleiben, wie immer. Dabei ging es um das Wichtigste im Leben: um Gott und um den Glauben. Und um den Zweifel!

Er wusste, welche Folter dieser Zweifel war. Und eine umso schlimmere Tortur, weil es gefährlich war, die Zweifel zu gestehen oder gar offen auszusprechen. Dabei ist Zweifeln menschlich! Jeder wusste das. Aber jeder wusste auch, dass Gott der Herr dem Menschen diesen Zweifel in das Herz legt, um seine Liebe auszuhärten. Kein Glaube ohne Zweifel! So steht es in der Schrift. Und doch war nicht jeder mit der Kraft gesegnet, seine eigenen Zweifel zu bekennen. Aber nun, plötzlich, kamen irgendwelche Schüler und schrieben nieder, was sie fühlten, halbe Kinder noch, die unbefangen waren. Sie schrieben auf, wie tief der Abgrund sei, in den sie blickten, schrieben es mit ihrem eigenen Blut auf das Papier und töteten sich! Oder steckte etwas anderes dahinter – *jemand* anderes? Aber wenn es jemand war, dann war er mächtig, voller List und böse und würde sich nicht fangen lassen, von niemand in der Welt …

Nichts von alldem würde ernsthaft erörtert werden, Thomas ahnte es. Sie würden schwafeln, flüstern, tratschen wie die Weiber. Vor allem Pinchbeck, dieser Lackaffe, würde leere Hülsen reden, rülpsen, schmatzen und nichts Besseres zu tun haben, als das dünne Ergebnis dieser Konferenz dem König zuzuflüstern. Das war die Sorte Politik, die dieser Kerl beherrschte, dem er, Sir Thomas Morland, am liebsten kräftig auf sein Maul schlagen würde, schon lange eigentlich, ja immer schon!

Und wie gut er selbst wusste, wovon die Schüler in den Briefen redeten! Es war etwas mehr als zwei Jahre her, im Winter. Er hatte in seinem Turmzimmer gesessen und gearbeitet, als ihn ein Gefühl befiel, als hätte Gott ihn ausgewählt, um seine Glaubenskraft zu messen. Der Gedanke hatte ihn gestreift, dass Gottes Bild, das sich der Mensch vorstellte, im Grunde menschlich war. Gott sei der Schöpfer aller Dinge, hieß es, also auch des Menschen. Was aber, wenn es umgekehrt war? Was, wenn der Mensch sich Gott schuf? Die Götterwelt der Griechen! Die Wilden, deren Götzen in den Bäumen leben, in den Steinen. Wenn dies passiert war, dann leuchtete auch ein, wieso der Christengott in allen Zeiten stets ein Streitobjekt gewesen ist. Denn Gott, der eine Gott, war nur im Herzen zu erkennen, und jedes Herz ist anders und erkennt ihn wie ein Kind zunächst auf seine eigene Weise, statt das zu sehen, was die Kirche will.

Das Turmzimmer war ihm damals (nie würde er es mehr vergessen) mit einem Mal zu eng erschienen.

Er war aufgesprungen und hatte es durchmessen, unruhig, wie gehetzt. Als wären ihm die eigenen Gedanken wie Füchse nachgeschlichen. Er hatte fliehen wollen, ging zur Tür, aber auch dort hockten sie, fletschten ihre Zähne und schielten nach ihm wie nach leichter Beute …

Ein Diener öffnete die Tür. Thomas schreckte hoch.

»Walter Skinner, Berater des Lord Mayor, des Bürgermeisters der Stadt London!«

Skinner sprang herein, als wäre er die Strecke durch den Flur gerannt. Er pustete.

»Bin ich zu spät?«

Thomas sah ihn finster an. »Sie sind zu früh.« Er spreizte die Finger vor sich auf dem Tisch und prüfte seine Nägel, die er kurz und sauber hielt, was nicht einmal der König tat.

»Woran dachten Sie soeben, Sir Thomas?«, fragte Skinner mit federleichter Stimme und nahm Platz. Er bestellte Bier. Der Diener eilte auf den Flur hinaus.

»Was sieht man mir denn an?«

»Sie haben Sorgen«, stellte Skinner fest und knetete die Hände. »Nun ja. Wer nicht?« Er saugte seine Lippen ein. »Sie wirken … kränklich?«

Thomas zwang sich, ruhig zu bleiben. Er schielte zu den schweren Tintenfässern, die am Ende des Tisches auf einem hübschen Deckchen standen. Er hatte jetzt die allergrößte Lust, dem Kerl eins an den Kopf zu werfen – und dem Nächsten, der hereinkam, gleich ein zweites!

»Ich dachte an Ihren Herrn und unseren Bürgermeister, den Lord Mayor«, sagte er. »Wieso kommt er nicht selbst? Ist ihm der Kampf um Gott nichts wert?«

»Der Lord Mayor findet«, antwortete Skinner kühl, »dass diese toten Jungen die allein Schuldigen sind. Ich teile diese Meinung. Hat der Lord Mayor Ihnen nichts gesagt?«

»Er spricht nicht viel mit mir.«

Skinner schwieg eine Weile. Dann sagte er gelangweilt: »Trösten Sie sich, Sir Thomas, mit mir spricht er genauso wenig. Er legt mir Zettel auf den Tisch. Er regiert die Stadt mit schmalen Streifen aus Papier.«

Thomas lachte bitter.

Am liebsten wäre er jetzt aufgestanden und nach Hause gegangen, zu Fuß, mitten durch den Straßenlärm. Das tat manchmal gut, einfach jemand sein wie jeder andere, ohne Titel und Funktion, ohne die Gewissheit, dass in jedem Augenblick ein Dutzend wichtiger Leute an einen denken, im Guten oder Bösen. Der König etwa und natürlich Lordkanzler Wolsey oder sein Stellvertreter Pinchbeck. Statt selbst etwas zu tun, hatten sie sich Thomas ausgesucht, der an ihrer statt vermitteln, lügen, übertreiben, herunterspielen musste.

»Ich habe oft darüber nachgedacht«, sagte Skinner plötzlich, »ob es nicht ratsam wäre, sich mit Pinchbeck zu verbrüdern, behutsam freilich, an dünnen Fäden, die im Ernstfall reißen und vermeiden, dass man mitgerissen wird. Ich meine, Pinchbeck ist ein Wildschwein, oder?«

Er schielte herüber, um zu sehen, wie Morland reagierte.

»Jeder weiß, dass Wolsey seinen Blick auf Rom gerichtet hat«, fügte Skinner tastend hinzu. »Er will Papst werden. Ihre Meinung, was diese Selbstmorde betrifft, ist ihm alles andere als egal.«

»Bin ich so wichtig?« Thomas schwieg und starrte reglos auf den Tisch. So lange, bis der Diener ein zweites Mal die Tür öffnete und ein Stück weit in das Zimmer trat.

»Seine Exzellenz der Bischof von Middlesex, Leonard Reed!«

Der Bischof kam durch die Tür, mit hochrotem Gesicht und offenem Mund, krumm und pustend, als schleppte er einen Sack Steine auf dem Rücken. Thomas grüßte ihn. Skinner nickte nur. Reed stutzte, spürte offenbar die angespannte Atmosphäre und setzte sich.

Thomas kannte ihn nur jammernd, die Hände auf die Brust gepresst, nach Luft ringend, von hundert Schmerzen und von kaltem Schweiß geplagt, vor allem Gott unentwegt bedrängend, mit welchen Sünden er sich diese Strafen auf den Leib gezogen habe. Mit *allen*, lautete die Antwort und ganz England wusste es.

Der Bischof stöhnte ausgiebig, sah Skinners Bierkrug und bestellte ebenfalls.

»Sagen Sie, Morland, haben Sie einen dieser Abschiedsbriefe gelesen, von denen alle Welt redet?«

»Ich habe Abschriften anfertigen lassen«, sagte Thomas. »Der jüngste Brief ist durch einen Gassenvogt in fremde Hände gelangt. Die Abschriften der Briefe habe ich mitgebracht und werde sie Ihnen aushändigen, sobald wir versammelt sind.«

»So viel Aufhebens«, maulte der Bischof.

Der Diener brachte das Bier. Reed nahm einen tüchtigen Schluck. »Was sollen wir denn nun denken? Ist das alles ernst zu nehmen oder nicht?« Er wischte sich den großen, nassen Mund.

»Gäbe es sonst eine Atheismuskommission?«, fragte Skinner gelangweilt.

»Dieser Begriff alleine!«, antwortete Reed. »Das haben Sie sich ausgedacht, Sir Thomas, oder nicht? Schon das Wort wird uns alle in die Hölle bringen.«

Thomas öffnete seine Tasche und legte die Papiere auf den Tisch.

»Atheismus«, schimpfte der Bischof weiter. »Das klingt so … akademisch. Als hätten wir die Aufgabe, den Atheismus zu erfinden. Herrje, nur weil ein paar Lausejungen verrückt spielen …«

»Sie sind tot, Bischof Reed!«, unterbrach ihn Thomas. »Die Stadt ist voller Gerüchte, man spricht von einer Seelenpest!«

»Weil es ein paar Tote gibt, die sich aus freien Stücken den Weg ins Paradies verstellten? Das ist doch albern.«

»Weil sich fünf Jungen das Leben genommen haben, alle mit der Begründung, sie hätten Gott verloren.«

Der Bischof umklammerte den Bierkrug. »Gott kann man nicht verlieren!«

»Nicht wie einen Handschuh, nein. Aber wie einen Wunsch, einen Gedanken oder eine Erinnerung vielleicht.«

»Was reden Sie denn da, Morland! Wollen Sie mir Unterricht erteilen?« Reed verlor die Farbe. »Jeder Selbstmord, das wissen Sie, ist ein dreifaches Verbrechen, ein Verstoß gegen die Natur, weil es dem Gesetz der Selbsterhaltung widerspricht; ein Vergehen gegen Gott, weil er das fünfte Gebot verletzt, und schließlich ein Verbrechen gegen den König, indem dieser hierdurch einen Untertanen und als Haupt des Staates eines seiner Glieder verliert.«

Er saß schwerfällig in seinem Lehnstuhl, mit vorgeschobener Unterlippe. Selbstherrlich wie immer, dachte Thomas. Wäre es nach ihm gegangen, wäre Reed niemals in die Kommission berufen worden. Vermutlich hatte er sich selber vorgedrängt, laut, schamlos und des Geldes wegen, denn das

Parlament bezahlte jedem eine Aufwandsentschädigung von einundzwanzig Schillingen.

»Bischof Reed«, sagte Thomas jetzt gefährlich leise. »Ich mache mir die Mühe nicht des Geldes wegen. Ich bin besorgt, dass es offenbar Kräfte gibt, die aus irgendeinem Grunde jungen Menschen so sehr in die Seele treffen, dass sie sich selber töten.«

»Kräfte! Sie träumen doch!«, entgegnete Reed gereizt. »Wie lobenswert, dass Sie sich so große Sorgen um ein paar Bengels machen, die Gott ›wie einen Wunsch‹ verlieren, auf der Straße, nehme ich an, vom Wirtshaus auf dem Weg nach Hause.«

Thomas ging nicht darauf ein. Er lehnte sich zurück und versuchte, ruhig zu bleiben. Er zog den Mantel fester um sich, es war immer noch sehr kalt im Saal.

Die Tür ging auf.

»Sir Julian Pinchbeck!«, rief der Diener. »Erster Sekretär Seiner Exzellenz Thomas Kardinal Wolseys, Lordkanzler von England.«

Pinchbeck trat ein, sah sich um und blinzelte. Der Mann würde ein weiterer Gegner werden, aber Thomas hatte keine Angst vor ihm.

Sir Julian, das musste man ihm lassen, war ein gut aussehender Mann. Seine Haltung war gerade, er war schlank. Das Auffälligste war sein Gesicht, die Nase, das Profil. Nichts an ihm war englisch, nordisch; jeder, der ihm das erste Mal begegnete, dachte, er sei ein Südländer, Romane durch und durch mit seinen hohen Wangenknochen, den schönen, dunklen Augen, dem geschwungenen Mund und dieser Dante-Nase, vor allem auch das schwarze, lange, dichte Haar ließ ihn wie einen Helden aus alten Zeiten wirken. Lady Alice kannte ihn und schwärmte, ohne sich zu schämen.

Er kam an den Tisch, nickte Thomas zu, die anderen beachtete er gar nicht. Er setzte sich, bestellte Brot und Mus und etwas warme Milch. Der Diener eilte fort.

»Gut, Morland«, murmelte er undeutlich und hob erwartungsvoll die Hände. »Ihr Wort also …«

»Mein Wort?«, fragte Thomas verwundert. Er begann, die Abschriften der Briefe zu verteilen. »Lesen Sie, Gentlemen, es wird Ihre Herzen erfrieren lassen.«

Walter Skinner, Bischof Reed und Julian Pinchbeck nahmen die Blätter und lasen. Es wurde still. Die Tür stand einen Spalt weit auf, man hörte Schritte auf dem Flur. Der Diener brachte das Gedeck für Pinchbeck, bat flüsternd um Entschuldigung und legte vor, verneigte sich und schlich davon.

Thomas musste schmunzeln. Pinchbeck, so erzählte man sich, schleppe schon seit längerem zwei Lakaien mit sich, die das Kopfhaar ihres Herrn zu zählen hätten, jedes einzelne. Der König und der Kardinal Wolsey hätten eine Wette abgeschlossen, wie viele Haare auf dem Schädel eines Menschen wachsen. Sir Julian hätte den Befehl erhalten, die königliche Schätzung und die des Thomas Wolsey mit der Wirklichkeit zu messen, mit seiner eigenen Wirklichkeit. Pinchbeck habe ein goldenes Gitter löten lassen, mit welchem man ihm nun den Kopf vermaß, Quadrangel für Quadrangel, Tag für Tag, seit Wochen schon, von Ohr zu Ohr. Er selber raufe sich die Haare, sagte man, vor Wut ob dieses Unfugs – indes sehr vorsichtig und mit Gefühl, um ja die Zählung nicht zu fälschen!

Alle lasen noch, als die Tür ein fünftes Mal geöffnet wurde.

»Präzeptor Clifford, Lehrer am *New Inn*, als Stellvertreter des Rektors Peter Furges!«, meldete der Diener.

Alle schauten auf.

Ein blasser Mann betrat den Saal, blieb stehen und verneigte sich. Sein Mund war nur ein Strich, die Augen standen viel zu nah zusammen. Das Gesicht war kantig, bäuerlich, der Unterkiefer breit, die weiße Stirn stieß vor. Er ging ein weiteres Stück, blieb wieder stehen und verbeugte sich ein zweites Mal.

»Nehmen Sie bitte Platz, Präzeptor«, sagte Thomas, nahm eine weitere Abschrift und schob sie in Cliffords Richtung über den Tisch.

Wieder kehrte Stille ein. Reed murmelte, Pinchbeck aß, Skinner las mit hochgezogenen Augenbrauen, skeptisch, beinah angewidert, wie es schien.

»Ist der Herr Rektor krank?«, fragte Thomas diesen Clifford.

»Nein, Sir«, antwortete der Kerl.

Thomas lag auf der Zunge zu bemerken, dass ein »Nein« keine sonderlich höfliche Erklärung sei. Doch er verkniff es sich.

»Gut, also …«, sagte Pinchbeck nach einer Weile mit vollem Mund. Er hatte die Blätter überflogen und schob sie von sich, wie etwas, dem man nicht so nah sein möchte. »Ich muss mich wundern, dass Sie, Sir Thomas, es für nötig halten, einen Stab von Kopisten mit diesem Unsinn zu beschäftigen.«

»Diese Schüler sind tot«, sagte Thomas ruhig. »Und es werden mehr. Es geht hier nicht um Kopisten, sondern um Gott und das Leben junger Menschen.«

Er blickte mit schmalen Augen auf Pinchbecks Teller mit dem Brot, die Krumeninseln und das Messer, das einen geschnitzten Hornschaft hatte.

Pinchbeck merkte es. »Stört es Sie, Morland, dass ich hier esse? Ich habe Hunger.«

»Nein, genießen Sie, solange Sie noch können«, sagte Thomas.

»Was soll das heißen … solange ich noch kann?«

»Solange Sie noch leben. Wenn Sie tot sind, kommt das Himmelreich. Glauben Sie, dass es dort auch etwas zu essen gibt?« Thomas hob den Kopf.

Pinchbeck blinzelte gefährlich.

»Was soll das werden, Sir Thomas? Ein Angriff? Wollen Sie Krieg?« Er lachte künstlich. »Sagen Sie klipp und klar, was Sie zu tun gedenken, und wir sind wieder Freunde!« Er verzog angewidert den Mund. »Ich glaube, dieser Herr dort, der soeben in Vertretung des Rektors gekommen ist, er guckt schon ganz verlegen und weiß nicht, was er denken soll.« Er beugte sich vor, um Clifford anzusehen.

Clifford tat überrascht, schüttelte den Kopf.

»Darf ich nach Ihrem Namen fragen?«

Clifford nannte ihn mit leiser Stimme.

»Präzeptor Clifford also!«, stellte Pinchbeck fest. »Ich kann Ihre großen Augen sehen, die vor Staunen über diesen Blödsinn vorhin schier brennen müssen. Bitte, Morland, beruhigen Sie den Mann! Was soll er von uns denken?«

Thomas ging nicht darauf ein. »Die Schüler schreiben, dass sie Gott verloren hätten. Ich erinnere mich, als ich ein Kind war, hatte ich ein sehr anderes Bild von Gott als später, und das spätere, in meiner Jugend, unterschied sich außerordentlich von meinem heutigen. Sie kennen das. Jeder Mensch weiß, was ich damit meine. Als Kind stellt man sich einen alten, gütigen Mann vor, als Jugendlicher sieht man schon einen Gott, der alle Welt umspannt, er lebt in jeder Seele. Was ich sagen will, ist, man formt sich Gott wie einen Götzen, mit Kinderrecht, mit Kinderunschuld, mit jugendlicher, unverdorbener Phantasie. Und deshalb gibt es die Eine Kirche, die uns sagt, wie Gott wirklich ist.« Er blickte um sich.

Niemand sagte etwas. Sogar Pinchbeck gaffte nur, unter seiner Nase glitzerte ein nasser Fleck, der länglich wurde und in seinem Bart verschwand. Es war ein kurzer Bart, nicht sehr gepflegt und an den Spitzen angegraut, obgleich der Mann erst an die dreißig war.

»Jeder von uns hatte so ein Kindergottesbild und jeder hat es irgendwann verloren. Es ist verlierbar.« Thomas sprach langsam. »Gott selbst legt es in unser Kinderherz und löscht es später aus. Es wandelt sich mit uns, mit unserer eigenen Wandlung.«

»Sie verwirren mich, Morland«, sagte Walter Skinner. »Wenn ich nicht sicher wüsste, dass Sie ein frommer Mann sind, würde ich denken, Sie seien auf Abwege geraten. Soll das eine neue Lehre werden, wollen Sie einen Orden gründen?«

Thomas schwieg. Er hatte keine Angst.

»Diese Schüler waren jung genug, noch ihre Kinderbilder zu verlieren, Bilder, die noch ungefestigt waren, aber lebenswichtig. Die Seelen dieser Kinder sind wie ungebrannter Ton.«

»Was reden Sie denn da?«, rief Bischof Reed. »Sie plänkern hier. Sie säuseln uns zu Tode!«

»Sie glauben also wahrhaftig, Morland, dass dieses Gerede von der Seelenpest was Ernstes ist?«, warf Skinner ein. »Was soll uns denn bedrohen? Werden allen Londonern jetzt irgendwelche Briefe zugeschickt und nach einer Woche sind wir alle mausetot? Ich schlage vor, wir senden ein paar Leute aus, Agenten, die die Familien der verstorbenen Jungen, ihre Freunde beobachten, Erkundigungen einholen, Wissen, mit dem wir operieren können. Ich glaube, das ist unser Auftrag, nicht die Philosophie und nicht das Mitgefühl.«

»Hört, hört!«, rief Pinchbeck undeutlich und wischte sich den Mund.

»Ich verstehe diesen ganzen Blödsinn nicht«, schimpfte Reed laut. »Ich hab's satt, Sir Thomas! Hören Sie jetzt auf damit, sonst gehe ich. Mir ist schon übel.«

»Könnte es nicht sein«, sagte Thomas und hatte dabei seine Freude, »dass ich mir auch Sie, verehrter Bischof, nur einbilde, im wahrsten Sinne dieses Wortes: Ich sehe Sie und höre Sie, wie Sie jetzt wettern werden, dass es eine Frechheit sei, zu sagen, Sie seien nur ein Bild in mir ...«

Reed sprang auf. Der Sessel flog zurück. Sein Gesicht war dunkelrot.

»Muss ich mir das bieten lassen, Pinchbeck? Sie sind Zeuge dieses Angriffs!« Er schrie. »Sie halten sich für göttlich, Morland. Aber dieser Übermut birgt Risiken. Sie werden es bereuen, verlassen Sie sich drauf! Skinner, Ihren Namen werde ich ebenfalls nennen. Die ganze Kommission natürlich!« Er hatte Luftnot, drehte sich herum und lief zur Tür. »Ich empfehle mich! Sie hören noch von mir!« Dann war er draußen.

Eine Weile war es still.

Clifford räusperte sich. »Sirs, darf ich etwas sagen?«

»Nur zu!«, bat Thomas, ein wenig überrascht.

»Ich unterrichte am *New Inn*. Meine Schüler respektieren mich und schneiden in den Prüfungen gut ab. Der Rektor Peter Furges wurde an das Krankenlager seiner Frau gerufen. Ich bot mich an, ihn zu vertreten.« Er machte im Sitzen eine Art Diener. »Ich möchte nur bestätigen, dass diese Jungen sehr verwirrt sind. Sie stacheln sich gegenseitig an, in üblen Schriften zu lesen. Das allein kann dazu führen, dass einer den Halt plötzlich ganz verliert. Nur die Schule kann dies verhindern, indem sie streng den Glauben predigt. Wenn die Kommission etwas bewirken will, dann sollte sie sich darum bemühen, den Unterricht zu straffen, die Strafen zu verschärfen, denn Drohungen und Angst sind gute Lehrer, immer schon gewesen.«

Skinner hob die Hand. »Das hört man gerne. Haben Sie Dank, Herr Lehrer. Morland, ich denke ebenfalls, dass uns nicht die Klage darüber weiterhilft, wie es sein kann, dass junge Leute zweifeln, sondern dass wir mit aller Macht verhindern müssen, *dass* sie zweifeln. Krieg dem Zweifel, sage ich!«

»Hört, hört!«, murmelte Pinchbeck wieder. Er sah satt und müde aus.

Thomas lehnte sich zurück. Seine Laune war nicht besser geworden. Er ärgerte sich auch, dass Rektor Furges nicht gekommen war; der Einzige, dem er vertrauen konnte. Dieser Clifford war ihm nicht sympathisch, er blickte seltsam, seine Hände waren ruhelos und spielten ständig mit sich selbst. Er sah ihn an, nur flüchtig, aber der Kerl meldete sich sofort.

»Sir, wenn ich noch etwas sagen darf …?«

»Fragen Sie nicht jedes Mal!«

»Ich habe einen besonderen Schüler im Auge, Sir Thomas«, sagte Clifford. »Sein Name ist Whisper, der Sohn eines gewissen Schreibers, der sein Amt verspielt hat.«

Thomas konzentrierte sich.

»Der Junge ist mir nicht geheuer«, fügte Clifford hinzu und zierte sich.

»Was ist?«, fragte Thomas ungeduldig. »Reden Sie!«

»Er hat seit kurzem einen Hund bei sich, mit dem er abends an den Fluss geht. Der Hund hat etwas Teuflisches, wenn ich Ihnen das sagen darf, ohne dass Sie mich …«

»Sie dürfen«, unterbrach ihn Thomas barsch. Er horchte angespannt. Geräusche irrten durch das Haus.

»Wenn meine Informationen zutreffen, Sir, entstammt der Hund dem *Bear Garden* in Southwark. Ein Überlebender der Hölle. Sie wissen, dass von solchen Tieren etwas Böses ausgeht.«

Thomas nickte. Er wollte nicht. Aber dieser Clifford sprach ihm aus der Seele!

»Man sagt den Hunden nach, dass sie zu Teufeln werden, wenn sie die Kämpfe überleben. Also sollte man sich fragen, warum der Junge sich mit einem solchen Tier abgibt. So denke ich.«

»Ich kümmere mich darum«, sagte Thomas kühl. Er würde sich den Lehrer einmal näher betrachten, nahm er sich vor, er würde ihn nach Westminster bitten, in die Gerichtsräume, wo er Respekt empfinden würde und man ihn besser kennen lernen könnte.

»Ich danke sehr, Präzeptor«, fügte er hinzu.

Skinner und Pinchbeck gähnten.

Die Sitzung hatte einen Punkt erreicht, an welchem man sie schließen konnte. Thomas machte sich Notizen. Margaret fiel ihm ein. Er sah sie schon wegen dieses Bengels lauthals jammern, betteln. Er wollte sie nicht quälen. Aber allein der Name Whisper zwickte ihn gewaltig. Und plötzlich blickte er auf eine Möglichkeit, wie er sich Johan Whisper, den Vater also, *und* den Sohn mit einem Streich aus dem Gedächtnis wischen konnte, oder gar aus dieser Welt, was noch viel besser wäre! ... Thomas erhob sich und dankte.

Die Diener öffneten die Tür. Zwei Helfer schleppten neue Kohlenglut herein. Der Rauch stieg allen in die Augen. Thomas maulte und verscheuchte die Lakeien wie Fliegen.

13. Kapitel,
in welchem ein Geheimnis offenkundig wird

Margaret liebte es, wenn am Sonntagnachmittag im großen Zimmer neben der Küche das ganze Haus beisammensaß. Drei große Tische wurden zusammengeschoben und noch Stühle und Bänke aus den vorderen Zimmern herübergeholt, damit jeder seinen Platz zum Essen fand.

Auf jedem Tisch stand schon ein großer Krug Wasser, daneben ein kleinerer mit Dünnbier. Margarets Bruder John verteilte dicke Scheiben altbackenes Brot, die er an jeden der vierundzwanzig Holzteller legte, dazu kam ein Löffel und ein Messer für das Fleisch, das man sich während des Essens auf die Brotscheibe legte, damit der gute Saft einzog und nicht verloren ging.

Margaret und ihre Stiefschwester Alice würden das Brot später sammeln und den Korb am frühen Morgen nach Queenhithe tragen, um es dort in einem Hospital an Arme und Kranke zu verteilen.

Margaret war unruhig, sie wusste nicht, warum. Dabei roch es wunderbar, sie hatte Appetit. Gleich nebenan am Feuer briet das Fleisch. Thomas hatte Hammel, Wildschwein und Fasane einkaufen lassen, dazu gab es Stockfisch sowie Märzkäse aus Florenz, Mus aus zerstoßenen Kirschen und französisches Konfekt. Auf der Anrichte standen Schalen mit Orangen und mit Nelken gespickten Äpfeln, die noch gebacken werden mussten.

Es war gar kein besonderes Essen. Das Brot war, wie immer, dunkel und aus grobem Roggenmehl, obgleich Thomas sich teures, weißes hätte leisten können. Er war bescheiden; er sagte, wenn er Gott für dieses Brot dankte, konnte dieser Dank nur ehrlich sein, wenn es keinen Luxus gab oder gar Verschwendung. Weißes Brot war Luxus, immer schon. Die Ansicht passte sehr zu ihm, mit seinem Nesselhemd aus rauem Stoff, das er heimlich auf der Haut trug und von dem er sicher dachte, dass es niemand wisse. Sie, Margaret, wusste es genau. Thomas mied süßes Brot und Kuchen. Was keineswegs bedeutete, dass er es nicht backen ließ, aber für die anderen. Es ging ihm nicht ums Geld.

An seinem Platz lag seine geliebte Gabel, ein kleines, dreizinkiges Spießchen, das er sich vor einem Jahr aus Brügge mitgebracht hatte. Ganz London lachte sich halb tot darüber! Statt das klein geschnittene Fleisch ganz einfach mit der Hand zum Mund zu führen, spießte Thomas es mit dieser Gabel auf und steckte sie sich in den Mund. Es sah zu komisch aus!

Margaret holte die Salzfässer vom Regal und verteilte sie. Während sie es tat, ließ sie Thomas nicht aus den Augen, aber so, dass er nichts merkte.

Sie hatte ein Gefühl und wurde es nicht los. Am Morgen war er ihr begegnet, hatte nur genickt und war, wie in höchster Eile, an ihr vorbeigegangen. Die Art, wie er sich von ihr abgewendet hatte, war ihr seltsam distanziert erschienen.

Es war gut möglich, dass Thomas längst ihr Geheimnis kannte. Er hatte diesen Tastsinn, mit dem er noch die kleinsten Regungen und Gefühle wahrnahm wie das Barthaar einer Katze. Am Ende wusste er genau, dass sie gestern alleine außer Haus gewesen und erst im Dunkeln heimgekommen war, dass sie Andrew heimlich traf und sich auch heute Abend noch am liebsten durch die Gärten schleichen würde, um ihn zu sehen, um ihn zu riechen und seine schönen Hände zu berühren. Und um sich von ihm küssen zu lassen, nicht auf den Mund natürlich. Und womöglich wusste er bereits, dass sie in seinem Arbeitszimmer den Brief abgeschrieben hatte. Mit seiner Feder, Tinte, seinem Streusand. Hatte er vielleicht die leeren Blätter auf seinem Tisch gezählt?

Sie verteilte Löffel und Tücher. Um sie her war ein großes Gedränge, das ganze Haus war auf den Beinen, alle redeten durcheinander.

Die Köchin stand drüben am Herdfeuer. Lady Alice ging ihr zur Hand. Sogar die Knechte hatte man hereingeholt und ihnen Küchenarbeiten zugewiesen. Die Mägde schnitten Lauch und flüsterten. William Gills redete auf Morlands Sekretär ein, ein bohnendünner Mann, der dauernd nickte. Linda Moss, die dumme Adoptivtochter im schwierigsten Alter, kicherte sich beinah tot, weil der nicht weniger simple John Clement, um sie zu ärgern, ihr dauernd an der Haube zog. Cecily, Margarets jüngste Schwester, tuschelte mit Max Heron, der vor ein paar Tagen eine Maus für sie gefangen hatte, die er wie einen Schatz in einer Schachtel bei sich trug und jedem zeigte.

Der Vater stocherte im Feuer. Er klaubte Holz zusammen und prüfte mit dem Messer, ob die Wildschweinschwarte zart geworden war.

Margaret ging es nicht mehr aus dem Kopf, dass sie am Morgen Dick Dickens gesehen hatte, den Sohn des Kutschers. Ungewöhnlich früh. Er hatte den Hof überquert und war an der Flanke des Gänsestalls verschwunden, wo sich ein schmaler Gang befand, der vor einem alten Schuppen endete, den niemand mehr beachtete. Dort hatte Dick bestimmt das Briefchen hinterlegt, das sie von Andrew zu erhalten hoffte. Sie fühlte es. Sie fühlte ebenfalls, wie ihr Gesicht bei dem Gedanken glühend wurde.

Ausgerechnet jetzt ließ Thomas von dem Feuer ab und marschierte auf sie zu. Er nahm seine Hausmütze vom Kopf und strich sich durch das angegraute Haar.

»Ach, lieber Vater …«, sagte sie. Die eigene Stimme klang ihr fremd.

Der Vater zog für einen Augenblick die Stirn in Falten. »Hast du Appetit?«

»Ja, sicher«, zwang sie sich zu sagen.

Er lächelte.

Sie mochte ihn nicht ansehen, er würde sie sofort durchschauen.

»Warum glaubt mir bloß niemand«, sagte er, »dass man mit der Gabel besser essen kann als mit den Händen?«

»Ich würde mir bloß dauernd in die Lippen stechen«, meinte sie und schmunzelte. Sie rückte ein paar Messer und Löffel hin und her, lugte in die Wasserkanne, die eines der Mädchen pustend heranschleppte.

»Wo bist du denn gestern gewesen?«, fragte Thomas.

Margaret zuckte zusammen.

Er wusste es. Natürlich!

»Es war schon dunkel, und Raspale ist zu alt, um auf dich aufzupassen«, sagte er. »Er würde dir nicht beistehen können, wenn etwas passiert.«

»Was soll denn schon passieren, lieber Vater?«

»Was andauernd passiert, Margaret. Die Stadt ist gefährlich. Er war doch bei dir, Raspale, oder etwa nicht?«

Sie nickte verstohlen, ohne ihn anzusehen. Es tat ihr weh, zu lügen. Wie schlecht sie zu ihm war! Sie schämte sich vor Gott.

»Wenigstens mit dir kann ich mich glücklich schätzen«, fügte er hinzu, »dass du mich nie belügen würdest, oder nicht?«

Margaret nickte.

Sie stand da und hätte sich am liebsten selber ins Gesicht geschlagen, hier vor all den Menschen, die sie liebte, die ihr vertrauten und die sie aus Angst belog, verletzte.

Thomas drehte sich zur Seite, redete mit William Gills.

Margaret versteckte ihr Gesicht und ging nach draußen, wo ihr die Stiefmutter entgegenkam.

»Was ist? Du schaust so komisch.«

»Ich bin gar nicht Ihren Blick wert, liebe Stiefmutter …«

»Was redest du denn da?«, sagte Alice. »Lass uns hineingehen, das Essen wird jetzt aufgetragen.«

Die Tür stand offen, der Lärm flutete heraus, die vielen Stimmen, Rufe, Lachen.

Fast alle saßen schon. Thomas wartete, bis Lady Alice und Margaret Platz genommen hatten.

»Wir wollen beten.«

Es wurde still.

Er betete sehr leise, wie er es immer tat.

Margaret hörte seine tiefe Stimme. Sie schämte sich so sehr. Sie hatte ihn mit ihrer Liebe, die sie für Andrew fühlte, nur enttäuscht. Sie kam sich mit einem Mal verwöhnt und undankbar vor, arrogant und besserwisserisch.

Thomas schlug das Kreuz und gab das Zeichen. Sofort kam Leben auf. Der erste der Fasane wurde angereicht, es duftete nach Thymian und Pfeffer.

»Sie sind so still, Margaret …?«

Es war William Gills, der sie fragte. Er saß zwischen ihr und Thomas.

»Ach!«, sagte sie verlegen. »Nein.«

»Doch.«

»Ein bisschen Kopfweh«, log sie und hoffte, er würde sie in Frieden lassen.

»Haben Sie vom jüngsten Todesfall gehört?«, fragte er leise, während er sein Fleisch klein schnitt.

Margaret wurde bleich, sie fühlte es.

»Es sind gewisse Schüler«, flüsterte er. »Sie betäuben sich mit Pilzen und mit Rinden, sagt man. Der Glaube stirbt zuerst.«

Sie mochte Gills gar nicht anschauen.

Er redete weiter auf sie ein. »Sie selbst haben nichts zu befürchten, Miss Margaret. Nicht in diesem Haus. Ihr Vater ist der beste Halt, den wir uns wünschen können. Niemals würde Gott dies Haus verlassen.«

Sie sah ihn erschreckt an. »Wie kommen Sie darauf, William, dass Gott uns je verlassen könnte?«

»Die Seelenpest, Miss Margaret!«

Sie starrte auf das Fleisch auf ihrem rot getränkten Brot. Es blutete!

»Verzeihung, ich …« Sie wollte aufstehen.

Thomas lehnte sich herüber und sah sie überrascht an.

»Du bist so ruhelos, Megge! Ich kenne dich nicht so. Es ist Sonntag, wir sitzen hier beisammen, und ich werde den Eindruck nicht los, als wolltest du jeden Augenblick vom Stuhl aufspringen und das Haus verlassen.«

Sie wartete darauf, dass alle wieder redeten und Thomas an etwas anderes dachte.

»Ich habe schlecht geschlafen, Vater«, sagte sie und blickte ihn kurz an.

»Ich bin dir ja nicht böse«, sagte er ruhig.

Es machte alles nur noch schlimmer. Es wäre besser gewesen, er hätte sie bestraft. Er pflegte Bußarbeiten zu verteilen oder das Verbot, an einem Vergnügen teilzunehmen, an einem Festtag, wenn das ganze Haus wie jetzt beisammensaß und Lieder sang und spielte.

»Hast du Geheimnisse vor mir?«, fragte er.

Sie blickte Hilfe suchend um sich, als ob ein anderer für sie hätte schwören oder bürgen können.

Lady Alice sah sie an, in ihrem Blick lag Mitgefühl und doch auch eine Spur Distanz.

»Ich … nein …«, stotterte Margaret.

»Ich bin so froh und stolz, dass ich dir jederzeit vertrauen kann«, sagte der Vater, als hätte er gewusst, wie grausam jedes seiner Worte war, und als bestünde die Bestrafung darin, es für sie damit umso schmerzlicher zu machen.

Sie schüttelte den Kopf.

»Na, also gut jetzt«, setzte er hinzu und blickte sich überallhin um. »Dies hier ist unser gutes Zimmer, nicht wahr, und kein Gerichtssaal. Wir essen!« Damit griff er nach seiner Gabel und aß Fleisch, trank Bier und schaute eine Weile nicht mehr hoch, sprach auch nicht mehr, weder mit Gills noch mit John, Margarets Bruder, der an seiner Seite saß. Es war verhext. Auch dieses Schweigen quälte Margaret und regte ihr Gewissen auf.

Gills, rechts von ihr, schielte dauernd zu ihr hin.

»Man hat einen Mann verhaftet«, sagte er nach einer Weile, »heute Morgen, schwer betrunken offenbar. Die Sänftenträger redeten davon.«

Margaret war erleichtert, dass er ein anderes Thema hatte.

»Der Mann hat ziemlich randaliert, Predigten gehalten, am Puddle Warf, er war nicht still zu kriegen, sagt man. Er hatte einen Stock und trieb die Leute in die Flucht.« Gills lachte gackernd. »Er schrie, er könne schlagen und töten, kein Gott werde je vom Himmel fahren, um ihn zu strafen oder die Erschlagenen zu retten. Ein wahrer Teufel, wie es scheint.«

Er blickte um sich. Alle hatten zugehört.

»William!«, unterbrach Thomas ihn. »Ich sagte doch, es ist Sonntag und wir essen miteinander.«

Gills schwieg verlegen.

Für einen Moment war Margaret unsicher, ob er jetzt einlenken oder sich widersetzen würde. Es ging etwas Bockiges von ihm aus, er spreizte sich und blickte auf sein Essen. Dann verzog er seltsam das Gesicht.

»Ich dachte, es sei interessant.«

Sofort redeten wieder alle durcheinander, aßen weiter, schoben Schüsseln über den Tisch. Cecily war aufgestanden und sammelte das vom Saft durchtränkte Brot in einen Korb. Margarets Schwester Elizabeth teilte neue harte Brotscheiben aus, auf die das jetzt aufgetragene Hammelfleisch gelegt wurde.

Margaret wich zurück, als Gills sich zu ihr herüberneigte. Er roch nicht gut.

»Der Mann, Miss Margaret, er heißt Whisper, Johan Whisper.«

Margaret fühlte, wie sich in diesem Augenblick ihr Schlund zuzog, als hätte jemand einen Strick um ihren Hals gelegt. Sie wollte schlucken, atmen. Sie hob die Hand, schielte zu Thomas, der noch nicht aufmerksam geworden war, und fasste sich ans Kinn. Sie merkte, wie sich ihre Augen füllten. Vor ihr auf dem Tisch sah sie das Messer liegen. Hätte sie es in der Hand gehabt, so wäre Gills längst zerschnitten, getötet und seine Augen voller Blut. Aber das Messer lag bloß da und sie war leblos, schwer, ohne Gefühl.

»Margaret, ist Ihnen nicht wohl?«, fragte Gills

»Du bist ganz weiß«, sagte Thomas, der jetzt herübersah. »Möchtest du nach oben gehen und dich hinlegen?«

»Ja, bitte«, sagte sie und rückte ihren Stuhl ab.

Sie versuchte aufzustehen und fiel zurück. Der Tisch bewegte sich, der Boden wurde weich und ihre Füße flossen teigig auseinander. Sie merkte, dass ihr übel wurde, und hielt sich an der Tischkante fest.

»Darf ich Ihnen helfen, Miss Margaret?« Gills fasste ihren Arm.

»Bitte, berühren Sie mich nicht!«

Er ließ sie sofort los.

Sie stemmte die Hände auf den Tisch. Es gelang ihr endlich, stehen zu bleiben.

Sie schaffte es, ein Stück zu gehen. Im Augenwinkel sah sie noch, dass Thomas aufgestanden war. Sie setzte Schritt vor Schritt. Der Flur war kühl. Im Hof hörte sie die Tiere. Die frische Luft tat wohl. Wut, Angst und Erleichterung mischten sich, sie spuckte in den harten Sand und musste husten. Sie setzte sich auf eine Bank. Die Sonne blendete, sie schloss die Augen. Sie fühlte diese starke Sehnsucht, sie wollte Andrews Hände spüren, ihr Gesicht an seinen Hals legen, sich küssen lassen. Oh doch, auf jedes Risiko!

Sie ging mit raschen Schritten auf den schmalen Gang zu und fühlte, wie ihr Herz bis in die Schläfen, in die Wangen, ja bis in die Lippen schlug.

Das Versteck war eine lose Steinplatte, unter der sich ein kleiner Raum befand. Es gab kein Licht. Man musste die Hand in das Loch stecken und tasten. Margaret wollte gar nicht wissen, was dort in Finsternis und Feuchtigkeit verborgen lag, neben Andrews süßen Briefen.

Mitten in dem Durchgang blieb sie stehen und betete zu Gott. Sie flüsterte. Sie klagte, dass die Liebe wehtat. Dann ging sie weiter, horchte, sah sich um und hob das Schieferstück. Sie dachte an die Asseln, an die Spinnen. Sie biss sich auf die Zunge, dass es blutete. Sie hob die Hand, ging näher heran und lugte in das Loch. Es war nur schwarz, wie immer. Jetzt! Sie tauchte ihre Hand hinein, die Schwärze war wie Teer. Dann sprang die Freude mit heraus. Es war Papier, ein Brief! Sie zog ihn schnell ans Licht …

»Gib ihn mir bitte, Megge!«

Thomas' Stimme traf sie wie eine Ohrfeige. Er stand dicht hinter ihr. Er hielt ihr eine Hand entgegen. Sie streckte ihre Hand vor, er nahm den Brief. Es war, als ob er ihr die Hand vom Arm abrisse.

»Du weißt, warum, Tochter Margaret.«

»Ja, Vater«, sagte ihre Stimme.

»Es gibt Pflichten, Ordnungen, mein Kind, die nicht zerbrochen werden können.«

Ihr wurde schwindlig, die Schläfen klopften wild. Alles war verschwommen. Drüben, auf dem Hof, stand William Gills, tat jetzt betroffen und triumphierte sicher heimlich.

»Ja, Vater. Sie haben Recht.« Sie ging an ihm vorbei.

Gills, als er Margaret kommen sah, flüchtete ins Haus. Der Vater folgte ihr. »Megge!«

Sie blieb stehen.

»Du weißt, ich will dein Bestes …«

Sie ging ins Haus und gleich nach oben auf ihr Zimmer.

14. Kapitel,
worin die Angst das Sagen hat

Charles Summers hasste es, den Abtritt zu benutzen, den Schmutz, das Körperliche überhaupt. Die Latrine lag außerhalb des Konvikts, an der Flanke einer Scheune, hinter der sich eine riesige Jauchegrube befand.

Um den Gestank erträglicher zu machen, waren die Wände der Latrine dicht über dem Boden unterbrochen. Vorne hing ein Tuch, das man freilich nicht berühren mochte. Man saß auf einem langen Brett und beugte sich nach vorne, ohne festen Halt, und kämpfte mit dem Gleichgewicht.

Charles beeilte sich, so gut es ging. Er hoffte jedes Mal, dass er alleine blieb. Das Gestöhne um ihn her war schlimmer als der höllische Gestank, die Witze und das Lachen. Deshalb ging er früher oder später als die anderen oder dachte sich Entschuldigungen aus, um während des Unterrichts zu gehen.

Jetzt saß er da und kämpfte. Je mehr er presste, umso deutlicher war abzusehen, dass nichts gelingen würde. Am liebsten würde er von hier nicht in die Klasse zurückgehen, sondern ganz fortlaufen, unendlich weit und in die Ewigkeit.

Er war wütend auf die anderen, auf Andrew ganz besonders, seit er diesen Brief vorgelesen hatte. Charles konnte nachts kaum schlafen. Beim kleinsten ungewöhnlichen Geräusch hörte er den Fremden wiederkehren. Vielleicht war es der Teufel selbst, der sich Clifford als seinen Blutknecht auserkoren hatte.

Er beugte sich noch weiter vor und presste seinen Unterleib zusammen, als dicht vor seinen Füßen eine Erbse auf den

Boden fiel. Er fuhr zurück und hätte um ein Haar das Gleichgewicht verloren.

»Master Summers?«

Es war der Fremde!

»Charles, mein Sohn! Sag was, damit ich weiß, dass es dir wohl ergeht.«

Woher wusste dieser Mann, dass er hinter dem Tuch auf der Latrine saß?

Der Mann lachte herzlich. »Das arge Fleisch! Dieser ganze Dreck hier, nicht wahr? Man fragt sich, was es soll. Macht es Gott eigentlich Freude, seine Kreatur so zu erniedrigen?«

»Das weiß ich nicht, Sir«, sagte Charles.

»Niemand weiß das, Master Summers.« Er kam ein Stück näher, die Stimme wurde lauter. »Als ich in deinem Alter war, Charles, ist mir klar geworden, dass Gott uns so nicht haben will, niemals. Also habe ich viel über Gott nachgedacht. Wie mag er sein, was wird er denken und wie sieht er aus? Darf man sich diese Fragen stellen? Ich sage, ja.«

Charles hatte sich gezwungen aufzustehen. Es war ein schreckliches Gefühl. Er hielt die Hosen in der Hand und band sie endlich zu. Dann trat er durch den Vorhang.

Der fremde Mann stand draußen, keine zehn Schritte mehr entfernt. Wer war er? Er hatte helle Augen, sein Mund war schön, die Haut gesund. Jetzt sah Charles ihn ganz genau. Das lange Haar war leicht gewellt. Er war nicht alt, nicht älter jedenfalls als Andrews Vater, an den er plötzlich denken musste. Den er vor ein paar Tagen aus der Entfernung zufällig vor einer Kneipe hatte stehen sehen, ziemlich betrunken wohl. Charles hatte sich beeilt, dort wegzukommen. Plötzlich tat ihm Andrew Leid, von dem er wusste, wie peinlich es ihm war. Der Fremde trug den gleichen langen Mantel wie Andrews Vater, dessen Kleidung allerdings erheblich abgerissener war.

»Ist es mein Mantel!«, rief der Fremde. »Prachtvoll, nicht wahr? Ein Geschenk des portugiesischen Königs. Jetzt staunst du. Ich komme viel herum. Nenn mir ein Land, und ich sage dir, dass ich schon dort gewesen bin. Eigentlich bin ich Fährmann, aber das ist nur Fassade, dafür habe ich meine Leute. Mein wahrer Titel lautet: Königlicher Brautbeschauer. Unser König Heinrich ist ein starker Mann, der viele Frauen braucht, mehr, als du dir vorstellen kannst. Es ist mein Los, quer durch die Welt zu ziehen und für den König eine passende Königin zu finden.«

Charles wich vor ihm zurück. Er wollte weg von hier.

»Bleib bitte einen Augenblick! Wir können Freunde werden. Denk an die Erbse, so etwas bindet Menschen aneinander.«

Charles schüttelte den Kopf.

»Ach, Master Summers, ich weiß, du zweifelst. Du suchst Gottes Trost und Heilung. Aber Gott kann uns nicht lieben, mit diesem Dreck in uns, von dem wir uns nicht trennen können.« Er wies zu der Latrine. »Das ist das eine, das andere ist der Körper überhaupt, dass wir Hände haben, die den Körper fühlen. Gott gab uns die Seele, der Teufel hat uns unseren Leib gegeben. Gibt es etwas Ekelhafteres als unser Blut? Es klebt und stinkt. Und all die anderen Flüssigkeiten …«

»Ja, Sir«, hauchte Charles.

»Jetzt verstehst du, warum der Leib vergeht, wenn wir tot sind, und unsere Seele ewig lebt. So siegt Gott über den Teufel im Leben eines jeden Menschen. Wir reden noch darüber, Charles, ich denk an dich. Du möchtest weg hier, ich verstehe das. Geh nur! Wir sehen uns wieder. Und behalte unser Treffen für dich. Du weißt schon …« Er ließ ein paar trockene Erbsen von einer in die andere Hand fallen.

Charles ergriff die Flucht. Er hatte nicht einmal die Kraft, sich umzudrehen. Er betete im Laufen und fühlte, dass jedes

Wort, das seinen Mund verließ, vor Gott zerschmolz wie frostig kalter Atem. Es war die Seelenpest, die wie Nebel auf den Herzen lag, die durch die Kleider drang und in die Haut fuhr. Man wachte morgens auf und konnte fühlen, wie das Übel draußen durch die Flure schlich. Und es gab keine Hoffnung, sagte man, wenn es sich erst mal in das eigene Fleisch verbissen hatte. Dann war der Tod gewiss.

15. Kapitel, in welchem eine Tochter wider ihren Vater handelt

Die Nacht war fast schlaflos vergangen. Margaret hatte zu Gott gesprochen, wie sie es früher als Kind getan hatte, wenn sie sich traurig fühlte. Aber sie war kein Kind mehr!

Als der Morgen graute, schlich Margaret aus dem Haus. Ihr Plan war sehr gefährlich, sie wusste, wie riskant es war.

Nachdem sie leise das Zimmer verlassen, sich nach unten geschlichen und die Tür zum Hof entriegelt hatte, stand Raspale plötzlich bleich im ersten Licht vor ihr wie ein Zerberus im schweren, grauen Mantel.

»Liebes Kind, es ist ein großer Unterschied, ob du den Anstand brichst und ich dir dabei helfe oder ob du deinen Vater hintergehst.«

»Er hat *mich* hintergangen!«

»Er ist dein Vater, Margaret!«

»Er ist ein sturer, alter Mann!«

Sie ging an ihm vorbei, ohne sich umzudrehen, zog wie ein Räuber die Kapuze ins Gesicht und trat ans Gartentor.

Raspale folgte ihr, schloss auf und fragte sie, ob sie es sich nicht noch einmal überlegen wolle.

Es war schlauer, sich erst gar nicht auf diesen Disput einzulassen. Raspale war geschickt. Ehe man sich's versah, hatte er einen eingewickelt, das Gewissen schmerzlich freigelegt und angeklagt. Sie kannte das.

Sie drehte sich kurz um und legte einen Finger an seinen rauen Mund. Dann schlüpfte sie durchs Tor nach draußen und machte sich auf den direkten Weg zum Kutscher, um Dick Dickens zu fragen, ob er Andrews Nachricht vielleicht doch heimlich gelesen hatte.

Der Mietkutscher Dickens und seine Familie lebten in einem schiefen Haus, das an der Flanke eines Wachturms der Stadtmauer festzukleben schien. So jedenfalls wirkte es, wenn man von St. Mary Axe aus darauf zulief.

Das Haus neigte sich gefährlich vor, als wollte es jeden Moment nach vorne kippen. Es hatte zwei Stockwerke, das obere von einem breiten Erker verziert, in dessen vier schlanken Fenstern teure, blaue Bleiglasscheibchen vor Wind und Kälte schützten, ein bisschen immerhin, denn viele Gläser fehlten und waren irgendwann durch Ölpapier ersetzt worden.

An der Seite des Hauses, gleich an der Mauer, gab es einen lang gestreckten Garten, in welchem eine verrufene Hundehorde lebte und das Eigentum des Kutschers scharf bewachte.

Der Gartenzaun war brüchig, und jeder, der vorüberging, bekam ein mulmiges Gefühl. Die Hunde waren überall verschrien, zumal sie ihrem Herrn, dem Kutscher, schon ins Bein und beide Hände gebissen hatten, während sie mit seinen Hühnern, die frei im Garten liefen, in scheinbar unverbrüchlicher Freundschaft lebten.

Margaret lief auf die hohe Mauer zu, sie sah das schiefe Haus schon in der Ferne. Die Stadtmauer hatte viele Löcher und war gefleddert worden, wurde es zuweilen noch, weil man das Material in tiefster Nacht zu anderen Baustellen in der Stadt verfrachtete.

Auch Kutscher Dickens hatte sich vor Jahren hier bedient, um einen Anbau zu errichten, war allerdings auf frischer Tat ertappt und ins Gefängnis geworfen worden. Ein guter Anwalt hatte erreicht, dass Thomas Morlands Kutscher schon nach zwei Wochen wieder freigekommen war. Es habe sich in Wahrheit gar kein echter Diebstahl zugetragen, hatte der Verteidiger erklärt. Zwar seien durchaus Steine von Dickens an einer Stelle der städtischen Mauer entnommen, an einer anderen Stelle derselben Mauer aber, nämlich an ebender, die er bewohnte, wieder aufgemauert worden! Der Name des geschickten Anwalts lautete William Gills.

Das Kutscherhaus lag noch im morgendlichen Schatten. In ein paar Fenstern brannte Licht. Die Hunde tobten schon. Margaret ging schnell auf die Haustür zu und klopfte.

Drinnen rief jemand einen Namen, wiederholte ihn, dann wurden Schritte laut. Die Tür quietschte. Im Halblicht sah Margaret eine ältere Frau im Nachthemd, das graue Gesicht wurde von einer fleckigen Schlafkappe umziert. In der Hand hielt sie ein Lämpchen.

»Ich bin Margaret Morland. Guten Morgen.« Margaret trat etwas näher, damit man sie erkannte. »Ist der Junge da?«

Die Frau schnaufte und zog die Tür ein Stückchen weiter auf. Sie machte einen Knicks und drehte sich herum.

»Daniel, mach den Jungen wach! Es ist die junge Miss Morland!« Und leise: »Bitte, wollen Sie nicht …?«

»Danke. Ich warte hier an der Tür, wenn Sie gestatten. Die Sänfte steht eine Straße weiter …«

»Daniel!«, schrie die Frau. »Was ist denn nun?« Und wieder halblaut: »Ich bitte um Verzeihung, Miss …«

»Ich muss ihn nur etwas fragen«, sagte Margaret und bereute es sofort.

»Natürlich, Miss …« Die Frau verschwand. »Wo ist der Bengel denn? Man wartet!«

Die Hunde bellten draußen, als griffe man die Hühner an.

Margaret fühlte, wie sie zitterte, es war die Kälte, die

Erwartung, die Angst auch, dass Dick am Ende doch nicht wusste, was Andrew ihr geschrieben hatte.

Die Frau winkte herüber. »Sofort, Miss, sofort.«

Der Junge kam barfuß die Treppe herunter, eine dünne Decke über der Schulter. Die Augen waren noch verklebt.

»Warst du gestern bei uns, Dick?«, fragte Margaret.

»Ja, Miss.«

»Und hast du etwas überbracht?«

Er nickte. Sein Blick entwich ihr.

Margaret wusste plötzlich nicht mehr weiter. Was sollte sie fragen und wie, ohne dass es furchtbar peinlich wurde?

Die Frau stand drüben und hörte mit.

»Da ist ein Missgeschick passiert, Dick«, sagte sie verlegen.

»Ich habe nichts falsch gemacht, Miss«, sagte der Junge schnell.

»Natürlich nicht, nein, es war mein Fehler.«

Dick sah sie verwundert an.

»Ich habe das Briefchen auch gefunden, so wie du es hingelegt hast …« Margaret bezwang ihre Verlegenheit nur mit aller Mühe.

Die Frau gaffte.

»Nur habe ich es leider nicht gleich lesen können«, sagte Margaret. »Die Ziegen haben es gefressen. Es ist mir aus der Hand gefallen, im Stall …«

Dick gluckste. Er schlug sich die Hand vor den Mund und schielte nach drinnen.

Die Frau zog die Stirn kraus. »Was gibt's zu lachen, wenn die junge Lady was von dir will …?«

»Ist gut, er hat nichts getan«, erklärte Margaret. Und leise: »Ich wollte fragen, ob du vielleicht … Sieh mal, ich habe einen Penny mitgebracht …« Sie holte das Geldstück hervor und hielt es dem Jungen unter die Nase.

Die Frau reckte gleich den Hals. »Was ist das?«

»Nichts, Madame«, sagte Margaret. Sie schloss die Hand sofort und ließ das Geld verschwinden.

»Er gehört dir, wenn du mir sagst … du weißt schon …«

»Ich habe nichts gelesen, Miss. Ich bin immer ehrlich.«

»Ich weiß, Dick, Junge. Trotzdem …«

»Ich lese nie etwas.« Er verzog enttäuscht den Mund und hatte plötzlich schmale Augen.

»Ja, sicher«, sagte Margaret. »Dennoch …«

»Master Whisper hat mir angedroht, mich windelweich zu schlagen, wenn ich's lese.«

»Ach, Unsinn …«, sagte sie und trat ein Stück zurück.

Die Frau drüben an der Treppe war verschwunden.

»Er wartet heute Morgen in der Kathedrale«, flüsterte der Junge.

Margaret bezahlte ihn und dankte. Er schob die Tür zu. Die Hunde waren plötzlich still. Im Osten kroch das erste Morgenlicht herauf. Ihr war, als knisterte die feuchte Luft. Margaret flüchtete benommen. Sie rannte durch St. Mary Axe ein Stück zurück und bog nach Westen ab. Der spitze Holzturm von St. Paul's stand hinter hundert Giebeln himmelhoch.

16. Kapitel,
worin ein Kuss scheinbar neues Leben macht

Die Kathedrale lag da wie ein schlafender Löwe. Drinnen war es leer. Die erste Messe war vorüber, bis zur nächsten war noch Zeit. Im Eingang fegte ein alter, krummer Mann den Boden. Staub wölkte hoch. Das halbe Licht im Schiff war matt, als hätte Winterkälte die Frühlingsluft gefrieren lassen.

Der alte Mann beachtete Andrew nicht. Unter den Chorbögen kauerten Arme, in Decken und Mäntel eingehüllt. Die meisten schliefen. Andrew ging an ihnen vorbei, er war noch müde. In einer Stunde erst würde der Unterricht beginnen.

Andrew ging zur Lady Chapel, einer Nische unterm westlichen Chor mit mannshohen, hölzernen Wänden. Hier lag im Dunkeln eine kurze, leere Gasse zwischen Stein und Holz, die niemand je betrat.

Er schlüpfte hinein, zog eine kleine Kugel aus der Tasche und tastete den Fuß der Mauer ab. Es waren vier fingerdicke Bohrungen, die sich hier seit langer Zeit befanden. Sein Vater hatte sie entdeckt und ihm gezeigt, wie man die Kugel in die Löcher legt, nach einer gewissen Zeit wieder herausholt und aus den feinen Linien, die der heilige Staub der Kirche hinterlässt, die Zukunft liest. Die Kugel hatte der Vater selbst aus Lindenholz geschnitzt, poliert und von einem Abt segnen lassen. Es sei ein letztes Mittel, um Gottes Absichten zu erfahren, hatte der Vater an dem Tag erklärt, als Andrew das *New Inn* zum ersten Mal betreten hatte. Die Kugel sei, wenn sie zum Vorschein komme, das Abbild unserer Erde, mit

Ländern, Ozeanen und Gebirgen, wie der neue Globus der Bibliothek in *Mansion House,* bloß winzig klein.

Was Andrew jetzt wissen wollte, war, von wem der Brief stammte, den er am Vortag im Konvikt auf seinem Bett gefunden hatte. Darin stand, dass seinem Vater Johan Whisper Unrecht widerfahren sei und weiter widerfahren werde. Niemand Geringeres als Sir Thomas Morland habe sich zutiefst versündigt. Er lasse seinen, Andrews, Vater übel schlagen, so lange bis er tot und stumm sein werde. Wobei das Schweigen Johan Whispers den Ritter Morland am allermeisten interessiere.

Andrew drehte sich herum und fuhr erschreckt zusammen. Er duckte sich. Margaret betrat die Kathedrale.

Er kroch tiefer in die Dunkelheit und wusste nicht, ob er sich zu erkennen geben sollte. Er hatte nicht so früh mit ihr gerechnet.

Sie lief vorbei, blickte suchend um sich. Margaret wusste nichts von der Kugel und der Seherei. Wenn sie es wüsste, da war er sicher, würde sie es selber lernen wollen. So war sie eben. Sie würde selber in die Zukunft schauen, sie würde wissen wollen, ob er sie wirklich liebte, ob er sie noch in zwanzig Jahren liebte und ob ihr Vater seine erste Frau, Margarets Mutter, Jane Colt, geliebt hatte … Hundert Mädchenfragen würde sie der Kugel stellen.

Er horchte. Es war plötzlich still geworden. Er lugte vorsichtig umher.

»Da bist du ja! Was tust du hier?«

Er fuhr herum. Margaret stand dicht neben ihm an einem Pfeiler. Er hatte sie nicht kommen sehen und auch nichts gehört.

»Nichts.«

»Na, sag schon!«

»Ich bete.«

»Hier im Dunkeln?«

»Es hat etwas mit den Jungs zu tun. Ich darf es dir nicht sagen.«

»Du schwindelst.«

Andrew sagte nichts. Margaret trat ins Licht zurück. »Zu Hause ist der Teufel los. Mein Vater hat deinen Brief gefunden. Ich konnte ihn nicht lesen und bin vorhin zu Dick gelaufen, der mir sagte, wo du bist …«

»Dein Vater …«, sagte er. Er fasste ihren Arm und zog sie zu sich. Sie fiel in seine Arme. Bewegte sich nicht mehr, sie klebte an ihm wie eine große Puppe. Er fühlte den harten, gewirkten Rand ihrer Haube an seiner Wange, so nah war er ihr nie zuvor gewesen. Sie wehrte sich kein bisschen, das war das Allerschlimmste.

Er legte seinen Arm um sie und hielt sie fest, als ob sie sich doch wehrte. Und wie denn sonst? Er musste für den Anschein ihrer Keuschheit sorgen. Sie schnaufte, weil er ihr die Luft nahm. Er wollte ihr die Luft nehmen. Sie war nicht keusch! Er sog ihren Duft ein. Sie schlief vielleicht! Die Augen waren fest geschlossen. Sie wollte, dass er sich erregte.

Er lehnte sich ein Stück zurück, blickte ihr in das Gesicht, sah ihren Mund, der zitterte. Der Mund hielt still. Er wollte ihr nichts Böses tun – und küsste sie. Er küsste! Nie zuvor hatte er geküsst. Tausendmal hatte er sich vorgestellt, geträumt, gerätselt, wie es sei. Ob Mädchenlippen warm, kühl, trocken, rau, fest oder weich sind, und hatte sich danach gesehnt.

Jetzt küsste er und eine Zeit verging. Er hielt die Luft an, das erschien ihm wichtig, weil er nicht wusste, wie er selber für sie roch. Margaret stand wie tot in seinen Armen und zitterte. Vor Angst oder vor Lust daran?

Er löste sich, ganz langsam, benommen, bewegte sich zurück, sah ihr Gesicht jetzt wieder scharf und lächelte. Er ließ sie los.

Die Hände waren schmerzhaft leer. Sie sehnten sich zurück.

»Dick Dickens hat meinen Brief an dich gelesen?«, sagte er, als wäre es ganz selbstverständlich, das Gespräch dort wieder aufzunehmen, wo der Kuss es unterbrochen hatte.

»Andrew, jetzt sind wir keine Kinder mehr.«

Er wusste gar nicht, was sie meinte.

Er lachte unbeholfen. Ihm schien, als weinte sie. Er tat noch einen Schritt zurück, damit sie beide wieder nur für sich dastanden. Schuldlos sozusagen. Es war laut geworden in dem Kirchenschiff. Schritte, Stimmen, Husten. Ein Hund schnupperte umher, entdeckte sie, blieb einen Moment stehen, als ob er staunte, und verschwand.

»Wenn uns jemand beobachtet hat, sind wir so gut wie tot«, sagte er düster.

»Jetzt sind wir einander versprochen«, entgegnete sie. Sie atmete, als hätte sie sich furchtbar angestrengt. »Mit diesem Kuss versprochen. Oder nicht?«

»Hast du denn Angst?«, fragte er dagegen.

Sie rückte ihre Haube gerade und berührte ihre Lippen.

»Ich danke dir, Andrew.« Sie tat einen Schritt zurück. »Ich muss dir etwas sagen … Ich habe zu Hause etwas über deinen Vater gehört. Man hat ihn arretiert. Ich dachte, ich sag es dir besser selbst, bevor du es von anderen erfährst.«

»Ja, danke.«

»Schämst du dich für deinen Vater?«

»Er macht es mir nicht leicht. Wir kennen beide unsere Väter nicht …«

»Wie meinst du das?«, fragte sie erstaunt.

»Die Eltern halten sich im Schatten wie Spione, wie Träger von Geheimnissen …«

»Uns soll das jetzt egal sein«, sagte sie. »Wir wollen uns lieben. Wir wollen nicht lügen und nicht Ränke spinnen.« Damit wandte sie sich um, lief auf das Portal zu, blickte kurz zurück und ging hinaus.

Er begriff erst jetzt, was eigentlich passiert war. Er hatte Margaret auf den Mund geküsst, in einer Kirche! Es war entsetzlich, aber es war das Schönste, das ihm jemals widerfahren war. Er rannte los. Er wollte ihr noch vieles sagen, sie beruhigen. Ihr sagen, dass er ihrem Vater einen Brief geschrieben habe. Denn glauben, dass ihr starker Vater seinen schwachen Vater töten wolle, war ihm unmöglich. Ihr Vater müsse seinen Vater aus der Haft befreien, aus einem einfachen Prinzip heraus, das darauf fußt, dass jeder auch die Schwächen seines Gegenübers sieht. Es sei dies das Prinzip des Friedens!

Er blickte auf den Vorplatz. Da sah er, wie Margaret von einem Fremden festgehalten wurde, wie man ihr den Arm nach hinten riss und sie sich wehrte und wie man sie in eine geschlossene Sänfte drängte. Er wollte ihr zu Hilfe eilen, stieß aber gleich mit einem anderen Mann zusammen, der sich in seinen Weg geworfen hatte. Andrew stürzte, schlug auf die Erde. Er schrie und merkte, wie ein Stiefel ihm in seine Lende trat. Ein zweiter Tritt, der ihm die Luft nahm, und ein dritter schließlich, der ihm vor Schmerz die Sinne raubte. Es wurde schwarz vor seinen Augen, es roch nach Blut. Er spuckte. Der Boden senkte sich, als liege er auf einem großen, hart gespannten Tuch, das unter ihm auf einmal nachgab und zerriss …

17. Kapitel, in welchem schwere Zeiten wiederkehren

Thomas Morland hatte Johan Whisper aus dem Kerkerkeller in die Büros heraufbringen lassen, weil er selbst den Keller nicht vertrug, die kalte, nasse Luft, das schlechte Licht, den Schimmel an den Wänden, die Ratten und das Ungeziefer. Zwar war es nicht erlaubt, Gefesselte in die Kontore heraufzulassen, aber wer, wenn nicht er selbst, war in der Lage, solche Regeln zu missachten?

Der Gefangene kauerte auf einem Hocker, die Hände hinterrücks gefesselt, ebenso die Füße, mit derben Lederriemen festgeschnürt. Der Blutknecht wusste, was er tat. Whisper saß mit seinem Blick zur Wand, in eine fensterlose Ecke schauend, in der nur ein paar Kisten und Foliantenschränke standen.

Morland hatte das Zimmer erst betreten, als Whisper schon auf dem Hocker saß. Er wollte nicht von ihm gesehen werden.

Der Blutknecht dämmerte in einer Ecke. Der Skribent hatte auf einer Bank am Fenster Platz genommen und führte Protokoll.

Morland fühlte sich sehr unwohl. Es war ihm immer peinlich, Gefangene zu verhören. Und diesmal war es umso schlimmer, als dieser Trunkenbold dort saß: der Vater dieses dreisten Bengels, der Margaret in sein Fischnetz locken wollte, der gestrauchelte Herr Rathausschreiber Whisper, den er, Thomas, weiß Gott nicht leiden mochte. Weil er ihn kannte. Seit langem schon.

Morland spuckte aus.

Dass Johan Whisper in seiner Kindheit erst im Lesen, später auch im Schreiben unterrichtet worden war, hatte sich als Segen, aber auch als Fluch erwiesen.

Geboren wurde er in Holland. Der Vater war ein schottischer Söldner gewesen, seine Mutter eine Amsterdamer Wäscherin mit weichen Händen und großen Ohren, die ihr wie Fittiche vom Kopf abstanden.

Weder der Vater noch die Mutter waren des Lesens mächtig, wohl aber ein Bewunderer der Mutter, dessen Liebe zu der ehelosen Wäscherin so selbstlos war, dass er sich Johans mit beinah väterlicher Liebe annahm. Dem ehemaligen Söldner war's egal.

Der Bewunderer war ein Landvermesser. Vielleicht war es Enttäuschung über seinen eigenen Sohn, der im Begreifen langsam war. Johan dagegen fasste flink und dankbar auf, hatte eine begabte Zeichenhand und las mit sechs Jahren schon die Sprüche Salomons fehlerfrei und zügig seiner Gastfamilie vor. Seine Eltern misstrauten allen Büchern, mit Ausnahme der Bibel, weshalb sie Johan zu seinem Förderer gehen ließen, zumal sie selbst nicht einmal ein gemeinsames Zimmer fürs Familienleben hatten. Wenn sie hingegen Johan mit einem Blatt Papier erwischten, das er manchmal von seinem Gönner als Geschenk erhielt, so nahmen sie es ihm weg und tauschten das Papier beim Krämer gegen Mehl und Eier ein.

Johan spielte nicht wie andere Kinder. Er malte mit den Fingern Buchstaben in den Sand. Sein Vater schnitzte Lanzen, Pfeil und Bogen für den Sohn und übte ihn im Kämpfen; fürs Leben, sagte er. Bei einem dieser Spiele – Johan wurde gerade neun – fuhr dem Vater der Leibhaftige in den Sinn. Er erstach zwei Schweine und fünf Gänse und hörte nicht zu rasen auf, bis ihn ein Bauer mit einem großen Stein am Kopf traf. Drei Tage später war der Vater tot.

Von da an lebte Johan eine Weile ganz in der Familie jenes Landvermessers und lernte weiter rechnen, schreiben und sogar Latein. Mit dreizehn reiste er nach England, kam in die Lehre eines Forstverwalters, der sich um die Ländereien eines Grafen kümmerte, der viel auf Reisen war. Johan verdiente Geld, und als er achtzehn wurde, empfahl der Graf ihn einem Gentlemen mit Namen John Colt aus Netherhall in Essex an. Colt wollte seine drei Töchter verheiraten und lud neben anderen Johan Whisper zu sich ein. Das war im Jahre 1504 geschehen.

Johan verliebte sich auf Anhieb in die mittlere der Töchter, heiratete sie und zog nach London, wo er die kleine, aber trockene Wohnung eines Marktschreibers bezog. Er fand Anstellung im Rathaus. Bald schenkte seine Frau ihm einen Sohn, den sie Andrew taufen ließen und der zehn Jahre lang behütet aufwuchs. Bis seine liebe Mutter jäh erkrankte, schwer, erst sechsundzwanzig Jahre alt. Sie aß nicht mehr, sie wurde totenbleich und ihre Haut zerfiel wie Laub. Johan betete. Er weinte, schrie und schlug sich aus Verzweiflung in den Kneipen. Die Oberen ermahnten ihn. Er bezwang sich eine Weile, bezahlte sinnlos Ärzte, Bader, sogar Hexen, und niemand glaubte ihm so recht, wenn er beteuerte, sich umzubringen, falls seine Frau und Andrews Mutter in den Himmel ginge. Die Arme wurde immer schwächer. Johan pflegte, wusch sie, als wäre sie ein Kind. Er bettelte zu Gott, dann fluchte er auf alle Heiligen und drohte laut, sich allen Teufeln zu verschreiben. Die Kranke starb in seinen Armen und riss sein gutes Herz mit in den Tod. Von da an trank Johan Whisper, ging zum Glücksspiel und verspottete die Heiligen, so sehr, dass selbst sein Sohn ihm auf der Straße auswich.

Das alles wusste Morland und sein Gewissen plagte ihn.

Vor allem dachte er an Margaret, deren Mutter eine von John Colts Töchtern gewesen war, um die sich auch der Trunkenbold beworben hatte. Sie waren also irgendwie verschwägert! Und was das Schlimmste war: Der Sohn wusste, dass sein Vater in Gewahrsam war und dass er, Sir Thomas Morland, das Verhör vornahm. Er wollte ihn erpressen, dieser Bengel, ihn, den Ritter Morland! Es war zum Lachen, nein, er hätte sich an Ort und Stelle übergeben können! Er wollte einfach nicht, dass dieser Andrew Whisper irgendwann die Hand an Margarets Scham zu legen wagte, und deshalb würde er den Vater prügeln, um ihn, den Sohn zu treffen, wie sehr perfide das auch war.

Der Gefesselte drehte den Kopf, pfiff durch die Zähne. »He, Maxim, sag mir, was hier passiert!«

Der Schreiber reagierte nicht. Natürlich kannte er den Angeklagten aus der Zeit, als dieser noch den Posten eines Rathausschreibers innehatte.

»Maxim! Maxim!«

Der Skribent schielte kurz in Morlands Richtung und begann laut vorzulesen.

»Johan Whisper aus Deventer, Sie sind an dieser hohen Stelle am fünften Tag nach Palmsonntag im Jahr des Herrn 1521 des Verstoßes gegen die Sitten angeklagt, im Weiteren der Gotteslästerung in vierzig Fällen, für die es neunzehn Zeugen gibt, die das Gericht namentlich erfasst und ordentlich vernommen hat …«

»Du brauchst mich nicht zu siezen, Maxim. Was ist los mit dir?«

»Sie werden jetzt und hier verhört, um Ihre Schuld oder Unschuld zu bekunden.«

»Maxim! … He!« Whispers Stimme rollte heiser. Sie machte, dass man sich selber dauernd räuspern wollte.

»Wir kennen uns kein bisschen, Sir«, flüsterte der Schreiber, sah Morland an und versank sofort wieder in seinen Papieren.

»Wie meinst du das, Maxim?«, rief Johan Whisper. »Mit wem redest du?«

»Sie werden beschuldigt«, verlas der Schreiber weiter, »am zweiten Tag nach Palmsonntag in der Nacht für alle hörbar gerufen zu haben, dass unser Gott der Herr uns nicht erkenne, mit der Begründung, es sei Gottes Wille, dass der Mensch mit Fehlern und Versündigungen behaftet sei, *damit* Gott selber sie verzeihen könne.«

»Falsch!«, rief Whisper. »Alles erlogen! Wer sitzt dort hinter mir und wagt nicht, mir sein Gesicht zu zeigen?«

»Sei still!«, befahl der Schreiber.

»Maxim! Maxim …!«

Morland machte Fäuste. Die Wut blähte seine Venen an den Schläfen auf.

»Ich will mich umdrehen!«, schrie Whisper. »Ich weiß schon, wer es ist! Die Feigheit, die Verlogenheit in Person! Sir Thomas Morland …!«

Morland machte mit der Hand ein Zeichen. Ein untersetzter Kerl kam aus der Ecke und ging mit festen Stiefelschritten auf den Gefesselten zu. Der duckte sich sofort.

Der Blutknecht griff Whisper fest ins krause Haar und riss mit großer Wucht den Kopf nach hinten, bis es knackte.

Whisper schrie vor Schmerzen.

»Johan Whisper«, begann der Skribent von neuem.

»Sie haben betrunken gegen alle guten Sitten verstoßen und werden in der Folge dem *Newgate Prison* überstellt …«

»Ihr habt euch gegen mich verschworen!«, schimpfte Whisper und spuckte in die Luft.

Der Knecht zerrte seinen Kopf noch tiefer in den Nacken.

»Morland! Du Teufel! Er ist es doch!«, schrie Whisper heulend. »Er hasst mich, weil wir Schwäger sind und weil er meinen Sohn hasst, und meinen Sohn hasst er bloß meinetwegen …« Er schrie wieder vor Schmerzen, die ihm der dunkle Knecht zufügte.

Thomas war aufgestanden, das Herz schlug ihm wild bis in den Hals hinauf. Er fühlte sich gelähmt, unfähig, sich zu wehren, so als stünde Gott auf Whispers Seite! Was musste bloß der Schreiber von ihm denken! Was würde er den anderen erzählen?

Wütend trat er den Lehnstuhl um, der krachend vor die Wand flog. Der Blutvogt ließ erschreckt von Whisper ab und starrte blöde her.

Der Gefesselte bewegte den Kopf, stöhnte laut und schüttelte sich. »Was hat mein Junge dir getan, Morland? Weshalb dieser Hass nach so viel Jahren, bloß weil wir arm und ungebildet sind? Soll ich dir die ganze Wahrheit ins Gesicht schreien?«

»Zur Ordnung, Angeklagter!«, rief der Schreiber. Dann verlas er weiter seinen Text. »Sie wurden ferner gesehen, als Sie am Puddle Warf erklärten, erstens, die Welt wäre besser bestellt, wenn Gott nicht seinen Willen auf sie richten würde. Dass, zweitens, der Papst geschickter sei im Feiern als im Beten. Drittens, der König Unzucht treibe mit seinem Narren Will Somers. Viertens, die Welt bald untergehen werde, was nur noch neunundneunzig Tage dauern kann … Es gibt genügend Zeugen für die Äußerungen. London, den zehnten April, anno Domini et cetera.« Der Schreiber lehnte sich zurück. Er griff in seinen Bart und durchkämmte ihn mit zitternden Fingern.

Whisper lachte leise.

»Lach nur, Johan Whisper!«, sagte Morland. Er horchte auf die Melodie der eigenen Stimme. Es war ihm unbehaglich, weil ihm schien, dass er sich selber riechen konnte.

»Aha!«, machte der Gefangene. »Ich hatte also Recht, du bist es, Morland. Ich bin sowieso schon tot, ich will dich sehen! Wieso muss ich auf die Wand starren, ist das eine zusätzliche Folter?«

»Sei still!« Morland spuckte auf den Boden.

»Oh nein, *Sir!*« Whisper schüttelte den wirren Schopf. »Ihr sucht bloß einen Schuldigen für diese toten Schüler. Ich habe nichts damit zu tun!«

Morland stand dicht hinter Whisper. »Reiz mich nicht, du Strolch!«

Whisper lachte bitter. »Was ist passiert damals, als deine Jane starb, die Schwester meiner Frau? Hast du verstanden, Maxim? Schreib es auf! Was war das eigentlich für eine zügellose, goldene Liebe …?«

Morland holte blitzschnell aus und schlug zu. Whisper stürzte auf den Boden.

Der Blutknecht nickte gemütlich und zog die Nase hoch. »Soll ich?«, fragte er.

»Später«, sagte Morland.

»Ah! …«, machte Whisper von unten herauf. »Er hat nicht mal das Zeug, sein Opfer sterben zu sehen, das kann er nicht. Dazu gehört was Besseres als reine Bildung: Da muss man nämlich wissen, wer die Schuld hat und wer nicht. Zu schwach, der gute Morland! Wenn das der König wüsste! Der hat noch nie gezögert. Hört nur, wie er schweigt, der große Ritter Morland! Wie er sich windet innerlich!«

»Whisper!«, schrie Morland, holte mit dem Fuß aus, so weit er konnte, und trat mit aller Kraft zu.

Der Gefesselte wand sich vor Schmerz. Thomas begriff allmählich, was er tat. Er hob den Lehnstuhl auf und setzte sich.

»Schreib's auf, Maxim!«, flüsterte Whisper mit letzten Kräften. »Schreib auf, was er mir tut, damit es alle wissen! Wir sind verschwägert, Morland und ich! Er hat die Schwester meiner Frau geehelicht, Jane Colt, die älteste der drei Schwestern. Meine Sandra war die mittlere und schöner als Jane, weiß Gott. Er hat sie auch geliebt, der Schuft. Frisch aus dem Kartäuserkloster kam er damals … Schreib's auf, Maxim! Alle sollen es lesen können …!«

Morland saß zusammengesunken da. Der Schreiber wurde rot vor Angst und vor Verlegenheit. Whisper lag auf der Seite und versuchte Morland, seinen Peiniger, zu sehen.

»Schreib auf, Maxim! John Colt, Janes und Sandras Vater, hatte mich im Sommer 1504 zu sich gebeten. Morland kam erst im Oktober, nachdem ich um meine Sandra angehalten hatte. Er tat, als gebe es mich nicht, als sei er der klügste Mensch auf Erden, stolzierte frech im Haus herum und ließ Jane und ihre jüngste Schwester achtlos sitzen und bemühte sich um meine Sandra. *Um meine Sandra!* Schrieb ihr Gedichte, wob sie ein mit süßen Worten, während ich fernab und nichts ahnend unsere Heirat vorbereitete. Ich habe John Colt nie etwas davon erzählt, zumal Morland später Jane zur Frau nahm, mit der Begründung, er habe freiwillig auf Sandra verzichtet, um die Älteste, um Jane nicht zu verletzen!« Er spuckte Blut.

Thomas war vor Scham wie gelähmt. Die Glieder schmerzten, sobald er sich bewegte.

»Hast du nicht Angst, dass ich dich töten könnte?«, fragte er leise.

Johan Whisper lachte nur gequält. »Hörst du, Maxim? Schreib das auf, damit die Menschen noch in tausend Jahren lesen, wie tief im Guten immer auch das Böse tätig ist!«

Morland wühlte in Gedanken. Er musste lügen. »Du bist vom Neid zerfressen, Whisper, das ist alles. Wie niedrig muss man kriechen, wenn man andere auf diese Weise mit Lügen beschmutzt, in der dummen Hoffnung, dass es wie Pech und Schwefel kleben bleibt? Ich war nah daran, Milde walten zu lassen. Jetzt nicht mehr, du hast es dir verscherzt.«

»Morland!«, rief Whisper. Er hatte sich am Boden ein Stück aufgerichtet. Schweiß und Blut verklebten sein Gesicht. »Du bist hier der Hundsfott und du weißt es sehr genau!«

Thomas fühlte, wie der Boden sich bewegte. »Schlag ihn jetzt tot!«, sagte er halblaut und streifte den Knecht mit einem Blick. »Nein, besser nicht. Bring ihn zurück zum Ungeziefer, wo er hingehört. Pass auf, Whisper! Meine Margaret ist aus purem Gold, dein Junge ist nur ein Stück Blech, aus dem man Töpfe treibt. Sie passen nicht zusammen. Gott ist mein Zeuge!«

Er rang mit Übelkeit, der Magen schmerzte. Er biss die Zähne aufeinander und gab dem Knecht ein Zeichen. Der Blutknecht zog den Gefangenen vom Boden hoch. Der Schreiber kratzte mit der Feder und streute Sand auf das Papier.

18. Kapitel, worin der Teufel schamlos spricht

Margaret wischte sich die Augen trocken. Ihr rechter Arm schmerzte bei jedem Sprung der Sänfte. Beide Fenster waren von außen zugehängt, die Tür verriegelt. Sie saß in einem hüpfenden Gefängnis und ihre Angst war übermächtig.

Die Träger spuckten laut und fluchten.

Sie liefen schneller als gewöhnlich. Jemand trieb sie an, damit sie sich beeilten. Margaret versuchte, etwas durch die Fenster zu erkennen. Der Stand der Sonne, die manchmal durch einen Spalt des Sänftenhimmels fiel, verriet ihr, dass der Weg nach Westen führte.

Als man sie vorhin überwältigt hatte und in die Sänfte zwang, hatte es gleich hinter ihr viel Lärm und eine Rauferei gegeben, sie hatte einen Schrei gehört. Als ob Andrew sie gerufen hätte. Der Gedanke war bestechend schön und zugleich schrecklich, dass er, ihr Held, ihr Ritter und Soldat, sich vor den Feind geworfen hatte!

Ihr wurde übel. Sie beugte sich nach vorne und schlug mit aller Kraft gegen die dünne Holzwand.

»Anhalten! Sofort stehen geblieben! Ich verlange es! Ich befehle es! Ich bin Margaret Morland und werde meinem Vater sagen, wie man mit mir verfährt!«

Die Sänfte wurde langsamer, die Träger blieben stehen. Sie setzten ab.

Margaret konnte hören, wie sie hechelten. Dann kamen Schritte näher. Ein Fenster wurde plötzlich hell und frei.

»Madame?«

Sie blickte hinaus. Ihr Herz blieb einen Augenblick lang stehen.

Es war der Fremde, Aron Boggis, der Mann mit den Fingerfiguren.

Er lächelte. »Sie werden sicher schon alles vermutet haben … Natürlich. So klug wie Sie ist niemand. Ihr guter Vater war nicht eben geizig, als es hieß, Sie zu beschützen. In Schutz zu nehmen vor … einem jungen Mann, der … Wie Recht er hatte! Was daraus hätte werden können! Nicht auszudenken, oder?« Er schloss die schönen, dunklen, ein wenig schräg stehenden Augen. »Wenn es mir gestattet wäre, ich glaube, ich könnte Sie, Miss Margaret, genauso wie dieser dumme Junge … lieben. Also!«, rief er den Trägern zu und verschloss das Fenster. Die Sänfte wurde hochgehoben.

Margaret riss ein Tuch aus ihrer Tasche und hielt es sich vor den Mund. Sie blutete! Das Blut kam aus der Nase. Es schmeckte süß. Sie warf den Kopf nach hinten. Sie ergab sich, hatte keine Kraft mehr. Nie hätte sie gedacht, dass ihr Vater jemals so herzlos mit ihr werden könnte.

Als dieser Fremde vorhin die Fensterblende hochgehalten hatte, hatte sie ganz kurz Whitehall gesehen. Man brachte sie also nach Westminster. Zum Vater, zu Thomas, der alles wusste. Alles. Sie hatte Angst vor seinem Blick, vor der Gekränktheit und der unendlichen Enttäuschung, die er jetzt empfinden musste. Nach dem, was sie verbrochen hatte, gerade eben noch! Der Kuss!

Und dennoch! Sie würde zu ihm sagen: Es ist zu spät, Vater! Und dann würde sie noch einmal Andrews Kuss auf ihren Lippen fühlen.

Was würde Thomas tun? Sie aus dem Haus verweisen, sie zwingen, nach Chatham zu gehen, ins Kloster zu den Karmeliterinnen? Irgendwann einmal hatte er damit gedroht, nicht ihr, sondern ihrer Schwester Cecily, als sie noch klein war und mit John im Garten auf der Wiese lag und sie sich gegenseitig mit Halmen an den Armen kitzelten.

Thomas verabscheute den Körper. Der Leib, erklärte er, ist nichts als Hülle, Fleisch, das verfällt, und das Vehikel aller Sünden sowieso. Margaret wusste, dass Thomas seit seinen Klostertagen, zur Buße wohl, ein raues Hemd am Leibe trug, das dauernd wehtun sollte. Sie wünschte ihm, dass Gott es gern sah. Aber sie wünschte sich genauso, dass Gott den Kuss auch gerne sah. Andrew hatte sie geküsst, es war nicht wieder gutzumachen. Sie hatte es gewollt, nein, sie hatte es geschehen lassen, und es war schön gewesen, trotz aller Angst in diesem Augenblick, als sie vergessen hatten, wo sie sich befanden. Der Kuss stand zwischen ihr und ihrem Vater, der Kuss und ihr geküsster Mund, der nun für alle Zeit verdorben war.

Ihr Leib verkrampfte sich. Sie hustete würgend.

Wieso war Gott so grausam, all diese widerstrebenden Gefühle zuzulassen? Wieso gab es einen Körper, wenn er der Seele widersprach? Wo war der Gott, der sie versöhnte: die Seele mit dem Fleisch, gerade weil der Mensch der Träger jener urererbten Schuld ist? In ihrer Liebe fühlte sie ganz deutlich Gottes Nähe, und ohne Gottes Segen wäre sie nie fähig, Andrew so zu lieben, und hätte er es nie vermocht, ihr im Haus Gottes diesen Kuss zu geben, der sie verwandelt hatte und ohne Unterlass verwandelte. Sie fühlte es: das neue Leben in ihr, die ungeborene Seele tief in ihrem Schoß.

Die Sänfte wurde abgestellt. Margaret fröstelte vor Angst. Die Hände waren nass, die Zunge klebte ihr vor Durst am Gaumen.

Der Schlag wurde geöffnet.

»Westminster, Miss Margaret«, sagte Boggis mit artiger Verbeugung. »Ich bitte sehr.« Er lächelte und hielt die Tür auf. Die Träger keuchten.

Margaret stieg aus. Der Fremde reichte ihr den Arm und stützte sie.

»Ich muss Sie um Verzeihung bitten. Wie unartig von mir, den Auftrag Ihres Vaters anzunehmen, Sie zu finden und hierher zu bringen.« Er führte sie über einen Kiesweg zum Palast. Sie nahmen die Treppe und betraten einen hohen Flur.

Sie erkannte das Gerichtsgebäude, wohin sie schon als Kind den Vater dann und wann begleitet hatte. Durch einen anderen Eingang allerdings.

»Darf ich einen Becher Wasser haben?«, fragte sie.

»Sofort, sogleich. Noch ein paar Schritte. Ich bin Ihr wohlerzogener Diener.« Er lächelte wieder, auf eine Weise, die ihr nicht einmal missfiel.

»Wo ist mein Vater?«

»Im Hause.«

»Er wartet wohl.«

»Oh nein. Keineswegs. Ich entschuldige mich, wenn Sie das dachten. Er möchte Sie nicht sehen.«

Margaret blieb wie angewurzelt stehen.

»Er weigert sich, Sie zu empfangen«, erklärte Boggis. »Ich habe die Aufgabe, Sie hier bis auf weiteres festzuhalten.«

Sie war zu überrascht, zu erschreckt, um sofort etwas zu sagen.

»Es tut mir Leid.« Er machte Anstalten weiterzugehen.

»Er will verhindern, dass ich Andrew sehe«, sagte sie.

»Natürlich«, sagte Boggis.

»Wie sinnlos!«

»Weil Sie ihn lieben?«

»Weil wir uns lieben.« Margaret triumphierte für die Dauer eines Atemzugs.

»Sollen wir trotzdem weitergehen? Nur ein paar Schritte noch.«

Am liebsten hätte sie ihm ins Gesicht geschrien, dass Andrew sie geküsst hatte, auf den Mund, dass alle Mühe, sie zu trennen, zwecklos war.

»Das Unglück ist nun mal geschehen«, stellte sie fest.

Der Fremde drehte sich kurz um und sah sie an. Weiter vorne stand ein Wachsoldat vor einer breiten Tür. Sie betraten einen weiten, hohen Raum, dessen Wände Schränke waren, dicht an dicht, in denen Akten standen, Mappen, Bündel, Folianten. Es roch nach Staub.

»Da sind wir!«

Boggis schloss die Tür und machte eine elegante präsentierende Bewegung um die eigene Achse.

»Was Sie hier sehen, Madame, ist die halbe Menschenwelt, protokollierte Vergangenheit, gefrorene Zeit, wie man es nennen könnte.«

Er ging zu einem der Schränke, zog eine Mappe heraus und löste das Band, das die Papiere fest zusammenhielt. Margaret setzte sich auf einen Stuhl.

»Was Ihr geliebter Freund dort in der Kirche macht, das mit den Kugeln. Dieser Fall hier beispielsweise …« Er blätterte ausgiebig. »Ein Mädchen von elf Jahren, es konnte in die Zukunft sehen. Das ist nicht schlimm, aber wenn es anderen schadet und Gerüchte hinterlässt …«

Er blätterte und las: »Wenn etwas verloren gegangen ist, sich aber noch im Haus befindet, so lässt das Kind sich die Namen der Hausbewohner mitteilen. Dann zündet es vier Kerzen an, die erste für Gott, die zweite für den Sohn, die dritte im Namen der Dreifaltigkeit und die vierte im Namen der heiligen Helena. Die Kerzen müssen gleich schwer sein und gleichzeitig angezündet werden. Dann muss man sich niederknien und zu jedem Namen eines Hausbewohners fünf Paternoster und ein Ave-Maria sprechen, dazu das Glaubensbekenntnis. Geht St. Helenas Kerze als erste aus, so ist das Vermisste noch im Haus. Meist ist das Gesinde erschreckt, weil seine Namen mit genannt wurden, und der Betreffende gibt das Gestohlene heraus. Verstehen Sie?«

»Nein.«

»Dieses Mädchen wurde von einem Knecht erschlagen, der sich ertappt fühlte. Der Vater erschlug den Knecht und kam aufs Rad, weil man beim Knecht kein Diebesgut finden konnte.« Er machte eine Pause. »Ihr lieber Freund lebt sehr gefährlich.«

»Sie sollen mir Angst einjagen«, stellte Margaret fest.

Er schlug die Mappe zu, der Staub wirbelte hoch.

»Sie sind der Teufel!«, sagte sie.

Er lachte und deutete tiefer in das Zimmer.

»Wir haben ein Bett, Miss. Schlafen Sie ein bisschen!« Er rollte lustig mit den Augen. »Und dort sind Tinte und Papier. Schreiben Sie zuvor Ihrem Freund, dass er sich zähmen soll! Schreiben Sie in allen Sprachen dieser Welt, so dringend ist es! Er soll in seine Schule gehen und schweigen. Schreiben Sie, Margaret, ich bitte Sie! Ihr Vater kommt und fragt nach Ihnen, bis dahin müssen Sie den Brief geschrieben haben. Ich selber werde, ich verbürge mich dafür, die Nachricht überbringen.«

Sie war zu müde, um den Arm zu heben. Als wäre jedes seiner Worte wie Efeu über sie gewachsen.

»Mein Vater möchte mich nicht sehen?«, fragte sie.

»Wie Väter nun mal sind!«

»Ich bin erschöpft.«

»Ich führe Ihre Hand, wenn Sie es wünschen.« Er reichte ihr den Arm und geleitete sie zu einem schweren Tisch, auf dem das Schreibzeug lag.

Sie schrieb mit letzter Kraft, an Andrew, das, was Boggis wünschte. Und auch dieses:

… Wir sind unzertrennlich, für alle Ewigkeit. Niemand kann, was zwischen uns geschehen ist, zerstören. Dein Fleisch ist nun in meinem, meine Seele brennt in deiner lichterloh. Ich trage unter meinem Herzen neues Leben, dein Leben, unser Leben und die Liebe …

Boggis versiegelte den Brief und nahm ihn an sich. Dann führte er Margaret zu dem Bett, wo sie sich niederlegte und die Augen schloss.

»Wie wäre es«, flüsterte er und hielt ihre hitzige Hand, »wenn ich Sie in meiner heimlichen Funktion als Brautbeschauer dem König anempfehle?«

Sie war schon eingeschlafen.

»Er hätte seine Freude, glaube ich.«

Jemand öffnete die Tür. Es war Thomas Morland.

»Was ist passiert?«

»Das Schlimmste, Monsieur«, sagte Boggis leise und legte einen Finger an den Mund. »Viel schlimmer als ein Kuss.«

»Wann? Wo?«

»Ich weiß es nicht. Der Bengel ist geschickt.«

»Was kann man tun?«

»Ihn töten.«

»Und Megges Herz gleich mit!«

»Sie ist sehr stark, Sir«, sagte Boggis.

Morland war in der halb geöffneten Tür stehen geblieben. »Ich muss zurück. Ich möchte, dass Sie bei ihr wachen. Es gibt neue Todesfälle. Elf junge Leute. Man fand sie heute früh in einer Höhle, in einem Wald bei Gravesend, sagt der Bote. Ich habe Angst, dass es kein Ende nehmen wird.«

19. KAPITEL,
in welchem Hass und Rachsucht jede Menschlichkeit gefährden

Was Thomas sofort auffiel, waren Cliffords saubere, geschnittene Nägel. Wann sah man so etwas schon mal? Der Präzeptor saß drüben am Tisch, steif wie ein Student, die Hände gerade vor sich auf den Tisch gelegt, und hatte Augen, in die nicht vorzudringen war. Jedes Mal wenn Thomas ihn fixierte, wich er aus.

Sie saßen in Thomas' Kontor. Der Staub tanzte in der Sonne, die durch das Fenster schien.

Thomas war unruhig. Die Nachricht von dem neuen Todesfall saß ihm im Nacken. Hinzu kam die Behauptung dieses so genannten Brautbeschauers, dass Megge guter Hoffnung sei – von Andrew Whisper, Johans Sohn!

Er traute diesem Brautbeschauer nicht. Der war hereingeplatzt und hatte sich schier aufgedrängt mit seinen Diensten. Die Hand voller Papiere, königliche Schreiben, Genehmigungen, Pässe. Gewandt und eloquent, geschniegelt und bewaffnet. Er hatte Margaret hergebracht wie eine Gefangene. Dabei war es bloß die Vaterpflicht, ihr dies anzutun. Und niemand ahnte etwas, weder Alice noch Raspale, der mit hergekommen war und stumm hier im Zimmer saß.

»Sir Thomas, ich …«, begann Clifford leise, »was ich herausgefunden habe, ist das Folgende. Ich habe den Verdacht, dass es an unserer Schule eine Gruppe gibt, ein paar Jungen, die ganz offenbar verschworen sind, durchaus gefährlich, wie ich finde. Ich nannte schon den einen Namen, Andrew Whisper …«

Thomas schaute von seinen Papieren hoch.

Clifford senkte den Blick. »Die Schüler sind neugierig, sie wollen wissen, was hinter den Dingen ist …« Er knetete die weißen Hände und schielte zu Raspale, der seinen mitgebrachten Kuchen aß.

»Verzeihung, Sir«, murmelte er plötzlich und nickte unauffällig zu Raspale.

»Wir sind unter uns«, sagte Thomas. »Sie können offen sprechen.«

»Diese Jungen sind aufsässig und spekulieren über Gott«, erklärte Clifford. »Man sagt, sie untersuchen sich «

»Wie bitte?«

»Sie ziehen ihre Kleider aus und zeigen sich. Man trifft sich in einer abgelegenen Gegend, *The Gully*, hinter Bethnal Green. Rektor Furges ahnt gar nichts davon. Die Gegend ist verrufen. Ich fürchte, wenn er es wüsste, die Buben würden sofort relegiert.«

»Und woher wissen Sie es?«

»Vertrauliche Verbindungen, Sir Thomas«, sagte Clifford. »Es ist meine Pflicht als Prokurator … Sie verstehen …«

Thomas konzentrierte sich.

»Gibt es etwas Handfestes gegen den Schüler Whisper?«, fragte er. »Irgendeinen Zeugen, der ihn mit einem dieser toten Jungen reden hörte, der gesehen hat, wie beide Briefe tauschten, ein fester Vorwurf, Präzeptor Clifford, mit dem sich vor den Richter ziehen ließe? Sie haben ja gesehen, vorgestern, wie sperrig beispielsweise dieser Julian Pinchbeck ist, Wolseys Affe. Ein Trottel, mit Verlaub.«

»Welcher von beiden?« Clifford grinste flüchtig.

»Habe ich mich missverständlich ausgedrückt?«

»Nein, Sir. Verzeihen Sie bitte!«

Thomas zögerte. Die Gedanken überschlugen sich. Seltsam, dass ausgerechnet jetzt, wo er über Johan Whispers

Frechheit grübelte, auch dieser Clifford unverschämt wurde, zwar nur für einen Augenblick. Aber es reichte, danke sehr!

»Nennen Sie es … ein Bauernopfer«, sagte Thomas plötzlich.

»Wen meinen Sie? Den Schüler Whisper?«

Thomas nickte fast unmerklich. Clifford war bleich geworden. Raspale lächelte versunken, spuckte aus und murmelte zuweilen unverständlich.

»Ich denke«, sagte Clifford, »dieser Whisper ist dreist genug, auch jüngere Schüler mit in den Sumpf zu ziehen. Er verführt sie geradewegs.«

»Denken Sie?«, fragte Thomas. »Es wäre wichtig, dass Sie es nicht bloß dächten, Herr Präzeptor, sondern Zeuge wären oder Zeugen kennten.«

»*The Gully*? Niemals. Es ist dort ekelhaft und man verkleidet sich …«

»Ich habe nicht gesagt, dass Sie sich selbst dorthin verirren müssen.«

Clifford nickte, wischte sich die Hände ab. Thomas ließ ihn nicht mehr aus den Augen. Raspale schmatzte laut.

»Was sagst du, Raspale?« Thomas war erleichtert, ablenken zu können. Er war nicht länger sicher, wie er mit diesem Clifford handeln durfte und wie nicht. Der saubere Präzeptor hatte plötzlich Risse, wie ihm schien.

»Bin ganz erschreckt«, sagte der Alte, »dass nun wieder tote Kinder gefunden wurden. Redet denn niemand mit ihnen? Gehen uns die eigenen Kinder nichts mehr an? Verstehen wir sie nicht? *Maleachi, Maleachi* …«

»Raspale, alter Kindskopf!«, sagte Thomas und wandte sich an Clifford. »Er ist mein Hausnarr, nicht ungeschickt im Kopf. Einmal im Monat träume ich, dass ich seine Rolle spiele und er meine. Frei von Verantwortung, von allen Ämtern, nie mehr lügen, schmeicheln, loben, schmieren …«

Clifford nickte artig.

»Er hat ja Recht«, fuhr Thomas fort. »Die Jugend widersetzt sich. Wie Augustinus, wie die Jünger Jesu oder wie dieser deutscher Mönch, der Doktor Luther, uns verwirrt.«

»Der uns *verführt*«, verbesserte Clifford sofort. Er hatte bemerkt, dass Thomas provozierte.

»Durchaus, Monsieur«, mischte sich Raspale plötzlich ein. »Verführt zu denken: Müssen wir uns vor Gott mit Geld und Fleiß bewähren oder reicht der nackte Glaube?«

»Raspale!«, rief Thomas. »Was ist in deinem Kopf los?«

Der Alte stülpte die Unterlippe vor und wiegte seinen Schädel hin und her.

»Vielleicht braucht es nichts, um ins Paradies zu kommen«, setzte der Alte hinzu, »nur Mensch zu sein. Wenn Gott so groß ist, wie wir hoffen, dann hat er auch die Größe, mir ins Herz zu sehen, egal ob ich ein Fürst bin, ein Hausnarr oder Regenwurm.«

Clifford verzog angewidert den Mund.

»Ich mag Regenwürmer«, bestätigte Raspale. »Ich mag Steine, Igel, Hasen, Wolken und Libellenflügel. Durch sie spricht Gott am ehesten zu uns.«

»Verzeihung, Sir«, sagte Clifford. »Das klingt sehr lästerlich.«

»Igel und Libellenflügel, lieber Herr Präzeptor«, antwortete Thomas schnell. »Beides sind Geschöpfe Gottes. Das ist es, was Raspale meint. Er denkt konsequent. Sie dürfen ganz beruhigt sein, in meiner Gegenwart ist jedes Wort gut aufgehoben, es wird gleichsam legitim, wenn Sie so wollen.« Er hatte Cliffords Blick erwischt, für einen Atemzug. Irgendetwas störte ihn: Wie dieser Mann so artig dasaß, zu artig. Seine Augen waren stumpf, als ob sich hinter ihnen etwas anderes bewegte als vorne im Gesicht.

»Libellenflügel!«, rief Raspale. »Weil sie durchsichtig sind und fliegen. Wie gut von Gott, sich so zu zeigen! Warum sagt man diesen Kindern nicht, dass es Libellenflügel gibt? Man kann sie nicht berühren, beinah wie Gott ...«

Thomas sprang auf. Während Raspale redete, und nicht mal schlecht, war ihm die entscheidende Idee gekommen. Margaret musste eingeschlossen werden, jeder Kontakt nach außen war von heute an zu unterbinden. Nicht hier in Westminster. Und nicht bloß ein schwacher Stubenarrest daheim, sondern ein häusliches Gefängnis war erforderlich, in das kein Brief vordrang, vor allem keiner mehr nach draußen und in die Welt.

»Wie schön, Raspale«, lobte er blinzelnd und setzte sich wieder.

Der Alte schmunzelte und hatte nasse Lippen. »Wir beten uns zu Tode ...«

Clifford lehnte sich neugierig vor. Auch Thomas lauschte interessiert.

Raspale hob die Hände wie zum Segen. »Man sagt, dass zwanzigtausend Rosenkränze den Diebstahl einer Kinderseele aufwiegen, wie auf dem Marktplatz, wie wenn man Rüben handelt. Da lobe ich mir die unverdorbene Natur, das Wesen der Libellenflügel. Diese Verästelungen, die ungeheuer feinen Zweige. Alles deutet darauf hin, dass diese Tiere Engel sind.«

»Unerhört!«, rief Clifford.

Thomas machte ihn mit einer Handbewegung stumm.

»Wie sind denn Engel?«, fragte der Alte unbeirrt. »Sie sind nicht immer gutmütig, keineswegs. Soldaten Gottes. In jeder Stubenfliege ist ein Engel. Ich habe nämlich festgestellt, dass auch die sommerlichen Mückenwolken, die wir tanzen sehen, Engelwolken sind. Jede tanzt ihr eigenes Lied und ist doch mit den anderen verknüpft .... «

»Will er uns provozieren?«, fragte Clifford.

»Und Sie, Sir?«, rief Raspale. »Wie steht es denn um Ihr Gewissen?«

»Das reicht, Raspale!«, befahl Thomas. Und zu Clifford: »Sie müssen ihm vergeben, Herr Präzeptor, er hat zu viel Phantasie.«

»Wenn man nicht gleich einen Riegel davorschiebt, Sir Thomas! Verzeihen Sie, aber nach allem, was die Kirche lehrt … ist dieser Mann ein Verführer, mit seinen Fliegen und Libellen. Ich muss mich wundern!«

»Das ist Ihr Recht«, sagte Thomas kühl.

»Er predigt!«, stellte Clifford fest, schon etwas kleinlaut.

»Er predigt nichts.« Thomas ließ die Hand auf den Tisch fallen, draufschlagen hatte er nicht gleich wollen.

»Hören Sie gut zu, Herr Lehrer. Ich sage dies nur einmal. Wir haben nichts Geschriebenes, es gibt kein Protokoll hier, nichts geht in die Geschichte ein …« Er blickte Clifford an, bis dieser seinem Blick begegnete.

Clifford merkte offenbar, dass etwas anders war, dass er hier nur noch gehorchen konnte und dass die Freundlichkeit vorüber war.

»Zu Ihren Diensten, Sir.«

Thomas stand auf und ging zu ihm hin, lehnte sich, vertraulich tuend, ein Stück zu ihm herunter und flüsterte.

»Ich mag diesen Schüler Whisper nicht. Ist er denn fleißig?«

»Sehr.«

»Dann mag ich ihn umso weniger. Ich will ihn nicht.«

»Sie wollen ihn nicht, Sir?«

»Ich will ihn nicht, Präzeptor Clifford. Ich würde mich erkenntlich zeigen.«

»Jawohl, Sir.«

Thomas ging an seinen Platz zurück und setzte sich.

Clifford wartete einen Moment, ob noch etwas folgen würde. Dann stand er auf, verbeugte sich und dankte. Thomas blickte weg, bis er hinausgegangen war.

»Wie grauenvoll, wie blutig!«, sagte er und schielte zu Raspale, der ihm das alles sicher übel nahm. »Es hilft doch nichts, du dummer Narr! Ich muss es tun als meine väterliche Pflicht.«

20. Kapitel,
in welchem ohne Flügelschlag geflogen wird

Andrew konnte weder gerade sitzen noch richtig essen. Er führte eine winzige Menge Brei zum Mund und nippte. Die Unterlippe brannte, als wäre der Riss darin mit Pfeffer bestreut worden, und in der Wange, bis hinunter zu den Zähnen, schmeckte er noch immer frisches Blut.

Nach dem Überfall vor der Kathedrale hatte man ihn achtlos liegen lassen. Irgendwann war er zu sich gekommen und hatte sich nach Hause zum Konvikt geschleppt.

Jetzt war es später Vormittag. Man aß gemeinsam.

Das Refektorium, der Speisesaal des Konvikts, war ein langer, fast kirchenhoher, aber schmaler Raum mit dunklen, bis dicht unter die Balkendecke holzgetäfelten Wänden. Das Tageslicht fiel durch eine Hand voll beinah blinder Fenster aus bleigefassten, runden Gläsern.

Der Saal war voll. An den drei parallelen Tischen, die sich über die Länge des Refektoriums erstreckten, saßen etwa hundertvierzig Knaben in schwarzen Mänteln mit roten Krägen und Manschetten.

Man hörte nichts als das hundertfache Schaben der Holzlöffel. Sprechen war verboten. Am Kopf der Tafel saßen, zwei Stufen erhöht, der Rektor, die Präzeptoren und Hilfslehrer. Sie aßen saures Entenfleisch mit Gurken, es duftete danach. Die Jungen aßen Kürbisbrei, Kohlsuppe und Weizenbrot, von dem es leider stets zu wenig gab. Es war das Mittagessen, obschon erst zehn Uhr morgens. Um fünf Uhr in der Frühe fand die erste Andacht statt, dann gab es Frühstück, es folgten Bettenmachen, Kehren, Nähen, Schuheputzen und der Unterricht bis zehn.

Andrew saß im mittleren Teil des Saals, Charles neben ihm. Search und Gregor hatten ihre Plätze ziemlich vorne, wo die Lehrer waren. Die Jungen spürten Angst. Andrew hatte erzählt, was an der Kathedrale vorgefallen war. Charles hatte ebenfalls Neuigkeiten. Er flüsterte, nach vorne schielend, die Hand am Mund.

»Gestern Morgen, bei Gravesend in einer Höhle. Zehn Schüler, die sich an den Händen hielten, die Augen schlimm verdreht. Sie sind jämmerlich erstickt, aus freien Stücken. Es gibt wohl wieder einen Brief, in dem steht, dass hunderttausend Engel auf die Erde kommen, wie Fliegen, unsichtbar und grausam.«

»Fliegen sind nicht unsichtbar«, zischelte Andrew und verzog den Mund vor Schmerzen.

»Aber Engel«, entgegnete Charles. »Sie sagen, der Himmel wird ganz schwarz davon, alle werden denken, es sind Gewitterwolken. In Wahrheit schüttet Gott das Himmelsheer zur Erde. Wir sterben alle.«

»Steht das in dem Brief?«, fragte Andrew.

Charles nickte. »Hast du keine Angst?«

»Nicht vor Stubenfliegen, auch wenn es Engel sind.«

»Glaub ich dir nicht.«

Andrew zuckte mit den Achseln und aß weiter. Der Brei schmeckte fad und klebte. Andrew blickte an Charles vorbei nach vorne, wo Clifford eben noch gesessen hatte. Er spürte die Bedrohung. Sie war nicht greifbar, aber gegenwärtig. Er beugte sich weiter vor.

»Ich bin schon hier, Master Whisper!«

Andrew duckte sich. Er biss die Zähne aufeinander, er konnte ihn schon übel riechen hinter sich.

»Was hat's denn Wichtiges gegeben, Master Summers?«

»Sie meinen mich, Sir?« Charles tat erstaunt.

»Ja, Sie, Charles Summers!« Clifford wurde wieder lauter.

Charles schüttelte den Kopf. »Es ist nichts, Sir.«

»Ich habe Sie immer für einen emsigen, stillen Schüler gehalten, Charles, höflich und auf Ihren Vorteil bedacht. Darf ich Charles sagen? Nur dieses eine Mal. Ich glaubte immer, Sie gehören zu denjenigen, die schlau genug sind, sich nicht in Sachen hineinziehen zu lassen.«

»In Sachen hineinziehen, Sir?«

»In dunkle Sachen, Charles. In Höhlen, Keller, feuchte Gegenden, die niemand liebt.«

»Ich besuche keine feuchten Gegenden«, sagte Charles.

Clifford grinste. »Schön, wie Sie sich Mühe geben, es leicht und schuldlos klingen zu lassen. Auch das ist ein Talent. Unser Master Whisper, Ihr Nachbar, beherrscht es ebenfalls. Er sitzt zuweilen da, fast wie ein Engel, einen Blütenkranz im Haar wie ein Mädchen, singend auf der Sommerwiese, die Bienen summen, die Luft ist weich und milde.« Er schlug Charles plötzlich die flache Hand auf den Kopf. Der Junge fuhr erschreckt zusammen.

»Verzeihung, Charles! Wie konnte ich? Wenn einer gerade seinen Löffel in den Mund tut. Es soll nicht wieder vorkommen. Oder? Ich will es nicht mehr tun. Ich peitsche mich zur Strafe, Master Whisper. Ha, ha.«

Andrew drehte sich ein Stück. »Herr Präzeptor?«

»Ach, gar nichts«, sagte Clifford und legte eine Hand auf Andrews Schulter. »Wie hast du das gemacht, Whisper? Wie hast du sie kennen gelernt, die Tochter eines Sir Thomas Morland, unseres mächtigen Unterschatzkanzlers. Denkst du nicht auch, dass diese Trauben ein Stück zu hoch im Himmel hängen? Womit hast du sie gezwungen? Du hast sie doch gezwungen? Nie hätte dieses Mädchen dich erhört, ganz ausgeschlossen!«

Andrew konzentrierte sich, er dachte nach. Er hielt die Luft an, so lange, bis es nicht mehr ging.

»Jetzt schnaufst du, Whisper«, sagte Clifford. Die Hand lag wie ein Stein auf Andrews Schulter.

Der Lehrer beugte sich herunter und flüsterte in sein Ohr. »Ach, Söhnchen, denkst du vielleicht, ich wüsste nichts, glaubst du wirklich, ihr hättet ein Geheimnis? Du bist doch mausetot.« Und etwas lauter: »Ihr Herr Vater wurde aufgegriffen, Whisper. Er hat randaliert, wirres Zeug gepredigt, dass Gott nicht sei, und so was dieser Tage, wo junge Menschen sich solche Worte sehr zu Herzen nehmen. Jetzt schmachtet er im Verlies. Sir Thomas, unser tapferer Ritter, hat ihn ausgequetscht. Ihr Vater will nicht reden, ein zäher und sturer Mann. Man wird zur Zange greifen, damit er ehrlich ist. Die Haut ist weich. Am Nachmittag erwarte ich Sie in meinem Zimmer. Sie werden kommen.« Damit ließ er Andrews Schulter los und ging zurück zum Lehrertisch.

Andrew legte seinen Löffel hin. Eine Weile aß man schweigend. Search und Gregor blickten aufgeregt herüber.

»Er ahnt was«, sagte Andrew leise. »Vorsicht, die Lehrer stehen auf!«

Kaum hatte sich Rektor Furges erhoben, standen auch die Schüler auf, sammelten die Teller ein und trugen sie, zu Türmen aufgeschichtet, durch die Tür zur Küche.

Man tuschelte, rempelte einander an. Es gab Tauschgeschäfte im Gewühl, alles, was man brauchen konnte: Messer tauschten den Besitzer, Feuersteine, Nägel, Kreide, Kerzen, Stockfisch, Lederstreifen, Nüsse, Salz. Viele hatten Brot versteckt, was streng verboten war.

Jeder wischte seinen Löffel ab und band ihn fest; die Löffel waren Schülereigentum und hingen lose an einer Schnur im Mantel oder am Hosenbund. Jeder wusste, dass das

Durcheinander nach jedem Essen nützlich war, also drängte man sich in den Gängen, auf den Treppen, vor den Türen, so lange, bis ein Präzeptor oder Lehrer mit der Rute kam und alle auseinander trieb.

Andrew balancierte einen Tellerturm nach unten. Die Küche lag in einem tieferen Geschoss und war eine dampfende Hölle voller Düfte, aber auch Gerüche, die zu denken gaben. Als er wieder heraufkam, sah er vorne am Tor zum Innenhof ein Dutzend Jungen ihre Hälse recken. Auch ein paar Lehrer waren in der Nähe. Mitten in der Menge sah Andrew einen Mann, etwas erhöht, vielleicht auf einem Schemel. Es war der Fremde, der mit Clifford auf der Brücke gestanden hatte. Er hielt ein Blatt Papier hoch, wendete es hin und her, als gelte es zu zeigen, dass es damit nichts Sonderbares auf sich hatte. Er knickte das Papier, faltete es immer weiter, bis eine neue Form entstand, länglich, spitz zulaufend, ein breiter Pfeil vielleicht. Er drehte es und ließ es fallen, fing es geschickt auf.

»Gentlemen!«, rief er. »Sie werden etwas erleben, was Sie noch nie gesehen haben!«

Er hielt den Papierpfeil hoch, jeder starrte hin. Im nächsten Augenblick warf er das Ding hoch in die Luft. Statt in die Menge oder auf den Boden zurückzufallen, flog der rätselhafte Gegenstand über alle Köpfe hin quer durch die Halle bis vor ein offenes Fenster, wo eine Brise ihn erfasste und, als wäre er ein zweites Mal geworfen worden, erneut nach oben trug. »Es fliegt!« Man raunte es sich zu, erschreckt, ungläubig und mit bangen Blicken. Andrew fühlte, wie ihm ein Schauer durch die Glieder fuhr. Ein fliegendes Papier, das nicht wie Laub vom Wind umhergewirbelt wurde, sondern seine Höhe hielt, wie ein Insekt, ein Vogel. Das Ding durchflog das Fenster, stieg in den freien Himmel und verschwand

Charles stand nicht weit von Andrew. Er war so weiß wie Kreide. Der Mann fing alle Blicke ein. »Kein Grund zum Fürchten, Gentlemen! Es ist kein Wunder. Die Chinesen haben es uns vorgemacht.«

»Hört ihn, hört ihn!«, rief einer der Hilfslehrer und erntete Beifall.

»Ich selber bin nicht wichtig«, fuhr der Fremde fort. »Wichtig ist das Land, der Glaube, unser König, die Erlösung. Werden wir erlöst? Niemand kann das sicher sagen. Nur das Papier fliegt geradewegs zu Gott, das ist die Wahrheit! Es ist ein Brief. Gott liest ihn, er liest ihn jetzt, während ich hier stehe und sich jeder doch ein bisschen ängstigt, oder nicht?« Er riss die Hände in die Höhe.

Andrew sah, dass Gregor sich hinter einer Ecke in der Deckung hielt. Ihre Blicke trafen sich und Gregor nickte.

Der Fremde redete. »Was ich den Herren Lehrern und Professoren zu sagen habe, ist, dass ich es vermag, die Schriften Platons und des Aristoteles aufzusagen, Wort für Wort auswendig, oder auch die Werke der Kirchenväter, ohne Verlust eines einzigen Buchstabens. Und bitte, sehen Sie …!«

Er hob wieder beide Hände und trug an der linken eine Puppe. Die Puppe trug ein Mäntelchen, einen Hut, Degen, Stock und glänzende Stiefel an den ulkig schlenkernden Beinen.

Jeder war erstaunt. Tuscheln. Hier und da verlegenes Lachen.

»Verzeihung, Sir!«

Alle drehten sich um.

Es war der Rektor Furges, ein Mann mit kahlem Schädel, schweren Lippen und tiefen, scharfen Augen.

»Ich bin der Rektor dieser Schule, Monsieur.«

Der Fremde sah den Rektor an, verharrte reglos. Plötzlich wurde Furges bleich. Die Puppe an der Hand des Fremden war er selbst, die großen Lippen und ein Schädel wie der Mond.

»Zu Ihren Diensten, Rektor. Ich entschuldige mich. Bitte, verzeihen Sie, ich wusste nicht …« Der Fremde zog die Puppe wie einen Handschuh aus. »Heute Morgen erst fiel mir diese Puppe in den Schoß und nun begegnen wir uns schon …«

Jetzt trug er die Rektorenpuppe an der anderen Hand.

»Sie sind hier nicht erwünscht!«, sagte der Rektor und rief nach dem Schuldiener.

Der Fremde trug plötzlich eine zweite Puppe an der anderen Hand. Die Puppe war er selbst, verblüffend ähnlich, der gleiche Mantel, das lange Haar und sein Gesicht. Die Puppen hatten kleine Säbel. Sie kämpften schon. Der Mann schrie und zog die Puppen ab und streckte seine rechte Hand vor. Sie blutete!

»Ich habe Sie getroffen, Rektor. Das wollte ich nicht. Es tut mir Leid. Ein Puppenstich von einem Puppensäbel. Ist es vielleicht nur Puppenblut?«

Furges trat unsicher zurück.

»Ist hier jemand«, rief der Fremde in die Menge, »der sich manchmal vorstellt, dass alle Sterne, unsere Sonne, der Mond, die Erde, alles … dass dies alles ohne Leben sei? Dass das Universum zwar existiert, aber ohne uns und ohne einen Schöpfer? Dass alles da ist, aber niemand es erlebt! Welch fürchterliche Leere, wie traurig, sinnlos, wie tot die ganze Welt, unendlich tot und ewig stumm …«

»Schluss jetzt!«, schrie Furges. Seine Stimme überschlug sich. »Wo bleibt die Wache?«

Andrew sah, wie Charles nach hinten in den Flur weglief, als würde er gejagt. Er ging ihm nach. Der Lärm blieb hinter ihm zurück. Charles war verschwunden.

Als Andrew den Hof durchquerte, sah er am Brunnen etwas Helles liegen. Es war der wunderliche Pfeil, das Kinderspielzeug, der fliegende Brief an Gott.

Er hob ihn auf. Es war ein Brief von Margaret. Sie warnte ihn vor ihrem Vater. Dann las er und verstand es nicht. Sie sei *in guter Hoffnung*, der Kuss im Kirchenschiff habe ihm und ihr ein Kind geschenkt, das sie verbinde, sie seien unzertrennlich, mit Gottes Segen fest vereint, für immer und mit ihrem Blut verbunden. Der Vater wisse nichts, er halte sie gefangen und lasse sie von einem wahren Teufel scharf bewachen. *Das heißt, er kann kein Teufel sein, weil er mich diese Zeilen schreiben lässt. Doch du nimm dich in Acht vor ihm! Ich liebe dich. Du bist mein Herz, mein Leben …*

21. Kapitel,

worin Leute miteinander reden und sich dennoch nicht verstehen

Margaret stieg voran. Ihr folgten die atemlose Magd mit dem Bettzeug in den Händen, Raspale, der einen Korb trug, und als Dritte und mit strenger Miene Lady Alice.

Am vergangenen Abend war sie bei Dunkelheit von Westminster zurück nach Bucklesbury verbracht worden, wie eine Gefangene, im geschlossenen Wagen, der so sehr polterte und schaukelte, dass ihr fast schlecht geworden war.

Nach ihrer Ankunft hatte Thomas, der in der Küche saß, sich abgewandt, als sie im Flur vorüberging. Die Küche zu betreten war ihr verboten worden – von einer Heumagd, die zufällig vorüberkam mit einer Kiepe Äpfel vor dem Bauch, frech grinsend. Sie hatte es genau gesehen!

Sie hätte ja den Mut gehabt, es ihm zu sagen, alles: den Kuss und dass sie davon schwanger war. Dass ihr Gefühl für Andrew ihr das Wissen schenkte, dass solche Liebe heilig war. Aber Thomas hatte nicht mit ihr gesprochen, sondern mit diesem Fremden, Aron Boggis. Das kränkte sie.

Sie ging weiter, setzte den Fuß auf die nächste Stufe, die im Kreise führte. Sie berührte mit den Fingerspitzen die raue, krumme Steinwand, roch die alte Luft und fühlte im Gesicht den Luftzug, der wie immer von unten hochtrieb, vor allem wenn es draußen stürmte. Gottes Atem, hatte sie als Kind gedacht und deutlich SEINE Nähe wahrgenommen, SEINEN Blick in ihre Seele. Wie jetzt, aber es war anders, nicht mehr so rein und selbstverständlich. Es war, als hätte sich ein klarer Himmel zugezogen, mit zarten, hohen Schleiern, die man eine Weile übersehen kann, bis sie dann doch das Sonnenlicht zerstreuen.

Sie hörte die Schritte der anderen hinter sich, hörte Raspales rasselnden Atem, das Japsen der Magd und Lady Alice' Seufzen. Wenigstens die Stiefmutter stand zu ihr, hatte vorhin ihre Hand gedrückt und sie mit festem Blick getröstet. Trotz dieser Sünde. Margaret zwang sich, nicht zu weinen. Sie blieb stehen und sagte, ohne sich umzudrehen: »Dieser Kuss, liebe Stiefmutter, das müssen Sie mir glauben … aus reiner Liebe …«

»Aus körperlicher Liebe, Margaret«, antwortete Lady Alice. »Bitte, bleib nicht stehen. Ich bin froh, wenn wir oben sind und ich mich setzen kann. Körperliche Liebe, Margaret, du weißt genau, was das bedeutet.«

»Der Kuss?«, fragte Margaret.

»Nicht bloß ein Kuss.«

»Was sonst?«

»In ein paar Wochen werden wir es wissen.«

»Was?«

»Ob das Unglück eingetreten ist.«

»Es ist kein Unglück.«

»Was du schon fühlst mit deinen sechzehn Jahren!«

Margaret wollte fragen, wie in dieser Kürze, in diesem Zeitklecks, der ein Kuss doch war, ein neues Leben in die Welt kommt. Auch wenn es durch Gottes Hand geschieht, so passiert es irgendwo in ihrem Körper! Es war so spannend, unvorstellbar und geheimnisvoll. Doch sie wagte nicht zu fragen.

»Ich werde sterben«, sagte sie.

»Sei still!«

»Raspale, steh du mir bei!«

»Denk ja nicht«, sagte die Stiefmutter, »dass ich entschuldige, was du getan hast. Ich nehme mir das gute Recht, Mitleid zu empfinden, aber kein Gedanke an Verständnis. Ich bedauere dich, mein Kind. Dein Vater ebenfalls. Er schämt sich, Margaret! Die Scham ist wie ein Messer in seinem guten Herzen, wie Pfeffer in den Augen.«

Jedes Wort tat Margaret weh. Sie litt wie eine Heilige, wie Dymphna, die von ihrem Vater, einem Römer, enthauptet wurde, weil sie Christin war. Sie biss sich innen in die Wange, bis es blutete. Sie waren oben angelangt. Die Tür stand offen. Margaret trat ins Zimmer. Es roch nach Thomas. Der Arbeitstisch am Fenster war leer und traurig. Das Regal stand dürr und schief, die Bücher waren fortgenommen.

Raspale stellte den Korb ab und schnaufte. Die Magd hustete, warf das Bettzeug hin und entfaltete die Laken.

»Also«, sagte Lady Alice. »Wir lieben dich, daran ist nichts geändert. Du hast uns sehr erschreckt, verstehst du das denn nicht? Dein Vater will dich retten, vor der Welt in Schutz nehmen … und vor diesem Jungen.«

»Ich liebe ihn.«

»Ja, ja …« Lady Alice schüttelte den Kopf, legte eine Hand an Margarets Wange und hatte nasse Augen. »Dein Vater weiß, was Menschenschwäche ist.«

»Er hasst Andrew.«

»Er kann nicht schlafen.«

»Warum spricht er nicht mit mir?«

»Du hast sein Herz gebrochen.«

»Aber nein!«

»Doch, Margaret.« Die Dame half Raspale, den Korb auszuleeren. Etwas Brot war darin, eine Schale, ein Löffel für den Brei, ein geschlossener Krug mit Dünnbier, ein Fässchen Salz, zwei Tücher, Feuersteine, Kerzen, ein paar schlichte Leinenkleider. Raspale nahm den leeren Korb und ging. Die Magd folgte ihm. Lady Alice blieb.

»Hör mir zu«, sagte sie. »Was ich dir jetzt sage, ist ein gefährliches Geheimnis. Wenn dein Vater erführe, dass ich überhaupt etwas davon weiß, würde er mich töten lassen.«

Margaret versuchte, nicht aufgeregt zu wirken. Sie wischte sich die Wangen trocken und ordnete ein paar Dinge.

»Vor der Heirat mit deiner Mutter Jane verbrachte er eine Zeit bei den Kartäusern. Er wollte Mönch sein, aus tiefster Überzeugung. Er scheiterte an seiner Lust, an seinem Fleisch. Ich sag es deutlich, damit du mich verstehst. Er wollte rein sein, der Geist sollte den Körper überwinden, wie Gott es fordert. Der Kampf um diese Reinheit hat deinen Vater fast zerbrochen. Er hat es mir nicht selbst erzählt, nie würde er das tun. Niemand außer mir weiß etwas davon. Dein Vater hat es aufgeschrieben und wieder weggeworfen. Gott hat es so gefügt, dass ich die Blätter lesen durfte, um meinen Mann in Schutz zu nehmen. So, wie ich es jetzt tue. Ich fühle mich dazu verpflichtet.«

»Danke, liebe Stiefmutter«, sagte Margaret.

»Du weißt, dass er dieses furchtbare Nesselhemd trägt und sich weigert, auf einem ordentlichen Bett zu liegen. Er versteckt dich nicht, um dich zu quälen, er macht sich väterliche Sorgen. Er versteht dich nicht, wenn du ihm sagst, dass du diesen Jungen liebst und von ihm schwanger bist. Das eine hat mit dem anderen nichts zu tun. Ihr seid nicht verheiratet! Wieso erkläre ich dir das? Wenn ihr es bei dem Kuss belassen hättet …«

»Das haben wir!«

»Nein, mein Kind, ganz sicher nicht!« Lady Alice ging zur Tür.

Margaret wusste nicht mehr, was sie sagen sollte. Sie legte die Hand auf ihren Bauch und fühlte. Das Leben war darin, ganz winzig, nur eine Ahnung. Aber es war da und sie würde es verteidigen und schützen.

»Ich bin enttäuscht, dass du mich anlügst, Margaret«, sagte die Stiefmutter.

»Ich lüge Sie nicht an«, antwortete Margaret.

»Du verschweigst etwas und weißt sehr gut, um was es geht.«

»Nein, Mutter!«

Lady Alice wurde rot.

»Ich gehe nach unten«, sagte sie. »Ich werde deinem Vater sagen, dass du mit allem einverstanden bist und dass du ihn liebst und ehrst.« Sie öffnete die Tür.

Margaret war beschämt.

Sie fühlte wieder, wie sich ihre Augen füllten, drehte sich zur Seite, damit die Mutter es nicht sah. Sie dachte an den Kuss. Es war, als sei der Kuss ein Wort, das einer fremden Sprache angehörte, die niemand um sie her verstand.

22. Kapitel,
in welchem die Steine sprechen

Andrew stand im Flur, unweit von Cliffords Zimmertür. Der fliegende Brief, dieser Engel aus Papier roch zart nach Margaret. Er legte sich das Blatt auf sein Gesicht.

Er faltete den Brief zusammen, ging zu Cliffords Zimmertür und horchte. Von drinnen klang ein rhythmisch klopfendes Geräusch durchs Türblatt auf den Flur. Seit dem Gespräch in der Klasse vor fünf Tagen hatte der Präzeptor sich gar nicht mehr um ihn geschert, bis heute Mittag im Refektorium.

Andrew hob die Hand, um anzuklopfen, als die Tür aufsprang. Clifford sah ihn an. Das Gesicht war eine Mischung aus Verwunderung und Hohn. Der Lehrer trat zur Seite und verbeugte sich. Andrew ging ins Zimmer, einen Schritt weit nur. Sein Atem jagte.

»Dass Sie mich fürchten, weiß ich, junger Mann.« Clifford schloss die Tür, verriegelte und klatschte ein paar Mal in die Hände. »Dies ist mein kleines Reich. Nur zu, reißen Sie die Augen auf, schauen Sie sich um!«

Andrew staunte in der Tat. Kein Zollbreit war von den Wänden zu erkennen. Überall standen Schränke, Borde und Regale, in denen tausend Sachen lagen, verpackt in Tüten, Schachteln, Dosen, Gläsern und Phiolen, alles war beschriftet, hatte Namen, Nummern, winzige Embleme.

Da waren Steine, Würmer, Vogelfedern, Nüsse und Insekten, Blätter, Muschelschalen und dazwischen viele Dinge, die Andrew nie zuvor gesehen hatte, geschliffene Gläser, seltsame Drahtschlaufen, vielleicht Knochen, Fellstücke, Ziernägel, Ringe aus Metall und Elfenbein …

»Lobenswert, wie man sich engagiert, Sie und Ihre lieben Freunde, im Verborgenen«, sagte Clifford. »Als ich jung war, habe ich Juden verfolgt. Ich zündete ihre Mäntel und Haare an, es machte Spaß. Man hatte keine Zweifel, dass es rechtens sei. Schön, wie mutig man ist, wenn das Blut noch heiß ist, wenn es im Herzen braust und man noch der *Erwürger aller Türken* werden will, nicht wahr?«

Er war Andrew nah gekommen. Der Junge trat ein Stück zurück.

»Haben wir nicht schon über Angst gesprochen?« Cliffords Haut war porig. Andrew wagte nicht zu antworten. Er stand da und schaute zu Boden, schielte zu Clifford empor, der sich zum Glück wieder entfernt hatte und jetzt am Fenster stand. Er hielt etwas in der geschlossenen Hand, spielte damit. Etwa die Erbsen? Der Lehrer hüstelte. »Soll ich dir etwas zeigen? Etwas, das du nie zuvor gesehen hast. Auch ich kann dich verblüffen, nicht bloß dieser Taschenspieler mit seinen dummen Puppen.«

Jäh entschlossen ging er zur Zimmertür und öffnete.

»Na, komm schon!« Er zog Andrew aus dem Zimmer, schob ihn in den Flur. »Draußen, unter Gottes freiem Himmel.«

Sie gingen zur Hoftür. Die Scharniere ächzten.

»Hier vor aller Augen!« Clifford ging zur Hausmauer und legte eine Hand an die großen, vermauerten Quader.

Andrew sah nur die Hand. Die Fingerhaut war eingerissen, hornig, aber sauber.

»Dieser gute, feste Stein ist …« Clifford zeigte auf eine Stelle, an der kleine, regelmäßige Formen zu erkennen waren. »… das Meer, mein Junge!«

Andrew blickte Clifford an, der ihm zunickte, als gelte es, ihm unumwunden Recht zu geben. Die Formen in dem

Stein sahen aus wie Austernschalen, Muscheln oder etwas Ähnliches.

»Es sind Muscheln, Master Whisper. Sie denken richtig. Steinerne Schalentiere mitten in unserem alten Portland Stone.« Clifford wurde laut. Er sang beinah: »Wo finden wir denn Schalentiere? Im Meer natürlich, oder am Meer! Jedenfalls nicht in Häuserwänden, in irgendwelchen Mauersteinen.« Er lachte abgehackt.

Andrew war verblüfft. Er wusste gar nicht, was er denken sollte.

»Nicht wahr?«, rief Clifford. »Ich war genauso vor den Kopf gestoßen. Was denn nun? Stein oder Meer? See oder Land? Wasser oder Erde? Sand oder Leben? Stadt oder Küste? Was hat sich Gott dabei gedacht? Es ist ein Rätsel, wenn du mich fragst, ein verdammt schweres Rätsel … Wir gehen in mein Zimmer zurück, mir ist ein bisschen kalt.«

Clifford schien ein anderer Mensch zu sein. Seine Stimme klang weicher, der Blick war flüchtig, fast verlegen, seine Bewegungen langsam, behutsam beinah.

Im Flur begegneten ihnen zwei Schüler, die sich sofort duckten, als sie Clifford kommen sahen.

»Ich habe lange nachgedacht«, sagte der Lehrer, als sie wieder in dem Arbeitszimmer standen. »Das Geheimnis ist die Zeit. Es muss die Zeit sein. Wir haben es mit einem Zeitproblem zu tun.«

Andrew setzte sich.

»Und wir haben Formen.« Endlich öffnete Clifford seine Hand und hielt sie Andrew hin. Ein dunkler, glatter Stein lag da, nicht größer als ein Fingernagel.

Andrew nahm ihn.

»Sieht aus wie ein großer Zahn«, flüsterte er.

»Es ist ein Raubtierzahn aus Stein«, sagte Clifford. »Es ist zum Verrücktwerden. Soll ich dir sagen, wo ich ihn gefunden habe? In *The Gully*. Er lag vor mir auf dem Weg, als hätte Gott gewollt, dass ich ihn finde, als hätte er mir sagen wollen: Schau nur, was es alles gibt!«

Andrew drehte den Zahn hin und her. Es war, als wäre er aus Stein modelliert, säuberlich geschabt und liebevoll poliert worden.

»Will Gott uns verwirren?«, fragte Clifford. »Die Steine unserer Stadt sind voll davon: Westminster, St. Paul's, Temple, Savoy Palace, Guildhall, Berkeley House, Lincoln's Inn, geh hin, wohin du willst, du kannst die Formen überall entdecken. *The Gully* war ein Meer. Das ganze Land. Die Sintflut hat die Erde überschwemmt. Verstehst du? Dennoch: Wenn Gott uns bloß verwirren will, ist er nicht unser Gott. Du erinnerst dich, dass du mich in *The Gully* sahst, mit diesem Jungen, Tim McDuff. Ihm hatte ich dasselbe gezeigt. Wir teilten ein Geheimnis, dasselbe, das uns beide jetzt verbindet. Denkst du, dass du den Mut hast, mich dorthin zu begleiten?« Clifford blickte hoch, die Augen waren nass.

Andrew nickte schwach, wollte es zurücknehmen, traute sich nicht mehr.

»Wir werden Helden sein, Geister, Engel, Heilige. Gott spielt mit uns. Wir müssen ihn angreifen, damit er uns erlöst. Wir sind unser eigenes Schicksal, die Hoffnung auf die Heilsgewissheit liegt in unserer Hand. Wirst du mir folgen?«

»Ja«, sagte Andrew.

Er fühlte sich verzaubert.

Clifford nickte anerkennend. »Du kennst den großen Brunnen in Upper Moor Fields? Ich warte dort in einer Sänfte, heute Abend. Sag es niemandem, wir teilen ein Geheimnis. Das Geheimnis des steinernen Meers. Hast du genügend Mut?«

»Ja, Sir.« Andrew legte den Steinzahn auf den Tisch und wollte gehen.

»Behalte ihn!«, sagte der Lehrer. »Er bringt dir Glück, er schützt dich.« Er nahm den Stein und legte ihn in Andrews Hand, wobei die Hände für einen Augenblick wie Schalen ineinander lagen.

Andrew zog die Hand aus Cliffords, die sich heiß anfühlte. Er murmelte eine Entschuldigung, wandte sich um und öffnete die Zimmertür.

23. Kapitel,

worin der Vater schlechten Handel mit dem Preis der Tochter treibt

Ich darf mir also Hoffnungen machen?«, fragte William Gills, der Anwalt, der mit im Hause wohnte. Sein Gesicht war rot wie die Rhabarberstangen, die in einem großen, wirren Haufen auf dem Küchentisch lagen. Lady Alice schälte sie, schnitt sie in kleine Stücke und streute ab und zu Zucker über den wachsenden Gemüsehügel.

»Das habe ich nicht gesagt«, antwortete sie. »Ich spreche, und Sie hören, was Sie wollen, William. Margaret ist vorübergehend unpässlich. Sir Thomas möchte, dass man sie in Frieden lässt. Sie ist in diesem Alter, wo die Mädchen nun mal schwierig sind. Wenn Sie verstehen, was ich meine.«

»Nein.«

»Wenn Sie es für sich behalten, verrate ich Ihnen ein Geheimnis.«

William machte große Augen.

»Es ist Margarets eigene Entscheidung. Sie wollte für eine Weile zurückgezogen im Turmzimmer ihres Vaters leben, beten, lesen, schreiben. Sehr ehrenvoll. Die heilige Einsiedlerin spielen. Ach, diese jungen Mädchen!«

»Ich schätze Margaret sehr.«

»Ich weiß, Gills. Aber lassen Sie die Zeit vergehen!«

»Ich denke viel an sie.«

»Ja, eben!«, versetzte Lady Alice. »Ein reines Kind, immer höflich, sauber und geschickt, was Küchendinge angeht. Ich bin so stolz auf sie, als wäre ich ihre richtige Mutter. Und Sie wissen, was der Vater für sie fühlt, wie viel Mühe er sich gemacht hat mit dem Unterricht, dass sie Griechisch und Latein beherrscht, dass sie die Schriftsteller kennt und vieles mehr, von dem ich noch nie etwas gehört habe.«

William lachte. Man sah die schlechten Zähne.

Lady Alice reichte William ein Stück Rhabarber. Er nahm es in den Mund, mümmelte daran, als sei er zahnlos, und verzerrte das Gesicht.

»Das Leben ist auch sauer, William. Man muss das Süße mit Bedacht und Mühe herausziehen, das Nahrhafte, das, wofür es sich zu leben lohnt, die Bürde bis zum Ende tapfer tragen.«

William nickte eifrig.

»Und dennoch darf man auch Träume haben«, sagte er. »Ich bin in dem Alter, wo man sich umschaut, hochverehrte Dame Alice. Es ist Zeit. Ich bin kein schöner Mann, das weiß ich.«

»Sie haben Pech, Monsieur«, sagte die Dame und legte den Kopf ein bisschen schief. Sie lachte, durchaus ein wenig schadenfroh. »Verzeihen Sie! Sie wissen doch, wie ich das meine!«

»Sie sollen für mich werben, Dame Alice. Auf Sie hört das gute Kind. Wenn Sie ihr sagen, dass ich was tauge, wird sie vielleicht …«

»Was?«

»Weniger spröde sein, sobald ich ihr begegne.«

»Ist sie das?«

»Ich meine schon.« Er schmollte, halb gespielt. »Dafür, dass ich im Hause Morland als guter Inwohner eine hohe Position beziehe, wie ich glaube, behandelt sie mich eher …«

»Kühl? Und woran denken Sie, wie sich das Mädchen anders zeigen könnte?«

»Sie könnte lächeln«, sagte Gills. »Sie könnte mich fragen, ob ich etwas essen oder trinken möchte. Sie könnte frauenhafter sein, ein bisschen schwächer, wie Frauen eben sind normalerweise.«

Die Zimmertür sprang auf. Thomas kam herein, er blickte zornig.

»Haben Sie was ausgefressen, William?«, fragte er. »Sie sehen so aus.«

Lady Alice lachte. »Er ist verlegen.«

»Er ist mein bester Anwalt!«, sagte Thomas, nahm sich einen Becher und goss aus einer Kanne Wasser hinein. »Du solltest ihn in Westminster sehen und hören oder am Gericht. Wie er dort reden kann. Du würdest ihn nicht wiedererkennen.« Er trank. »Hat sie gerufen?« Er deutete zur Zimmerdecke.

»Margaret? Nein. Ich gehe nachher hoch und bringe ihr etwas Brot.«

»Du verwöhnst sie bloß. Sie soll fühlen, dass ich damit etwas sagen will.«

»Das meint er gar nicht so«, erwiderte sie mit Blick zu Gills.

»Misch dich nicht ein, Frau!«, versetzte er und stellte den leeren Becher ab. »Diese Dame ist die beste Ehefrau, die man sich wünschen kann, William. Wenn schon der eigene Charakter wenig taugt, braucht man einen starken Engel an der Seite, der wachsam Grenzen steckt.«

Lady Alice machte einen kurzen, mädchenhaften Knicks.

»Ich komme soeben aus Westminster. Die Kommission hat getagt, wenn man es überhaupt so nennen will. Ich werde diesen Pinchbeck töten, mein Wort, den Bischof auch, Leonard Reed, mit einem kleinen Messer, damit es länger dauert. Der Bürgermeister hatte es nicht nötig, zu erscheinen. Statt dieser Meute wären ein paar Hühner, Ochsen, Igel nützlicher gewesen und weitaus angenehmer …«

Er griff in den Rhabarberhaufen und nahm sich eine Hand voll. Er kaute, ohne das Gesicht zu verziehen.

»Das Wasser steht mir bis zum Hals. Man hat schon wieder Tote gefunden, vier Lateinschüler. Heute Morgen, diesmal im Westen, hinter Paddington. Nimmt das denn gar kein Ende? Wie viele sind es jetzt, seit es angefangen hat? Die Jungen lagen heute Morgen in einem Koben, schon von den Schweinen angefressen. Man will es sich nicht vorstellen. Vergiftet, wie es scheint, mit eigener Hand vergiftet. Ein Brief war diesmal nicht zu finden.«

»Und wenn es doch Luthers Leute sind?«, bemerkte Alice.

»Bestimmt nicht!«, erwiderte Gills.

Thomas sah ihn verwundert an.

Gills wurde bleich. »Luther ist sehr gottesfürchtig. Er hasst den Papst.«

»Hört, hört!«, sagte Thomas mit veränderter Stimme. »Wie gut, dass ich das auch erfahren darf, als Sekretär des Königs, der Briefe wider Luther schreibt. Damit der Papst den König weiter unterstützt. Wie gut auch, dass wir unter uns sind.« Er fixierte Gills scharf. »Mein eigener Inwohner ist ein Antirömer, ein Papistenfresser! Mir wird ja angst und bange! Ist das bei Ihnen Überzeugung, Sympathie, Verwirrung, Gotteslästerung? Sind Sie königsmüde, William?« Er war laut geworden. »Ich schreibe mir die Hände wund gegen diesen deutschen Mönch, und Sie haben die Stirn zu sagen, der Mann sei brav und redlich …«

»Gottesfürchtig, Sir.«

»Spalten Sie kein Teufelshaar, ich warne Sie! Meine Laune ist mit dünner Haut umspannt.«

Lady Alice ging zu ihm und legte ihm die Hand auf die Schulter.

»Es ist nur meine Schuld«, sagte sie. »Ich hätte das nicht

sagen dürfen, das mit Luthers Leuten. Es geht mich gar nichts an. Verzeih mir bitte!«

»Dir gerne. Aber ihm?« Thomas wurde seltsam still. Die Dame hatte das Messer auf den Tisch gelegt.

Gills muckste sich nicht mehr. Er hatte die Hände vor den Bauch gefaltet.

»Nicht dass ich Ihre Überzeugung teile, Gills«, sagte Thomas nach einer zähen Weile. »Aber natürlich habe ich mir auch so meine Gedanken gemacht, ich meine solche, die man nicht ins Protokoll schreibt. Natürlich muss Schluss sein mit dem Geld, das überall verdient wird mit dem Heilsversprechen. Es ist zum Kotzen! Andererseits, wie sollen wir denn die Herrschaft halten? Wenn jeder Bauer auserwählt ist für das Paradies … die Menschen alle gleich, nein, niemals, Unsinn. Machen Sie die Augen auf, Gills! Schauen Sie sich die Menschen an! Wollen Sie mit diesem Abfall gemeinsam in den Himmel ziehen?« Er schüttelte sich.

Gills schmatzte.

»Brav, dass Sie jetzt schweigen. Das rechne ich Ihnen hoch an, William. Ich will alles vergessen, es ist nichts geschehen, ich habe nichts gehört. Wir sind unter uns. Dies ist mein Haus, ich bestimme, was wir tun. Wir verstehen uns. Wenn auch nur ein Wort nach draußen kröche, wäre ich erledigt. Wir vertrauen uns, wir kennen uns.«

»Natürlich, Sir«, sagte Gills und hatte wieder etwas Farbe.

»Wie schön, dass wir eine Familie sind«, setzte Lady Alice hinzu und nahm die Arbeit wieder auf. »So schützt man sich. Wir sehen doch, wie es draußen zugeht. Niemand kann bei Nacht auch nur einen sicheren Schritt tun, auch bei Tage nicht! Gesegnet, wer ein festes Haus hat, ein trockenes Dach und gute Menschen und gesunde Tiere. Die Familie ist das Teuerste, William …«

»Das unterstütze ich«, sagte Thomas und sah Gills forschend an. »Hören Sie mir zu, William, guter Freund. Ich sage das mit Überlegung. Sie sind Anwalt, Sie könnten mir einen guten Dienst erweisen. Ich weiß nicht recht, wie ich es nennen soll …«

»Ihr Diener, Sir«, schnarrte Gills und verbeugte sich im Sitzen.

»Sie könnten … Dieser Mann, der vor ein paar Tagen randaliert hat, Sie erinnern sich vielleicht. Johan Whisper ist sein Name. Er sitzt in *Newgate Prison* ein, es geht ihm schlecht. Ich schwöre, ich habe niemandem gesagt, dass man ihn schlagen soll. Irgendjemand muss ihn furchtbar zugerichtet haben. Das Problem ist, William, dass ich ihn jüngst verhört habe, in Westminster. Ein paar Mal sogar. Es gibt auch Protokolle, ganz ordentlich, ich habe mir nichts vorzuwerfen. Trotzdem. Natürlich wird man fragen, was da los gewesen ist.« Er griff sich an die Nase und schnäuzte sich. »Der Mann ist schuldig, daran besteht kein Zweifel. Wenn Sie mir vielleicht die behördliche Absolution erteilen könnten, ich nenne es mal so. Sie verstehen, was ich meine, in Form eines anwaltlichen Schreibens, eines Postskriptums zum Protokoll, eine Notiz, die sicherstellt, dass ich den Angeklagten im Sinne der Gesetze befragt und angehört habe …« Er hustete. »Ich würde mich erkenntlich zeigen, William.«

»Wie?«, fragte Gills.

Thomas zögerte. »Als Vater …«

Gills' Mund zuckte.

»Ein ordentliches Schreiben«, fuhr Thomas fort, »das wir dem Protokoll beifügen können. Damit die liebe Seele Ruh hat. Sie kennen diese Untersekretäre, für die die Welt aus Tinte ist.«

Gills nickte langsam. Er nahm wieder ein Stück Rhabarber, aß es und verzog den Mund.

»Johan Whisper?«, fragte er. »Der Vater dieses frechen Bengels?«

»Sie sagen es, mein Freund! Ein unverbesserlicher Lügner, ein Spinner vor dem Herrn, ein hochbegabter Unhold, der virtuos die Feder schwingt. Er hatte als Skribent im Rathaus einen gewissen Namen. Das sind die Übelsten!«

»Kanntest du ihn nicht privat?«, fragte die Dame.

»Red keinen Unsinn, Frau!«

»Ich dachte nur …«

»Kochen, waschen, denken!«

»Verzeih mir bitte!«, bat sie.

»Ich liebe meine Kinder, William«, sagte Thomas. »Denken Sie nicht, ich wollte Margaret quälen. Ich habe Gründe, dass ich sie im Haus behalten möchte. Für eine Weile.«

Gills sah ihn irritiert an.

»Sie hat sich da auf etwas eingelassen …«

»Er ist jetzt müde«, fiel Lady Alice ihm ins Wort.

»Warum sagst du das?«

»Bist du nicht müde?«

»Ein bisschen.« Er leckte sich die grauen Lippen nass. »Mit dreiundvierzig ist man alt in dieser Welt. Sehr alt und müde, lieber Freund. Verzeihen Sie …«

24. Kapitel,
in welchem wieder tote Dinge fliegen

Margaret betete, mal laut, mal flüsternd. Sie saß auf einem schmalen, harten Bett, das gegen Mittag von zwei Knechten die Wendeltreppe hochgetragen worden war. Die Sonne schien von Zeit zu Zeit flach in das schmale Fenster gleich zu ihrer Linken. Aber das Licht war schon gebrochen, blutrot, es wirkte kraftlos. Sobald die Wolken sich dazwischen schoben, war es sofort grau und dämmrig.

Die Stiefmutter hatte Margaret vor einer Weile etwas Brot gebracht, sie in den Arm genommen und war gleich wieder gegangen. Bis zum Morgen würde sie alleine sein, das erste Mal.

Sie betete das Vaterunser, einen Psalm, ein frommes Lied dazu. Gott solle ihr verzeihen, solle zu ihr reden. Sie verstand die Welt so wenig. Immer wieder fühlte sie den Kuss, den leeren Raum der Kathedrale, Andrews Wärme, während er sie in den Armen hielt, erinnerte das Licht, die fliehenden Geräusche im Kirchenschiff, die Gerüche, Andrews und ihren eigenen Herzschlag, wild vermengt.

Sie wollte nicht darüber nachdenken, aber die Gedanken hafteten wie Pech. Sie fragte sich nach dem Zusammenhang von Kuss und ihrer Leibessegnung. Sie gab sich alle Mühe, nur fest daran zu glauben, wie man an die Wandlung glaubt und an das Mysterium der heiligen Messe. Aber immer wieder drängte sich die Frage vor, wie es im Körper wirklich zuging. Was war der Kuss im Innern, dass er diese himmlische und wunderbare Wirkung hatte?

Sie wusste nicht mehr, von wem sie diese halbe Kenntnis hatte. Von älteren Kindern aufgeschnappt, vor endlos langer

Zeit, als sie selbst neun oder zehn Jahre alt gewesen war. Was sie beschämte, war die Vorstellung, dass auch die Eltern in irgendeinem Augenblick sich in dieser Weise nah gekommen waren: dass ihr Vater mit derselben Inbrunst ihre Mutter Jane geküsst hatte. Sie schämte sich für Jane, obgleich diese Liebe durch eine Hochzeit von Gott geadelt worden war.

Wieso war sie fähig, Andrew zu lieben, wenn es verwerflich war? Wieso hat Gott nicht eingerichtet, dass man nur mit seinem Segen lieben kann? Hatte Thomas doch Recht, wenn er sie hier und jetzt umbeugen, zwingen und zu einem Besseren hin erziehen wollte?

Draußen war es still. Ihre Augen brannten. Sie fühlte innerlich in ihre Hände, in die Haut, die Finger, ging fühlend durch den Arm zur Schulter, fühlte ihren Hals, das Kinn, die Wangen, Augen, Stirn, den Mund, die Zunge, den Schlund und Magen schon, stieg auch bis zum Schoß hinunter, lächelte, fühlte ihre Schenkel, die Waden, Füße, jede Zehe. Sie konnte in sich wandern, immer schon, in ihrer eigenen körperlichen Landschaft, die ihr einerseits sehr fremd war und dennoch nah, als kennte sie dort jeden Muskel, jede Vene, Sehne, jede innere Haut, die Knochen, alles, was dort in ihr war, wo niemals Licht hinfiel und nie ein Menschenauge schaute …

Jemand klopfte an die Tür. Margaret fuhr erschreckt zusammen.

»Stiefmutter …?«

Sie hörte ein Geräusch. Es knirschte. Dann wieder Klopfen.

»Miss Margaret …?«

Die Stimme war sehr leise.

»Miss Margaret! Erschrecken Sie sich nicht! Ich bin es, William Gills …«

Margaret stand auf und ging zur Tür.

»Ich habe eine Frage«, hörte sie ihn reden. »Es stimmt doch sicher nicht, dass Sie aus freien Stücken hier oben sind.«

»Es wurde mir verboten, die Tür zu öffnen«, gab sie zur Antwort, überrascht, dass dieser Mann hier oben war.

»Ich habe ein Geschenk für Sie, Miss Margaret. Ich lege es auf die Treppe, wenn ich nachher gehe. Oder möchten Sie es sehen?«

»Ich darf nicht öffnen.« Margaret war froh, dass Gills nicht im Zimmer war. »Auch dann nicht, wenn Sie fort sind. Überhaupt nicht.«

»Und wenn es jetzt hier brennen würde? Wir tun so, als wäre Feuer ausgebrochen …«

»Wenn Sie das Geschenk auf der Treppe liegen lassen, wird es die Stiefmutter am Morgen finden. Das will ich nicht.«

»Es ist ein toter Käfer«, rief Gills halblaut. Er klang entmutigt. »Ich nehme ihn wieder mit.«

»Ich danke Ihnen trotzdem«, sagte Margaret schnell. Er tat ihr Leid. Ein wenig. Sie horchte. Sie hörte Gills' Schritte leiser werden. Dann wieder lauter.

»Sie wissen, dass ich weiß, was ich nicht wissen sollte?«

Jetzt war er wieder an der Tür.

Von draußen, durch das angelehnte Fenster, drangen plötzlich ferne Rufe in den Turm, Gelächter, blecherner Lärm, Pfiffe und Gebell.

»Ich kenne Ihr Geheimnis!«, sagte Gills. »Dem Vater Ihres Freundes geht es schlecht. Er stirbt. Der Sohn wird auch verhaftet, früher oder später. Er ist zu tief verstrickt.«

»Verstrickt in was?«, fragte Margaret.

»Ich will Sie warnen. Ich möchte Ihnen helfen, bevor Ihr Vater selbst entdeckt, dass Sie im Auftrag Andrew Whispers gewisse Briefe abgeschrieben haben, Briefe, die nur Ihr Vater lesen durfte …«

Margaret fühlte, wie das Blut aus ihrem Kopf lief. Ihr wurde schwarz vor Augen, sie setzte sich, lehnte eine Schulter an die Tür und atmete. Sie biss sich auf die Lippen, um nicht die Sinne zu verlieren. Sie dachte rasend nach.

»Ich würde nie etwas verraten«, sagte Gills jenseits. »Ich rette Sie ... Nur bitte machen Sie sich von diesem Jungen los, solange es noch geht! Ich bin Anwalt, ich kenne diese Dinge sehr genau. Man redet schon. Der Vater und sein Sohn sind schuldig.«

»Ich glaube Ihnen nicht!«, rief Margaret. Sie war verzweifelt, denn er log bestimmt nicht. Er mochte eifersüchtig sein, aber er war immer ehrlich, solange sie ihn kannte.

»Ich habe mich erkundigt«, erklärte er. »Der Vater ist ein Ausländer, ein Holländer oder Däne, das ist nicht zu klären. Der Sohn ist undurchsichtig und hat Katzenaugen ...«

Margaret legte ihre Hände an den Kopf, hielt sich die Ohren zu. Und hörte dennoch.

»Ich weiß, dass er und seine Freunde Rinden und Blätter verbrennen und den Rauch einatmen. Ein Lehrer hat es mir erzählt. Sie essen giftige Pilze, nur um herauszufinden, wie die Wirkung ist. Sie trinken Schnaps und tanzen. Sie stellen schlechte Fragen, und wenn sie über Gott nachdenken, ist es erwiesene Sünde. Ich dagegen habe mich für Sie, Miss Margaret, aufgehoben. Ich nehme diese Dinge ernst. Hören Sie mir zu?«

»Nein!«

»Weil Sie noch jung sind. Sie denken, ich sei viel zu streng. Aber ich kann auch lachen, ich lüge nicht und ich bin fromm. Ich jedenfalls verzeihe Ihnen, dass Sie diese Briefe abgeschrieben haben. Der Junge hat Sie sicherlich dazu gezwungen.«

»Nein!«, rief sie.

»Ich glaube, doch. Und ich verehre Sie, Miss Margaret. Ihr Vater, Dame Alice, Raspale, Ihre Geschwister, alle Bewohner von *Old Barge* sind sehr auf meiner Seite. Ich bin nicht arm. Der Käfer, das Geschenk, ist pures Gold!«

Margaret kämpfte mit den Tränen. Wie dieser Mann sich für sie aufrieb! Wie viele Mädchen an ihrer Stelle wären halb verrückt vor Glück, vor Stolz. Und dennoch war sie von ihm weit entfernt, unendlich weit.

»Ich gehe jetzt«, rief Gills durch die Tür. »Den goldenen Käfer nehme ich mit. Er ist für Sie, Miss Margaret ...«

Sie hörte, wie er ging. Sie stand auf und öffnete das Fenster, die Luft tat gut. Der Himmel dämmerte. In den Gassen brach sich ferner Lärm. Es roch aus tausend Häusern nach verbranntem Torf, vermischt mit Straßenkot. Ihr Turmgefängnis hatte keine Feuerstelle. Es wurde kühl, sie ließ das Fenster trotzdem offen und legte sich den alten Hausmantel über die Schultern, der Thomas gehörte und vertraulich nach ihm roch. Sie blickte aus dem offenen Fenster, sah eher ihr aufgeregtes Inneres als das Meer der grauen Dächer, als plötzlich etwas lautlos durch die Luft flog, wohl eine Fledermaus, die sich verirrt hatte, durchs Fenster zu ihr in das Zimmer segelte und auf den Boden fiel. Margaret fuhr vor Schreck zusammen und sprang zurück.

Am Boden lag ein helles, lichtes Ding. Es war Papier, gefaltetes Papier, gefalzt, geformt, mit einer Spitze und mit Flügeln. Sie trat näher, bückte sich, um es genauer zu betrachten. Berührte es aber nicht.

Es war beschriebenes Papier. Sie konnte Wörter lesen. Sie lief zum Fenster, ob draußen jemand war, der das Papier heraufgeworfen hatte. Niemand.

Das Papier lag auf dem Boden. Sie hatte eine unbestimmte Angst davor. Sie las Wörter ... *Hoffnung* ... *Nähe* ... und plötzlich las sie: *Kuss*. Sie hob es auf. Es war ein Brief und es war Andrews Handschrift! Die Schrift war anders, wie verstellt, als hätte er befürchtet, dass seine Nachricht in ein falsches Fenster und in die falschen Hände hätte fliegen können.

Er habe ihren Brief erhalten, schrieb er, und sende diesen auf demselben wunderbaren Weg zu ihr. Dann las sie etwas, das sie nicht verstand. Er sei erschreckt, dass sie sich in guter Hoffnung wähne. Woher denn, fragte er, wenn so viel Nähe zwischen ihnen nie bestanden habe?

Margaret las es viermal. Sie verstand es nicht. Hatte Andrew ihren Kuss vergessen? – *Der Kuss*, schrieb er, *ist doch das Schönste, Nächste, Wärmste, das wir teilen*. – Ja, gerade!, dachte sie. Sie ging zum Fenster, schloss es, setzte sich an Thomas' Arbeitstisch und nahm die Feder. Das Blatt lag vor ihr, sie drehte es, bis Platz zum Schreiben war.

Ja, unser Kuss!, schrieb sie. *Der Kuss war es, was sonst? Der Kuss hat uns verbunden; hast du es nicht gefühlt? Sei vorsichtig! Sie jagen dich. Und bitte leiste meinem Vater keinen Widerstand. Ich habe Angst um dich. Bei Sonnenaufgang bete ich, lass uns gemeinsam beten, wo immer wir dann sind, so weit getrennt. Ich denke nur an dich. Du musst leben, leben. – M.*

Sie untersuchte das Papier, am ganzen Körper zitternd, prüfte, wie das Blatt gefaltet worden war. Sie faltete es nach, falzte es geschickt. Das gleiche Flügelding entstand, ein starrer Vogel. Sie küsste ihn ein paar Mal und warf ihn flehend in den Abendhimmel, unter dem dort draußen irgendwo, so hoffte sie, der Liebste stand und auf die Antwort wartete.

25. Kapitel,

in welchem schwere Schuld zu Recht die Seele peinigt

Thomas hasste sich. Zu Hause las und beantwortete er unangenehme, überfällige Korrespondenzen, aß zu viel, stritt lärmend mit Alice, wusch sich öfter als sonst, was er sehr ungern tat, weil er kaltes Wasser auf der Haut nicht mochte. Alles, um sich abzulenken, von sich selbst, von seinen bitteren Gedanken, Ahnungen und Selbstgesprächen. Er sah John Whisper im Verlies vor sich. Er sah die Wunden, die man ihm zufügte, sah, wie er blutete, hörte, wie er stöhnte, um Gnade winselte, endlich die Besinnung verlor und wieder zu sich kam, um das Martyrium von neuem zu erleiden.

Es war das Mitgefühl, die Empathie, die Gott ihm, Thomas, in die Seele legte, um ihn genauso schwer zu prüfen wie der Blutknecht diesen Whisper. Die verdammte Anteilnahme war das unsichtbare Gift, das ihm die Ruhe raubte. Die Fähigkeit, sich in einen anderen Menschen zu versetzen, zu fühlen, was er fühlen mochte, zu denken, was dem anderen im Kopf herumging. Dazu war kein Vieh fähig, sondern nur der Mensch; so hatte Gott den Menschen ausgestattet: mit innerem Bilderreichtum, mit Hass und Liebe. Vor allem Hass!

Er schüttelte sich angeekelt. Seine Christenpflicht wäre es gewesen: sich vor dem eigenen Hass zu Tode ekeln. Erst war der Ekel, dann der Hass. Der Ekel vor dem Dinglichen, vor jedem Tier, lebendig oder tot. Ekel vor der eigenen Haut und was darunter war. Dieser Ekel raubte ihm die Kraft zur Liebe.

Und es lohnte nicht, den Kerl zu retten: Johan Whisper, diesen Schwätzer und Verführer! Er sollte besser tot sein. Aber ach und weh!, musste Gott ihn, Thomas, nicht dafür verachten?

Er betete, er bettelte um Gnade. Vergeblich. Dass er nicht beten konnte, war Gottes Strafe. Wenn morgen auch sein Glaube auseinander brach wie trockener Ton, dann war es überdeutlich, dass seine Zeit gekommen war, dass er zu alt war, zu schwach. Er weinte, er fraß Gras zur Buße und schlich noch vor dem Abendgrauen in die Stadt, zum *Newgate Prison*, stieg in den Keller, schlug einem Wächter, der ihn ansprach, ins Gesicht, schmiss Blechgeschirr umher, Eimer voller Unrat. Die Gerichtsbüttel flohen vor ihm, lugten ängstlich um die Ecken. Nur der Carnifex, der Henker mit der blutverschmierten Lederschürze, blieb unweit stehen und schielte her. Es war höllendunkel, ein paar Laternen brannten und es stank grässlich nach allem Dreck der Welt.

Tausend verborgene Stimmen machten einen fernen, undurchdringlichen Lärm, der niemals endete; durchschnitten wurde er von Pfiffen, Schreien und Gesängen.

Womit er kämpfte, war die Entscheidung, jetzt entschlossen hinzugehen und seine Macht zu zeigen: den Gefangenen Whisper zu erlösen. Aber würde der Knochenbrecher nicht gleich an alle Welt ausplaudern, der mächtige Morland sei korrupt, als Mensch ein Weichling? Und was würde Johan tun, wenn er die Misshandlung überlebte? Die Wahrheit über Jane Colt würde mit ihm weiterleben, könnte an des Königs Ohr gelangen oder gar an Margarets, was noch schlimmer wäre. Die Wahrheit nämlich: dass er Jane damals geschlagen hatte, weil sie faul und blöde war. Und er hasste Trägheit.

Tochter Margaret war da anders, ehrgeizig, dass es manchmal schon zu viel war und man sie zügeln musste, so wie jetzt. Dabei war sie anschmiegsam, jedenfalls *gewesen*, er war sicher, dass die Veränderung erst begonnen hatte, seit Andrew Whisper nach ihr jagte. Der eines Tages im Hof von *Old Barge* erschienen war, mit einer hohen Kiepe voller sündhaft teurer Bücher, die er, Thomas, sich hatte schicken lassen.

Margaret war, ganz zufällig, fast zeitgleich eingetroffen, stieg aus ihrer Sänfte, während dieser Bengel dastand, die Hände an dem sorgfältig verschnürten Paket, und wartete, dass jemand aus dem Haus kam, um es entgegenzunehmen. Er, Thomas, stand am Fenster und sah, was vor sich ging, statt einzuschreiten. Stand da und gaffte, stritt mit irgendeinem Knecht, ging also nicht hinaus und störte, sondern schenkte seiner Tochter die Gelegenheit, dem jungen Mann zu helfen, ihn anzusehen, zu lächeln, weil er lächelte, zu nicken, weil er nickte, die Hände in die Luft zu heben und sich verlegen an den Hals zu fassen. Da werden ihre Blicke sich begegnet sein, keusch eigentlich, er kannte das, er kannte diese Katzenblicke, Blumenblicke, Sonnenblicke, die dich blenden, bevor du deine Augen schließen kannst, und die dein Herz bezirzen und alle Pläne für dein Leben löschen, nein: verbrennen!

Thomas spuckte auf den Boden. Der Knochenknecht schnäuzte sich.

»Der Gefangene John Whisper«, fragte Thomas heiser, »lebt er noch?«

Der Henker glotzte.

»Na, antworte!«

»Ein bisschen, glaube ich.«

»Was jetzt?«

»Ich sehe nach.« Der Kerl schlurfte davon.

Es war ein Geräusch, als schaufelte jemand Erde. Thomas hütete sich, näher heranzugehen. Es stank zu arg, der Boden klebte.

Er wartete gereizt. Er hatte Angst, dass Whisper tot war und er, Thomas, nun ein Mörder, Totschläger, weil er nichts dagegen unternommen hatte. Aber einen Sünder retten? Und doch: War es nicht Gott, der letztlich richtete?

»Was ist denn?«, rief er in die Dunkelheit. Die rechte Schläfe trommelte. »Ich warte! Ich habe nicht die Zeit der Welt! Hier ist es kalt und feucht …«

Er hörte Schritte, Murmeln, sah nichts. Weiter drinnen lachte jemand hell, es klang fast wie ein Kind. Und tief dahinter heulte es wie hundert Wölfe, und dazu peitschte etwas, dass das Blut gefror.

Thomas fühlte, wie in dieser Höllenschwärze der Verliese sogar Gott die Macht verlor, wie er sich abwendete von diesem Gräuel und nichts mehr retten wollte.

Der mit der blutigen Lederschürze kam zurück. Er trug ein Öllicht und in der anderen Hand ein Tellerchen aus Blech.

»Der lebt nicht mehr«, sagte der Blutknecht. »Ich dachte noch, er pustet, aber es war nur tote Luft.«

Thomas tat unwillkürlich einen Schritt weg von ihm. »Was ist passiert? Wieso denn schon?«

Er wollte die Antwort gar nicht hören. Wenn Whisper krank gewesen wäre, überlegte er, während des Verhörs womöglich schon, zu schwach für das Gefängnis, dann wäre er sowieso gestorben, morgen, übermorgen, in ein paar Tagen.

»Er war nicht krank«, sagte der Henker, als hätte er's geahnt. »Der Kerl war bockig. Er hat getreten. Sollen wir uns von den Gefangenen schlagen lassen?«

»Bockig?« Thomas blinzelte angriffslustig. Er glaubte ihm kein Wort. Er wollte gehen. Der Blutknecht rief ihn zurück.

»Und was ist hiermit?«, rief er. »Wollen Sie denn gar nichts haben, Sir? Wenn Sie den Gefangenen kannten oder jemand kennen, der ihn kannte. Die meisten Angehörigen möchten etwas haben, das sie mitnehmen können, etwas zum Erinnern, um es zu Hause in die Dose zu legen. Das gehört sich so. Für einen halben Penny, Sir ...« Er hielt Thomas die Schale entgegen, hielt das Licht nah dran.

In der Schale lagen, blutverschmiert, ein paar herausgerissene Fingernägel, etwas Haar, verklumpt.

»Sonst frisst's der Hund.«

»Ich gönn's ihm«, sagte Thomas und ging hinaus.

26. Kapitel,
worin ein Mörder statt zu töten selber Opfer wird

Clatter konnte seit ein paar Tagen wieder laufen. Andrew lockte ihn zum Kellerausgang, wo sich der Hund für eine Weile noch vom Licht geblendet auf die Steine legte. Er flüsterte beruhigend und wartete geduldig. Schließlich stand der Hund auf und lief ein Stück hinaus, so gut, als wäre er nie schwer verletzt gewesen. Andrew pfiff nach ihm, warf Stöcke und bürstete das Fell. Der Hund winselte und rieb sich wie eine Katze an Andrews Hosenbeinen.

Dass er Clatter bei sich haben würde, wenn er jetzt die Stadt verließ, um mit Clifford *The Gully* zu betreten, erschien ihm sicherer. Er übte ein, dass Clatter Abstand hielt und auf Befehl heranlief. Es machte großen Spaß. Der Hund gehorchte wie ein Kind, als ob er jedes Wort verstand. Er leckte Andrews Hände und wälzte sich vergnügt umher. Den halben Nachmittag war Andrew mit ihm am oberen Fleetufer entlanggelaufen. Jetzt waren beide hungrig und erschöpft. Andrew erklärte ihm, dass nichts zu essen da war. Für beide nicht. Clatter ging zu einer Pfütze, wo er trank, und legte sich danach an eine trockene Stelle, streckte die Vorderläufe aus und hechelte zufrieden.

Der Himmel wurde langsam rot. Andrew wandte sich nach Osten, er folgte Cheapside, bog ab und erreichte über Old Jewry und Coleman Street das breite Moorgate.

Wohin er blickte, entdeckte er das geheimnisvolle Meer. Es waren Schalen, Muscheln, kleine Tiere, steinern eingebettet im Fundament der Häuser. Es war so unerklärlich! Es war, als hätte Gottes Sintflut ihre Zauberspuren hinterlassen, nachdem die Erde überschwemmt war, ein Meer von Zeichen, die niemand lesen und verstehen konnte.

Draußen vor der Stadt lag Finsbury im Dämmerlicht. Die Straße war voller Regenlöcher, die Häuser waren schmutzig; alles erschien hier dunkler, rußiger, lärmender als innerhalb der Mauern.

Andrew beeilte sich. Der Hund lief vor, zurück und wieder vor. Andrew überlegte, ob es ratsam wäre, Clifford um etwas Geld zu bitten, jetzt, wo er etwas Vertrauen zu ihm hatte. Er brauchte dringend Geld, ein paar Shillings genügten, als Überlebensgeld im *Newgate*, wo der Vater eingekerkert hockte, für Brot, Speck und Bier. Ohne Geld war das Überleben im *Newgate* oder jedem anderen Gefängnis Londons ausgeschlossen.

Clifford wartete in Moor Fields. Nicht in einer Sänfte, er saß auf einem Pferd, einer alten Hackneystute, die lahmte und Andrew krank vorkam. Clifford blickte ihn kaum an, schnalzte nur und nickte. Sie gingen die Landstraße nach Nordosten. Andrew hielt vier Schritte Abstand. Die letzten Häuser fielen zurück.

»Was ist das für ein Köter?«, fragte Clifford. »Woher hast du ihn? Mit Hunden musst du dich vorsehen. Sie sind unberechenbar. Man weiß nie, was sie denken.«

»Ich weiß es, Sir.«

»Ach so!«

»Clatter versteht sehr gut, was ich ihm sage.«

»Er hat schon einen Namen!«, staunte Clifford und wiederholte ihn. Der Hund blieb stehen und blickte zu ihm hin. »Denk ja nicht, dass ich nicht wüsste, wo du ihn herhast. *The Bear Garden*!«, rief er vorwurfsvoll. »Jeder weiß, dass diese Tiere keine Seelen haben und des Teufels sind.«

»Nein, Sir.«

»Das sieht dir ähnlich, mir zu widersprechen. Hast du keine Angst vor mir?«

»Doch, Sir.«

»Das will ich hoffen.«

»Ich habe ihn gerettet.«

»Satan wird dir dankbar sein.«

»Es ist nur ein Hund, Sir.«

»Ja, sicher!« Clifford lachte. Und nach einer kleinen Weile fragte er: »Hast du schon nachgedacht?«

»Worüber?«

»Was diese Seelenpest betrifft. Du und deine Freunde, habt ihr es nötig, euch in Dinge einzumischen, die so gefährlich sind? Ich sag's dir im Vertrauen, Junge. Ihr habt einen Verräter unter euch.«

Andrew blieb stehen.

Das Pferd senkte den Kopf, schüttelte sich und leckte seine großen Lippen.

»Wir müssen weiter«, sagte Clifford. »Ich kann dir keinen Namen nennen.«

Weil er keinen weiß, dachte Andrew. Er blufft. Er weiß nichts, rein gar nichts.

In der Ferne lag ein Waldrand, eine schwarze Wand. Dahinter ragten Mühlenflügel in den Himmel.

»Wer ist es, Sir?«

»Ein Mensch«, rief Clifford, »ein menschlicher Mensch mit menschlichen Fehlern.«

Andrew holte auf. Clatter lief dicht neben ihm, als spürte er, dass alles anders als erwartet war.

»Gregor Gascoigne?«

»Wenn du es sowieso weißt …! Der oder Felix Borden, den ihr Search nennt, weil er den krummen Rücken hat. Ich bin nicht sicher, Junge.«

»Ich glaube Ihnen nicht.«

Clifford brachte das Pferd zum Stehen.

»Nein, Sir, wir sind wahre Freunde.« Auch Andrew ging nicht weiter. »Ich gehe zurück.«

»Und das Geheimnis der Sintflut? *The Gully*? Dein Versprechen?«

»Sind leer und nichts.«

»Das habe ich mir gedacht!«, rief Clifford. »Ich bin enttäuscht, Master Whisper. Ich glaubte, Sie hätten Stärke, einen Willen, nichts Kindliches mehr im Herzen. Ich dachte, er verträgt ein bisschen Wahrheit, ich glaubte, er sei stark und nicht ein armer Jammersack! So täuscht man sich! Das tut mir wirklich weh. Dein Freund Charles erschien mir zäher, als ich ihn quälte. Ich glaube, er hat eingesehen, woraus der gute Lebensweg besteht: aus Überwindung, Master Whisper. Das klingt natürlich fremd in Ihren Ohren …«

»Sie wollen mich nur mit sich locken.«

»Ja, selbstverständlich! Was denn sonst? Soll ich dich vielleicht darin bestärken, immer nur mit Misstrauen, mit Angst durch die Welt zu gehen? Redet ein Erzieher so?« Clifford spornte das Pferd. Er sang leise eine Melodie.

Andrew folgte ihm. Fast hatten sie den Wald erreicht. Es war jetzt dunkel. Der Hund umrundete das Pferd, dann wieder Andrew.

»Wenn Sie so reden, Sir, sind Sie verdächtig, selbst mit dieser Seelenpest zu tun zu haben.«

»Wie redest du mit mir?«

»Haben Sie damit zu tun?«

Der Lehrer lachte. Andrew ging wie betrunken weiter. Er wusste nicht, wie er sich entscheiden sollte. Er schaute um sich. Nirgends war ein Licht zu sehen, zu dem er hätte fliehen können. Er sah nur die Umrisse des Pferdes weiter vorne, Clifford im Sattel wie ein großer, plumper Riese, mit gekrümmtem Rücken, fast ohne Hals und auf dem Kopf der runde Hut, der aussah wie ein großer, erst halb offener Wiesenpilz. Clatter jagte hechelnd durch die Dunkelheit.

»Jetzt kann ich's dir ja sagen: Diese Seelenpest, wie die Leute es nennen, ist die Folge irgendeiner Wette unter Mächtigen. Es gibt nichts, worum sich nicht auch wetten ließe!« Seine Stimme überschlug sich. »Der König ist Person und Staat in einem. Als Mensch ist er schwach, als Staat der Mächtigste. Er zweifelt. Er will wissen, ob junge Menschen auch ohne Gottes Licht das Leben meistern.«

Andrew hörte zu. Es hallte, als befänden sie sich in einem Kirchenschiff.

»Ich glaube Ihnen nicht, Sir.«

»Natürlich nicht!« Clifford wankte auf dem Pferderücken wie ein schwarzer Nachtalb. »Bleib nicht zurück, Junge! Ich bin der Ältere, ich bin dein Lehrer! Natürlich ist das alles unaussprechlich und geschmacklos. Das ist das Schlimme an der Jugend. Immer will sie ändern und zerstören, was uns sicher ist. Müssen wir uns jetzt darüber streiten? Denkst du, ich hätte dir den Zahn geschenkt und mein Sintflut-Geheimnis verraten, wenn ich nicht im Grunde ehrlich wäre?« Er ritt weiter.

Andrew folgte dem Schatten, dem Schlagen der Hufe. Er sah fast nichts mehr.

Clatter bellte.

»Das schönste Geschenk ist immer noch Vertrauen«, rief Clifford. »Schöner als die Liebe.«

Andrew rannte ein Stück, um nachzukommen. Er stolperte, fing sich, die Regenlöcher waren nur noch schwache Flecken, schwarz wie Blut. Sie kamen unter die breiten Kronen einiger Bäume, das letzte Wolkenlicht verging.

»Wo sind wir, Sir?«

»Auf einem guten Weg, mein Junge. Nur noch ein kleines Stück …«

Andrew sah jetzt nichts mehr. Er horchte und blieb stehen. Er hörte nur den Schritt des Pferdes und dass Clatter in der Nähe war. Ein fremdes, sehr entferntes Hundebellen klang von irgendwo herüber und verwehte. Dann knirschte es am Boden. Der Lehrer war wohl abgestiegen. Irgendetwas schwirrte durch die Luft, einmal, ein zweites Mal. Andrew duckte sich, er wusste nicht, warum. Es schwirrte noch einmal, ganz nah, von links nach rechts. Dann gab es ein Geräusch, als ob etwas zu Boden fiele. Andrew fühlte mit den Händen: Gras, Gestrüpp. Mit einem Schlag begriff er, warf sich zur Seite. Wie dumm er war, wie simpel, wie ein Kind! Jetzt keinen Laut mehr! Die Angst biss zu.

»Ach, Junge …« Die Stimme klang süßlich, falsch. »Wo steckst du?« Und wieder dieses harte Surren durch die kalte, schwarze Luft.

Es war ein Schwert!

Andrew lag flach am Boden. Ihm wurde übel, doch er bezwang sich, jede Bewegung konnte ihm das Leben kosten. Er wollte Clatter rufen, aber er verbot es sich. Es war so still jetzt! Er horchte wieder angestrengt. Die rechte Hand kroch langsam vorwärts, tastete nach Steinen. Einen großen nahm sie und fühlte seine Kanten.

»Master Whisper, guter Junge! Ich find dich noch …!«

Andrews Arm und Hand zogen alle Kraft zusammen, die Finger krallten sich um den schweren Stein. Der Arm war fest gespannt, mit aller Wucht geladen. Andrew sprang auf! Der Stein in seiner Hand jagte los wie ein Musketenblei. Und schlug auf etwas! Es klatschte hart, als hätte man mit einem Beil flach auf ein Stück Fleisch geschlagen.

Clifford stöhnte. Andrew fühlte Nässe, es klebte warm an seiner Hand.

Er holte wieder aus und traf. Die Hackneystute schnaubte in der Nähe. Er schlug und schlug, bis er mit einem Mal begriff, was er hier tat. Er warf den Stein zur Seite und wühlte mit den Händen durch den Sand, verrieb das Blut. Es war das Blut des Lehrers, der ihn hatte töten wollen. Er stand auf und blieb geduckt. Und horchte wieder. Dann tat er einen Schritt, stieß mit dem linken Fuß an etwas Hartes, fühlte nach, es war das Schwert, dem er so knapp entronnen war. Er rief den Hund, erst geflüstert, dann lauter. Als Clatter nicht kam, setzte er sich und weinte. Er zitterte am ganzen Leib. Er übergab sich seitwärts, spuckte lange aus und heulte weiter, ganz laut in diesem Todesdunkel um ihn her.

Dann suchte er und fand den Hund, der Kopf war halb vom Rumpf getrennt. Der Junge blieb am Boden sitzen, die ganze Nacht, und fühlte weder Zeit noch Kälte.

27. KAPITEL,
in welchem wir die Welt aus immer anderen Augen sehen

ALICE, alte Vettel! Wie sie wieder gaffte! Auch Raspale und William Gills und selbst die Kinder jetzt! Klagt mich nur alle an! Am schlimmsten waren Margarets Blicke. Ihnen hielt er, Thomas, am allerwenigsten stand. Niemand sollte ihm was ansehen. Es war harte Arbeit: Immer blicken, als wäre nichts geschehen; reden, als zitterte die Stimme nicht; gehen, als verlöre er nicht dauernd die Balance! Der Appetit war hin, der bloße Anblick von Gemüsesuppen und gekochtem Fleisch war Folter.

Um es zu verbergen, machte er sich härter, als er war, schrie bei jeder Kleinigkeit, prügelte die Magd, als ihr ein Krug eingelegter Birnen auf den Boden fiel. Dem Kutscher drohte er mit Lohnentzug, weil eins der Pferde lahmte. Nur Gills gegenüber war er süß und glimpflich, erlaubte ihm, zum Turm zu gehen und Margaret abzuholen, befahl indessen auch, sie keinen Lidschlag lang allein zu lassen, am besten an die Hand zu nehmen, auch gegen ihren Willen.

Gills tat's und führte Margaret in das große Zimmer, so feierlich und stolz, als gelte es, vor der versammelten Familie den Vater um die Tochterhand zu bitten. So stand er linkisch da, bis er es selbst begriff und Margaret freigab, sich verneigte und sie mit scheuen Hundeblicken um Verzeihung bat.

Thomas knurrte, wich Gills aus, drehte sich zurück und schob ihn auf einen Stuhl zu, damit er Platz nahm, damit er endlich saß und nicht länger starr wie ein Pfahl im Weg stand.

MARGARET WAR TOTENBLASS. Sie hatte kaum geschlafen und sich geweigert, das süße Brot zu essen, das ihre Schwester Elizabeth am Morgen zum Turmzimmer hinaufgetragen hatte. Schlechte Träume hatten sie gequält, von einem Wolf mit menschlichem Gesicht und roten Zähnen; von einem Schwert, das durch die Luft fuhr, und Schlangen tief in ihrem Bauch, dort, wo das Kind so klein wie eine Schnecke kroch und quiekte.

Sie war verwundert, dass der Vater sie nach unten holen ließ, überhaupt, dass man sich alltags im großen Zimmer traf. Sie hatte Herzklopfen, ihr Leib schien mehr zu wissen als sie selbst. Vielleicht war es nur die Müdigkeit, die schweren Augen oder ihre Wut auf William Gills, der ihre Hand genommen und nicht mehr losgelassen hatte.

Jetzt saß er da, mit rotem Kopf, und blickte immer wieder her. Margaret trug ihm seinen Auftritt vom Vortag nach, die Frechheit seines ungeschickten Antrags oder was es hatte werden sollen.

»Geht es Ihnen gut, Vater?«, fragte sie behutsam.

Thomas blinzelte. Das tat er, wenn er unschlüssig und zergrübelt war. Sie kannte ihn.

»Gut, gut. Und dir?«

»Mir geht es auch gut.« Sie log vor Gott und allen Heiligen.

»Das freut mich, Kind.«

Er faltete die Hände, die sie liebte, die ihr schon als Kind gefallen hatten. Es waren große, breite Hände. Die Finger waren stark, mit dicken Nägeln, kantig, fest und immer säuberlich geschnitten. Und seine Hände rochen gut: nach Tinte oder Zwiebeln oder saurer Milch, nach Erde, Pferdeschweiß und frisch gesägtem Holz, aber alles nur entfernt, so dass die Haut der Hände ihren eigenen Duft behielt.

Andrew hatte solche Hände. Er fehlte ihr so sehr. Sie ahnte, dass er in Gefahr war. Die Maßnahme, dass Thomas sie gefangen hielt, richtete sich auch gegen Andrew. Er wollte ihn besiegen oder Schlimmeres. Und Andrew würde sich nicht beugen. Aber was nicht nachgibt, bricht entzwei. Sie hatte so viel Angst um ihn.

Lady Alice wies die Magd an, die gute Florentiner Decke auf den großen Tisch zu legen. Trinkgeschirr wurde aufgetragen, geputzt, obwohl heute gar nicht Sonntag war. Sie ließ Morland nicht aus den Augen, sah die schlecht versteckte Ruhelosigkeit, die gehetzten Blicke, den harten Mund. Er hatte etwas vor!

Seltsam, wie sich alles hier versammelte, dabei hatte niemand dazu aufgerufen. Jeder kam herein, schaute sich um, ging wieder in den Flur und in die Küche, kehrte zurück und trug die Frage im Gesicht, was jetzt passieren würde. Nur Gills saß beherrscht da, verfolgte Morland mit aufmerksamen Blicken und Margaret natürlich, die sich, selbst höchst unsicher, mal an der Tür herumtrieb, mal eins ihrer jüngeren Geschwister am Arm festhielt und etwas fragte.

Alice streifte Morland an der Schulter, als er ihr entgegenkam. »Was hast du vor?«

»Ich habe nichts vor«, sagte er gereizt. »Lass dich überraschen!«

»Also doch!«, antwortete sie. »Kann ich dir helfen, etwas für dich tun?«

»Oh ja. Sei einfach still!« Er schob sie rüde weiter.

Sie schob die Unterlippe vor, beugte sich zu ihm und sagte leise, so dass nur er es hörte: »Du siehst aus, als hätte Gott dich arg bestraft … oder ganz verlassen.«

Er wurde kreideweiß, die Lippen waren grau.

»Das würde dir so passen!«, zischte er. Dann ließ er die flache Hand auf den Tisch fallen, dass es klatschte. Alle blickten her, erschreckt, verwundert.

Er war das Zentrum. Die Kinder blickten hin. Die Mägde schlichen aus dem Zimmer. William Gills hüstelte. Es wurde still. Morland lauerte, ließ Zeit verstreichen. Nur Raspale, der mit dem jungen John Clement in einer Ecke saß, blätterte weiter in einem großen Folianten, der voller Greife war und Riesenschlangen, die in China und in anderen grausig fernen Ländern lebten.

»Du vertraust auf Gott«, stellte Raspale leise fest.

Der Junge nickte.

»Dann lass dir ja nicht sagen, der Herrgott sei nicht, es sei nur Leere in der Welt. Das stimmt nicht. Diese Tiere sind Phantasterei, aber weil sie Phantasie sind, die nur der Mensch hat, gibt es Gott im Menschen. Gott im Menschen ist wichtiger als in der Welt.«

»Hör auf damit, Raspale!«, befahl Morland harsch. »Es gibt andere Neuigkeiten.«

Er zog alle Blicke auf sich.

»Heute Morgen wurde ein Präzeptor des *New Inn* halb totgeschlagen aufgefunden, draußen im Norden vor der Stadt. Die Spuren zeigen einen Überfall, sein Pferd wurde gestohlen. Man verdächtigt Schüler, die heute weder zum Gebet noch zum Unterricht erschienen sind.«

Margaret legte ihre Hand an ihren Mund.

»Wir sind nach diesem Ereignis streng ermahnt, uns auf Distanz zu diesen Menschen zu begeben«, redete er weiter. »Andernfalls geraten wir selber schnell in diesen grauenvollen Sumpf, aus dem sich niemand retten wird. Das Leben dieser Schüler ist verpfuscht. Halbe Kinder noch, es ist entsetzlich. Man hätte früher und entschiedener handeln sollen, insofern fühle ich mich in gewisser Hinsicht schuldig. Aber wie hätte man es ahnen sollen, wenn diejenigen, die es vorher wussten, beharrlich schweigen?« Er sah Margaret wieder an.

SIE WAGTE KAUM ZU ATMEN. Er verurteilte sie! Hier vor allen Menschen, die sie liebte! Er glaubte, dass Andrew sie unterrichtet habe. Wie kam er bloß darauf? Sprach er selbst denn je mit Lady Alice über seine Arbeit, über die Prozesse, über Politik?

»Es tut uns Leid«, setzte der Vater hinzu und ging um den Tisch herum zu seinem Platz am oberen Ende. Dort blieb er stehen, den Blick gesenkt, der Rücken war ganz krumm, als trüge er die Balkendecke auf den Schultern. Er schüttelte den Kopf.

Margaret hatte neben Raspale Platz genommen. Er legte seine Hand auf ihren Unterarm, spielte mit den Fingern an dem schweren, warmen, dicht bestickten Stoff.

»So schwer, der Hölle auszuweichen, den Himmel zu erreichen …«, flüsterte er und fügte ein paar schmückende Apostelnamen hinzu.

»Raspale?«, rief der Vater, der es bemerkte.

»Verzeihung, Sir!«, entgegnete der Alte.

»Er tröstet mich!«, erklärte Margaret.

Raspale legte den Bilderfolianten beiseite und schlug stattdessen eines seiner eigenen Bücher auf, auf dessen Seiten nichts als Libellenflügel eng versammelt hafteten.

Die Flügel stellten vielfältige Blütenformen dar, Schneeflockensternenmuster, gläserne Rosetten. Er legte das große Buch für alle sichtbar auf den Tisch. Alle reckten die Hälse und drückten ihr Erstaunen aus. Eigentlich wusste jeder, dass Raspale Insektenflügel sammelte, aber den wenigsten hatte er gestattet, die umfangreiche Sammlung anzuschauen, die allen ebenso verrückt und sinnlos wie phantasievoll vorkam.

»Wir danken dir, Raspale«, sagte Thomas. »Wir freuen uns darüber.«

»*Haggai, Haggai*«, bedankte sich der Alte und verneigte sich. »Hierin ist die Rettung, Sir.«

»Für wen?«

»Für die gestrauchelten und verfolgten armen Schüler, Sir.«

»Du mit deinem Traum vom Fliegen. Man möchte es ihnen beinah gönnen«, sagte der Vater. »Dennoch bin ich gezwungen, uns zu schützen, das Haus und die Familie, und eine wichtige Entscheidung für alle bekannt zu machen.« Er hustete, holte ein Tuch hervor und tupfte sich auf Stirn und Wangen.

Die Magd hatte Dünnbier hereingetragen und schenkte ein. Thomas trank ausgiebig.

»Um Schaden abzuwenden, von diesem Haus, von Megge, von uns allen, habe ich entschieden, dass … es ist unabwendbar, Tochter Margaret, so wie die Dinge liegen …«

Margaret legte die Hände in den Schoß, flach aufeinander, presste sie zusammen, so fest sie konnte.

»Margaret, meine liebe Tochter …« Thomas zögerte, als spürte er, was in ihr vorging. »Megge, Kind! Ich als dein Vater sage dir und allen hier Versammelten, dass William Gills sich das Recht erworben hat, dir die Verlobung anzutragen. Hier und jetzt.« Er hüstelte. Es war so still, als hätten alle aufgehört zu atmen.

Margaret hörte den Nachklang seiner Stimme. Sie hörte wieder und wieder seine Worte. Sie fühlte nichts. Sie presste ihre Hände aufeinander, die Knöchel sprangen weiß hervor.

»Ich segne euch in meinem Hause, amen«, fuhr der Vater

feierlich fort. »Ich segne euch vor allen Zeugen und wünsche mir, dass niemand einen ernsten Einwand äußert, sei es, weil die Verbindung zwischen euch ein anderes Versprechen brechen würde, sei es, weil ein Dritter andere Gründe kennt, die diese Heirat unstatthaft erscheinen lassen. Wenn sich alsdann kein Anwesender meldet, erkläre ich euch zu Verlobten und mein Versprechen für der Sittlichkeit und dem Gesetz gemäß vollzogen.«

LADY ALICE LIESS MARGARET nicht mehr aus den Augen. Sie sah sofort, wie sie sich nur zusammenriss und heimlich litt. Wie grausam von Morland, es auf diese Weise, im Beisein aller und bloß um der guten Form willen, kalt und lieblos hinzusagen. So hatte es sich angehört, wie eine Strafe, fand sie. Und ohne priesterlichen Segen! Er wusste doch genau, wie sehr sich Margaret nach diesem Jungen sehnte. Er quälte sie, er wollte seine eigene Eifersucht abkühlen, das war es! Genauso gut hätte er den Jungen für tot und ihre junge Liebe für gescheitert, für untragbar und erstickt erklären können. Wie schlecht er war!

Wie heimtückisch!

Margaret war nicht schwanger, das spürte sie, da irrte er gewaltig, sie sah es Margaret an. Eine schwangere Frau hat andere Augen, eine andere Haut, sie riecht verändert, hundert kleine Dinge wären ungewohnt an ihr. Und dieser Gills als ihr Mann! Die beiden passten nicht zusammen, auch wenn dies eigentlich nicht wichtig war. Was ist denn Liebe überhaupt? Dummheit und Leichtsinn, würde Morland mit aller Überzeugung sagen. Aber musste das, was Morland sagte, denn immer Geltung haben? Sie wurde das Gefühl nicht los, dass er sich selber krümmte, jetzt, bei alledem, dass er hier schwindelte und dass es gar nicht um den Schutz des Hauses, sondern um sein eigenes Gewissen ging.

Margaret saß verletzt und hilflos da, totenbleich und, wie es schien, unfähig, aufzuschauen und ihren unverhofften Bräutigam, wie es sich ziemte, mit süßen Blicken zu belegen. Der freilich ebenfalls betreten mit den Händen spielte, Bier trank, belanglos redete, ab und zu hinüberschielte, womöglich selbst nicht sicher, ob dieses jähe Glück die Wahrheit oder eine Lügenszene war.

Morland tat zufrieden. Er lächelte, rieb sich die Hände, alles eher zu heftig und zu viel. Er bestellte Suppe, Brot und Mus, scherzte mit den Kindern, als sei nichts passiert. Alice fühlte, dass ihr die altbekannten Tränen kamen: Er war ein Menschenteufel, dieser Ehemann, der sie nicht liebte, nie geliebt hatte, der sie nur aus Mitgefühl zur Frau genommen hatte und vielleicht noch ihres Geldes wegen und weil er Kinder hatte, aus keinem anderen Anlass, aus keinem besseren Grund, der ihr vielleicht geschmeichelt hätte.

Dann wieder, plötzlich, erschien ihr alles umgekehrt: Wenn sie es recht bedachte, tat ihr Morland Leid, der ungeschickte, arme Mann, der sich nicht anders helfen konnte. Ach was! Er war ein Scheusal, er musste ihr nicht Leid tun, sie stemmte sich mit Wut dagegen, sie wollte diesen Hass empfinden. Er hatte es verdient.

Sie lächelte Margaret zu und nickte, um ihr ein bisschen Mut zu machen. Was sicher zwecklos war. Margaret lächelte zurück, kurz und gezwungen, aber liebevoll, wie früher: das Kind in ihr, das hier und jetzt aus seiner Kinderwelt gerissen wird. Alice stand auf, ging zu ihr hin und nahm ihre Hände in die eigenen. Die Kinderhände waren kühl und feucht und zitterten, vor Wut und bitterer Enttäuschung.

THOMAS TRANK, ASS APPETITLOS. Er lachte manchmal angestrengt.

Er spürte überdeutlich, dass niemand ihn verstand. Er fühlte Alice' Blicke, wie Giftpfeile. Zu Margaret mochte er nicht hinsehen. Was Gills fühlte, war ihm einerlei.

»Jetzt auf die Zukunft!«, rief er Gills zu und hob sein Glas. »Mein neuer Sohn …!«

Gills nickte artig und hatte nichts begriffen. Dabei war er ein brillanter Kopf, ganz zweifellos. Er nickte, hoffärtig, und das war seine Pflicht, es entsprach der Abmachung zwischen ihnen. Er, Thomas, hatte es sich von ihm in die Hand versprechen lassen, weitsichtig eben, und doch mit Schmerzen im Gemüt. Er hatte ihm gestanden, was passiert war, ihn ins Vertrauen gezogen, an sich gebunden sozusagen mit dem Geständnis jener Peinlichkeit, dass Johan Whisper in *Newgate Prison* umgekommen sei. Ein Unglück eben. Nur gut, dass man das Anwaltsschreiben hatte, von Gills selbst verfasst: dass bei den Verhören in Westminster nichts Ungesetzliches geschehen sei und alles rechtens ohnehin … *et cetera.* Die Weiber werden so was nie verstehen!

Er trank, es schmeckte nicht. Er hasste Alice. Jetzt hasste er sie von ganzem Herzen, für ihre Blicke, für ihre ekelhafte Lauterkeit, mit der sie ihn verfolgte wie der Fuchs den Hahn, der sowieso den Kamm verlieren wird. Er hasste sie und nahm sich vor, sie später, wenn die Gelegenheit sich bot, zu schlagen – und wenn sie ihrerseits, wie schon so oft, die Hand erhob, um sich zu wehren, würde er der Stärkere sein, endgültig, damit sie lernte, dass ein Eheweib den Ehemann zu respektieren hat!

Margaret tat in der Nacht kein Auge zu. Sie wälzte sich umher und hörte immer wieder Thomas' Worte. Sie konnte gar nicht fassen, dass er so grausam zu ihr war. Für Stunden dachte sie daran, davonzulaufen, um sich von allen Zwängen zu befreien und um für immer bei Andrew zu bleiben, egal mit wie vielen Entbehrungen es verbunden wäre. Sie würden sich verstecken und ungesehen aus der Stadt gelangen müssen. Vielleicht nach Osten, wo Schiffe lagen, auf denen man nach Frankreich reisen konnte. Dann sah sie ein, wie töricht die Gedanken waren. Es war nur die Verzweiflung und die bedrückende Ausweglosigkeit.

Noch tiefer in der Nacht versuchte sie sich vorzustellen, dem Willen ihres Vaters zu entsprechen. »Mrs. Margaret Gills«, sagte sie ein paar Mal leise vor sich hin und musste wieder weinen. »Mrs. Margaret Whisper«, setzte sie hinzu, nur um den Klang zu hören, und dachte an das Häuschen aus Zweigen, das Andrew für sie gebaut hatte – für sie beide, für ihr Leben, für ihre Liebe, die aber jetzt verloren war.

Wie sehr auch William Gills ein guter Ehemann sein mochte, er war zu alt und hatte ungepflegte Hände. Es tat ihr weh, sich vorzustellen, mit ihm das Ehebett zu teilen. Ihm würde es gefallen, er würde sie sofort berühren, küssen wollen, das spürte sie, wenn er in ihrer Nähe war. Von Lady Alice wusste sie, dass eine Ehefrau es sich gefallen lassen musste, jederzeit, und dass es die Verpflichtung gab, den Eindruck zu verschaffen, dass jedes *männliche Begehren* rechtens sei. Vor diesen unbekannten Dingen hatte sie die meiste Angst, noch mehr als vor dem Kinderkriegen. Wie sollte sie die Lippen William Gills' küssen, die unter seinem dichten Bart verborgen lagen? Schon der Gedanke daran war so schlimm, dass es ihr fröstelnd durch den Körper lief.

Der Morgen graute, die Spatzen machten Lärm. Margaret stand auf und wusch sich das Gesicht. In Hof und Garten begannen die Mägde mit der Arbeit, als ob nichts Wichtiges geschehen sei. Dabei war nichts mehr wie vorher. Sogar das Sonnenlicht sah anders aus, die Luft roch säuerlich und auch das Rot der Buchen leuchtete mit einem Mal bedrohlich. Sie warf sich eine Decke über und blieb am Fenster sitzen, bis Lady Alice sie zum Frühstück rief.

28. Kapitel,
worin der Teufel in die jugendliche Seele fährt

Ich will, dass du mir was vortanzt, Junge!«

Der Mann blickte ihn so freundlich und vertrauenswürdig an, dass Charles einen Moment lang gar nicht glauben konnte, was er verstanden hatte.

»Tanz mal ein bisschen!«, wiederholte Aron Boggis und verschränkte die Arme vor die Brust.

Er hatte Charles gleich vor der Schule abgefangen. Auch dabei seltsam freundlich. Er könne ihm durchaus vertrauen. Er habe auch ein wenig Geld für ihn, wenn er ihm helfen würde, unten bei den Booten.

Jetzt standen sie in einem Schuppen, der den Fährleuten als Werkstatt diente. Ein Öllicht brannte. Töpfe mit Pech und Farbe standen zu Dutzenden herum. Es roch nach Teer. In den Regalen lagen Raspeln, Hobel, Stecheisen, alles, was man brauchte, um einen altgedienten Schiffsrumpf abzuziehen, zu reinigen und frisch zu streichen.

Die meisten Schiffe waren festgemacht, auch Boggis' Fährboot, das er dem Jungen auf dem Weg hierher nicht ohne Stolz gezeigt hatte. Der Wind war tückisch, und gegen Mittag hatte sich herumgesprochen, dass im Osten, vor Bermondsey, eine Fähre gekentert und sofort gesunken sei. Von den neun Passagieren habe sich nur einer retten können. Nein, dieser Mann, der sich auch Königlicher Brautbeschauer nannte, passte nicht hierher.

»Weißt du nicht, wie man tanzt. Was bist du für ein Kerl?«

Charles wich vor ihm zurück. Er fühlte plötzlich die Gefahr. Er war am Vortag nicht umsonst davongelaufen, nachdem der Mann im Flur der Schule den Brief an Gott wie einen Vogel hatte in den Himmel fliegen lassen.

»Ich kann nicht tanzen, Sir«, sagte Charles leise und horchte auf den Wind, der draußen um den Schuppen strich. »Was sollen wir hier?«

»Och!«, machte Boggis und tat erstaunt. Er stülpte seine nasse Unterlippe vor. »Ein Mann wie du, und kann nicht tanzen!« Er lachte arglos und räumte etwas in den Regalen hin und her.

Charles fühlte die Holzwand in seinem Rücken. Die Tür war auf der anderen Seite. Er hatte sich ganz ungeschickt hier in den Winkel treiben lassen. Jetzt wieder fortzulaufen traute er sich nicht.

Der Mann kam auf ihn zu. Blieb vor ihm stehen und sagte: »Da haben wir sie wieder, ich sehe sie in deinen Augen, die dumme Angst vor mir! Als ob ich dir was antun könnte, Master Summers. Ich denke, wir verstehen uns. Ich fühle nämlich mit dir. Ich kenne dich. Nachdem wir uns vor ein paar Tagen das erste Mal getroffen hatten, hast du gleich zu Gott gebetet. Oder nicht? Du hast gebetet und gewartet, dass er zu dir spricht, du weißt, wie ich das meine. Als du noch ein Kind warst, gar nicht lange her, da konntest du ihn sprechen hören, mit dir. Sag, dass es stimmt!«

»Ja, Sir«, sagte Charles. Ihm wurde kalt.

»Und nun schweigt Gott. Vor ein paar Tagen habe ich dich noch beneidet. Da hat man deine Hoffnung in den Augen lesen können. Das ist vorbei. Für immer.«

»Warum, Sir?«

»Weil du zu alt geworden bist, Charles. Du bist kein Kind mehr, das ist es.« Der Mann schüttelte den Kopf. Er blickte traurig.

Charles wich seinem Blick aus. Es war mühevoll.

»Aber mach dir keine Sorgen, ich zeig dir, wie man tanzt.« Er tat wieder einen Schritt auf Charles zu.

»Nein, bitte nicht, Sir!«

»Du glaubst nicht, wie inbrünstig ich gebetet habe, als ich in deinem Alter war. Dass Gott mich retten soll, dass ich ihn wieder reden hören darf, damit die Einsamkeit nicht länger in mir ist, die ich als Kind nicht kannte. Ich war ein viel zu junger Fährmann damals, noch lange nicht der Königliche Brautbeschauer, ich hatte von der Welt noch nichts gesehen. Ich brachte Menschen von dieser auf die andere Seite unseres Flusses, ohne nachzudenken. Bis ich begriff, dass unser ganzes Leben eine Fährfahrt ist, ein Hin und Her zwischen den Ufern, die uns aus der Ferne aber täuschen und immer wieder glauben machen, dass wir dort, wo wir noch nicht gewesen sind, ein Ziel erreichen können. Die Wahrheit ist, Charles, dass wir einsam und verloren sind, von jedem Augenblick an, in welchem wir dem Bösen unsere Seele öffneten. Du, ich, wir alle sind verloren. Tanz für mich, Junge! Es macht mir eine kleine Freude und dich erleichtert es vielleicht.«

»Ich möchte nicht, Sir.« Charles fühlte, wie die Furcht ihn schüttelte.

Der Mann griff in seine Manteltasche und zog ein Stück Papier hervor.

»Das ist er, Master Summers.«

»Wie bitte, Sir?«

»Dein Abschiedsbrief!«

»Sir, bitte …« Charles' Stimme brach.

»Du weißt genau, was du getan hast.« Der Mann wedelte mit dem beschriebenen Papier. »Warst du schon beichten heute, Master Summers?«

»Nein, Sir.«

»Aber gestern doch.«

»Zur Vesper.«

»Und? Was hast du da gesagt?«

Charles war unsicher, ob er den Mann beschwindeln konnte, so wie er bei der Beichte häufig log.

»Ich weiß nicht mehr.«

»Und früher?«, fragte Boggis. »Willst du mir sagen, dass du dich an keine Beichte mehr erinnern kannst?«

»Ich …«

»Ja?«

Charles spürte, wie sich eine unsichtbare Schlinge zuzog, wie der Boden brannte, den zu betreten ihn der Mann jetzt drängte.

»Erinnere dich!«

»Ich kann nicht, Sir.«

»Du kannst!«

»Woran denn?«

»An eine ganz bestimmte Beichte. Du weißt genau, von welcher hier die Rede ist.«

»Sie meinen …?«

»Ja, ich meine!«, rief der Mann.

»Nein, Sir.«

»Doch, Master Summers! Aber ja! Und ob! Ich denke, es wird kein Jahr vergangen sein, seit es zum ersten Mal geschehen ist.«

»Bitte nein, Sir!«

Charles hatte den Blick gesenkt, er wagte nicht, den Fremden anzusehen.

»Soll ich es dir erklären, Charles? Willst du wissen, was an diesem unheilvollen Tag geschehen ist?«

Der Junge reagierte nicht.

»Sieh mich gefälligst an, wenn ich mit dir rede! Ich werde langsam wütend!« Der Mann hatte plötzlich einen harten

Mund. Blitzschnell fasste er Charles an der Schulter und stieß ihn gegen einen Schrank. Töpfe und Schachteln klapperten.

»Na?«

»Verzeihung, Sir!«

»Schon besser.«

Charles fühlte, wie seine Knie knickten. Er rutschte zwischen Schrank und Wand zu Boden. Der Mann stand über ihm.

»Der Teufel kennt die Menschen, wenn sie noch Kinder sind und unerfahren. Er muss gar nichts tun als warten. Die Kinder werden älter und berühren sich, ein allererstes Mal, dann wiederholt es sich. Wie oft hast du versucht, dich zu beherrschen, Charles, es nicht zu tun, auf die süße Wonne zu verzichten? Hast du es je geschafft? Nein. Denn Satan ist in dir und lenkt dich und alles, was du fühlst. Du bist verloren, Junge. Von jenem Augenblick an warst du sein Sklave und wirst es bleiben bis zum letzten Atemzug. Du tust es immer wieder, weil er es will. Die Ohnmacht und Verzückung nutzt der Böse aus. Dein Wille ist gebrochen und niemand rettet dich. Das ist der Grund, warum du fiebernd betest und Gott dich nicht mehr hören kann. Er schweigt für immer, Charles, seit jenem ersten Morgen, als du das erste Mal dein Fleisch berührt hast.«

Boggis trat zurück. Charles saß krumm da, der Kopf tat weh, die Zunge blutete.

»Jetzt tanzt du aber«, sagte Boggis. »Es kann dich vielleicht läutern.«

Charles starrte ihn nur reglos an. Von draußen drangen Stimmen in den Schuppen. Jemand schlug mit der Faust gegen die Tür, die innen fest verriegelt war. Boggis streckte eine Hand vor, sein Finger berührte Charles' Nase. »Ein Wort nur, Junge, und du bist mausetot!«

Er trat das offene Öllicht aus.

»Ist jemand drinnen?«

Zwei Männer sprachen miteinander. Man verstand nicht jedes Wort.

»Leonard, wenn du da bist, mach auf, ich brauche meine Eisennägel!«

»Wir schweigen!«, befahl Boggis. Charles schwieg um sein Leben.

»Es ist dringend, Leonard!«, schrie der Mann von draußen durch das Holz. Dann war es still. Charles hörte Schritte, sie kamen näher.

»Tu einfach gar nichts!«, flüsterte Boggis unsichtbar.

Dann krachte es, Holz splitterte und eine Fackel erleuchtete den Raum.

Im selben Augenblick flog Boggis schon nach vorn. Die beiden Männer standen da, unschlüssig für den Augenblick. Der erste Schlag traf, jemand schrie. Die Fackel flog nach draußen auf das Pflaster. Die Männer schlugen sich. Charles kroch am Boden auf den Kampf zu. Jetzt stürzten alle drei. Charles nutzte die Gelegenheit und drückte sich vorbei, klaubte die Fackel auf und rannte los. Der Lärm schwoll plötzlich an und schien ihn zu verfolgen. Er schaute nicht zurück und flüchtete, bis seine Lungen brannten. Dann war es still. Charles ließ sich fallen. Die Fackel hatte ihm die Hand verbrannt. Er fühlte keine Schmerzen. Leute standen in der Nähe, sie wagten sich nicht näher heran. Bis Charles um Hilfe rief.

29. Kapitel,
in welchem sich ein Vogelfreier schutzlos umtreibt

Die Hackneystute litt an Dämpfigkeit. Sie schnaufte schwer beim Gehen. Andrew tätschelte den Pferdehals. Er ritt sie nicht, er lief nebenher, während sie nach Westen gingen, vorbei an den Bunhill Fields, bis kurz vor Islington, wo eine verlassene Mühle stand, das Wohnhaus gut versteckt inmitten hoher, weiter Weiden- und Holundersträucher. Für Mörder wie gemacht!

Das Wort wollte nicht aus seinem Sinn. Er fühlte immer noch das Blut an seiner Hand, obwohl er sie bereits zweimal in einem Bach gewaschen hatte. Es klebte wie die Schuld. Obwohl er sich aus Zorn und Not gewehrt hatte, ganz ohne nachzudenken. Ein paar Mal hatte Clifford noch gestöhnt, dann war der Lehrer stumm geblieben, und Andrew war davongerannt, Hals über Kopf, von Angst getrieben, blind in die Dunkelheit, als er mit einem Mal, weit hinter sich, das Schnauben hörte. Er war zurückgelaufen, hatte Cliffords Pferd beruhigt und mitgenommen.

Im Osten kroch das erste Licht herauf. Er betrat die verlassene Mühle, band die Stute an und legte sich ins trockene Gras. Er schlief kurz ein und wurde wach, als schon das erste graue Licht hereinschien.

Wieder übergab er sich und wollte gar nicht glauben, was geschehen war. Er weinte, fühlte sich so hilflos wie noch nie. Wohin sollte er sich wenden? Wem konnte er vertrauen? Er war verloren, so gut wie tot, außerhalb der Stadt, im Elend. Er betete. Herrgott, jetzt, wo ich ein Mörder bin, wirst du mir deine Gnade nicht mehr schenken. Aber ich bin ich! Verzeihe mir! Ich habe mich verloren … Er grub die Hände in den Lehm, rieb ihn sich kräftig ins Gesicht, bis in das Haar. Er fand Ruß und schwärzte sich die Hose, die Jacke, bis er kaum mehr zu erkennen war. Er steckte Zweige in die Mütze, Blätter, Gras und Moos, bis er ein Waldgeist war, ein wilder Mann, vor dem die Kinder schreiend flüchten würden.

Er warf dem Pferd die Decke über, stieg auf und schnalzte. Die Stute hob den Kopf.

Der Himmel wurde heller, tiefe Wolken jagten hin. In der Ferne duckten sich die Dächer von Islington, er sah dort Bauern in die Felder gehen, sie blickten her, deuteten auf ihn und redeten. Er kehrte ängstlich um und ritt in Richtung Stadt zurück, um die verbleibende Zeit zu nutzen, bis man den Lehrer tot am Waldrand finden und die Hunde sammeln würde. Wenn er es schaffte, in die Stadt zu kommen, hatte er die Chance, die alten Klostermauern von Whitefrairs, St. Martin's le Grand oder ein anderes Asylum zu erreichen, wo Mörder, Huren, Diebe sich von alters her der städtischen Gerichtsbarkeit entziehen konnten.

Das Aldersgate war frühmorgens außen unbewacht. Am inneren Tor dösten ein paar Söldner. Eine Ziegenherde zwängte sich mit Lärm und Dreck nach draußen. Die Hunde kläfften, die Hirten schrien. Andrew stieg vom Pferd und wartete im Schatten einer Hecke, unsicher, wie er sich verhalten sollte. Als das Tor frei war, ging er näher heran.

In den Tollkisten und Irrenhäuschen, die außen an der Stadtmauer standen, war schon Trubel. Hier lebten die Verrückten, Narren, Schwermütigen, teils mit langen Lederriemen festgebunden, teils hinter Gittertüren, winkend, johlend, singend. Auch in den Mauertürmen wohnten Irrgewordene, Tanzsüchtige, Werwölfe, lagen nackt auf Stroh. Sobald sie

Andrew sahen, so wie er sich mit Laub und Lehm verunziert hatte, schrien und pfiffen sie ihm zu und spuckten um sich.

Er ging weiter auf das Tor zu, hielt die Stute an und zögerte, schritt weiter, bis ein Soldat herauskam. Andrew grüßte und bemühte sich, seine Stimme tief und männlich klingen zu lassen. Der trockene Lehm juckte im Gesicht und in den Haaren.

Der Soldat betrachtete die Stute. »Sie scheint nicht sonderlich gesund, und du siehst aus, als kämst du aus der Hölle.«

»Aus Oxford.« Andrew blickte müde. »In der Nacht hat es das schlimmste Unwetter gegeben, das ich je erleben musste. Hat es noch kein anderer erzählt, der aus der Gegend kam?«

»Du bist der Erste heute Morgen.«

»Die Stute ist erkältet und hat mich abgeworfen.«

»Beruf?«, fragte der Mann.

»Buntmachergeselle aus Tewkesbury, das Pferd gehört der Meisterin. Übermorgen reite ich zurück. Ich habe eine Nachricht für John Hall, Kürschnermeister in Water Mark.«

Der Torwärter strich den Pferdehals. »Bloß nicht zu viel Hafer, wenn sie schon so röchelt. Ein bisschen Schlempe oder ein paar Früchte …«

Der Mann wies Andrew den Weg durchs Tor, gab seinen Kumpels Zeichen, ihn in die Stadt zu lassen.

Andrew ging in die Foster Lane, passierte St. Paul's und gelangte durch dunkle Nebengassen bis zum Fluss, wo er sich wusch. Dann brachte er die Stute nach Steelyard, wo Charles Summers' Oheim mütterlicherseits eine Schmiede hatte.

Der Onkel kannte ihn. Andrew schwindelte, dass es die kranke Stute eines Lehrers sei, der auf seinem Weg nach Ealing nach einem bösen Sturz bei einem Arzt in Whitehall liege. Charles sei bei ihm, um andere Dinge zu erledigen, während er, Andrew, gebeten worden sei, das Pferd zurückzubringen, den weiten Weg bis Deptford. Hier, kurz vor der Schmiede, hätte sich die Dämpfigkeit der Stute eingestellt.

Der Onkel glaubte Andrew. Er ließ das Pferd in seinem Stall versorgen und gab Andrew den Schlüssel zu einer abgelegenen Kammer, um sich dort auszuruhen.

NACH DEM ERWACHEN schlich er sich aus der Schmiede, ging zum *New Inn*, legte Vogelfedern in gewisse Astgabeln und Steine in Mauerlöcher am Konvikt. Es war eine alte und bewährte Zeichensprache, die sie als Kinder schon verwendet hatten, um sich wortlos zu verständigen.

Es war schon über Mittag. Andrew hatte sich entschlossen, das Haus des Kutschers Dickens aufzusuchen, um Dick, den Jungen, abzupassen. Von ihm hoffte er etwas über Margaret zu erfahren. Außerdem bestand die Möglichkeit, sich in der Nähe der Stadtmauer zu verstecken, dort, wo ein enges Durcheinander alter Ställe, ungenutzter Gärten und Ruinen lag.

Er ging durch Threadneedle Street und St. Mary Axe bis an den inneren Mauergraben, wo er sich auf die Lauer legte. Er sah Dickens schiefes Haus, die Hundemeute jaulte – und gar nicht lange, da kam der Bengel durch den Garten auf die Straße. Andrew pfiff ihn her, gab ihm einen Penny und erfuhr brühwarm die Verlobungsneuigkeiten aus dem Hause Morland.

Wut stieg in ihm hoch. Vor dem Jungen ließ er sich nichts anmerken und gab ihm einen Zettel mit ein paar hastig hingeworfenen Worten.

»Versuche bitte, in das Haus zu kommen! Gib den Brief der Dame, Lady Alice, und sage meinen Namen, Andrew Whisper.«

Der Junge rannte los. Andrew schlich zu den Ruinen an der Mauer und versteckte sich.

Nach einer Weile sah er Gregor, wie er von gegenüber spähte. Andrew machte sich bemerkbar. Gregor keuchte aufgeregt, begrüßte ihn. Andrew erzählte eilig, was passiert war, von seiner Flucht und wo sich Cliffords Pferd befand. Gregor seinerseits berichtete, dass Rektor Furges mit dem Pedell nach Clifford suche, man sei schon bis in die Keller des *New Inn* vorgedrungen.

»Und noch was. Charles hat mir gebeichtet, dass mein Patenonkel ihn verfolgt. Er glaubt, er will ihn töten«

Andrew hörte nur halb hin.

»Du musst mir helfen, Greg«, bat er, »und ein paar Decken bringen, etwas, mit dem ich mich verkleiden kann, und was zu essen. Hierher an die Mauer ins Versteck. Ich komme nicht mehr in die Schule. Ich bin als Mörder vogelfrei. Ich hätte Cliffords Gaul dort stehen lassen sollen! Aber ich konnte gar nicht denken. Mit einem Schwert … den Hund … im Dunkeln! Er hätte mich genauso totgeschlagen …!«

Gregor versprach zu helfen und schlich sich weg.

30. Kapitel,
worin ein schlecht' Gewissen phantasiert

Lady Alice legte den fleckigen, zerknüllten Zettel vor Morland auf den Tisch des großen Zimmers. Morland rechnete und schrieb.

»Was ist das?«, fragte er.

»Eine Nachricht von diesem Jungen an deine Tochter. Er liebt sie.«

Morland griff danach und warf den Fetzen auf den Boden.

»Wie kommt das in mein Haus? Ich werde ihn …«

»Was?«, fragte sie schnippisch. »Willst du ihn auch wegverloben, stummverloben, aus dem Wege zaubern mit einem süßlich klingenden Verlobungsspruch?«

»Werd nicht frech, Weib!«, fauchte er sie an.

»So frech wie nötig, Morland«, erwiderte sie.

Sie war ein Stück vor ihm zurückgewichen. Sie wusste, dass er in seinem Jähzorn unerwartet losschlug, rücksichtslos, mit Fäusten manchmal. Seit sie einmal zurückgeschlagen hatte, ihm ins Gesicht, war er besonnener geworden, nicht weniger wütend, aber zögerlich.

»Du zerrst an deinen Rechten, Frau. Bis sie einmal reißen.«

»Du sperrst dein Kind im Turm ein und denkst, damit ist das Problem gelöst. Du verkuppelst sie und glaubst, damit ist ihre Schwangerschaft von Gott gesegnet.«

»Tu ich nicht!«, rief er wütend. »Ich bin genauso besorgt wie du.«

»Wenn es so wäre, hättest du sie längst gefragt, was wirklich vorgefallen ist. Du bist zu feige.«

»Sieh dich vor, du alte Henne!«

»Du hast Angst vor Andrew Whisper, vor einem Knaben. Du hast ein quälendes Gewissen. Es steht so sehr in dein Gesicht geschrieben!«

»Halt's Maul! Misch dich nicht immer ein! Sie ist nicht deine Tochter!«

»Ach ja! Was hast du angestellt, Morland? Irgendwas ist schief gelaufen in deiner Politik. Ich kann es riechen.«

»Du stinkst, alte Füchsin!«, schrie er.

»Und du zeigst bloß, dass ich Recht habe, holder Ehemann!« Sie ging zur Zimmertür und öffnete. »Soll ich gehen oder bleiben? Wenn ich gehe, bist du mit deinem Scherbenhaufen ganz alleine, mit deiner Schuld. Wie steht's? Lebt er nicht mehr, der arme Mann, der Vater dieses Schülers? Du kannst mit mir reden, deine Seele erleichtern. Wenn du willst. Entscheide dich!«

»Ich hasse dich, du Kuh!« Er schlug mit beiden Händen auf den Tisch. »Ich kann dir gar nicht sagen, wie!«

»Du traust mir nicht.«

»Bei Gott, nein.«

»Ich will dir was verraten: Margaret, deine Tochter, ist nicht schwanger.«

Er gaffte.

»Ich weiß, wie eine Schwangere ausschaut, wie ihre Augen sind, wie ihre Haut sich anfühlt. Margaret ist nicht schwanger. Die beiden haben sich vielleicht geküsst, und sie denkt gleich, es sei die schlimmste Sünde.« Sie lachte trocken. »Klapp dein Maul zu, Morland! Sie ist nicht schwanger. Ich frage sie, wenn du mich zu ihr lässt.«

»Und wenn sie lügt?«

»Was bist du für ein Vater, dass du dein eigenes Kind so wenig kennst?«

»Dieser Andrew Whisper wird gesucht, er hat seinen Lehrer überfallen! ... Der Mann ist beinah tot!«

Alice winkte ab. »Darf ich nach oben gehen oder nicht?«

»In Gottes Namen …« Am liebsten wäre er jetzt aufgesprungen und hätte Bücher, Töpfe, Stühle, alles an die Wand geschlagen. Stattdessen saß er hier und machte heimlich Fäuste.

»Ich jedenfalls schäme mich vor ihr«, erklärte sie. »Für dich.«

»Schweig still!«

»Ich will nur«, rief sie zurück, »dass du begreifst, was du ihr antust. Geh selbst hinauf und frage sie! Dann geh zu William und sage ihm, er soll sich eine andere Frau aussuchen, eine, die besser zu ihm passt.«

»Bist du verrückt geworden?«

»Ja.« Sie nickte ernst. »Nur um zu verstehen, was in deinem Herzen vorgeht und in deinem Kopf.«

»Schluss! Stille jetzt!« Er war krebsrot geworden. »Was denkst du, wer du bist, dass du mit deinem Ehemann …«

Sie lächelte, ohne ihn anzusehen. Es wäre zu gefährlich, sie kannte ihn. »Rühr mich nur einmal an, Morland, einmal noch, und ich wehre mich mit einem Messer. Ich schwöre es beim Leben meiner Mutter.«

Er pustete verächtlich und nahm sich erneut vor, sie bei der nächsten Gelegenheit zu schlagen.

»Ich prophezeie dir, dein Kind wird unglücklich, sie wird sich aus Verzweiflung selber töten, wie diese armen Schüler. Ob einer Gott verliert oder die Liebe, ist kein Unterschied.«

»Du redest Weiberzeug!« Er ahnte längst, dass sie die Wahrheit sagte, und wurde umso zorniger. »Du machst mich zum Gespött der Leute. Bin ich ihr Vater oder nicht?«

»Als sei es deine Pflicht, sie heute zu verloben!«

»Geh in deine Küche!«, befahl er heiser. »Ich gehe selbst nach oben und werde mit ihr sprechen. Soll ich sie mit einem

Totschläger vermählen, bloß damit's den Weibern in den Kram passt, für die Liebe und die Sehnsucht?« Er stand auf.

»Also gehst du hoch?«, fragte Alice. Sie war verwundert. »Ich ehre dich.«

»Nicht nötig, Frau.« Er ging an ihr vorbei. Im Augenwinkel sah er, dass sie ihn betrachtete. Er blickte weg, schritt schnell durch die Tür in Richtung Treppe.

DIE WENDELTREPPE HOCHZUSTEIGEN fiel ihm ungewöhnlich schwer. Oben angelangt schmerzte die Brust beim Atmen. Er horchte, drinnen war es mäuschenstill. Er hatte keine Ahnung, was er Megge sagen wollte. Er hatte Angst vor ihr – so weit hatte Alice ihn gebracht mit dem Gerede! Er klopfte.

»Margaret, Kind! Darf ich hereinkommen? Wie geht es dir? Versorgen sie dich richtig? Bringt die Magd dir alles, was du brauchst? Bist du gesund?« Er klopfte wieder, lauschte angespannt.

»Antworte, Megge! Sieh doch ein, dass es nur Vatersorge ist, wenn ich dich zu etwas zwinge. Jeder Vater muss dies tun, überall, wo Menschen sind. Wo kämen wir denn hin? Denke bitte nicht, du seiest mir nichts wert, was glaubst du denn? Gills ist ein braver Anwalt, er hat dich freiwillig erwählt und kann eine Familie dem Stande nach ernähren. Das ist das Wesentliche. Die Liebe ist bloß ein Gefühl, das niemand essen kann.«

Er wartete nervös. Er hörte nichts. Er hatte ja das Recht, die Tür auch ohne Klopfen aufzumachen. Er tat es nicht. Er stand nur da und ließ die Arme hängen.

»Tochter Margaret! Deine Stiefmutter ist der Meinung, ich müsse mich bei dir entschuldigen, das ist lächerlich. Der Kerl hat dich verführt, nicht wahr? Das ist doch keine Liebe! Du hast selbst gehört, dass man ihn mit Waffen und Soldaten sucht, schon in der ganzen Stadt. Sein Lehrer liegt mehr tot als lebend im Hospital, der Bürgermeister, alle Oberen sind außer sich und wollen die ganze Schule räumen und durchsuchen lassen. Recht haben sie: das Übel an der Wurzel packen! Hörst du, was ich sage?« Jetzt schlug er mit der Faust aufs Türblatt.

»Was ist denn überhaupt passiert?«, fuhr er süßlich fort. »Diese Unglücksfälle mit den Schülern, und du hast dich verliebt! Zwei Inseln in einem Ozean, so weit entfernt und unverbunden wie nur denkbar. Und plötzlich gibt es doch eine Brücke, dieser Junge, Megge. Er hat uns unseren Frieden weggerissen. Und da soll ich mir keine Sorgen machen? Wenn du jetzt öffnest, kannst du sehen, dass dein Vater weint … Wie gering soll ich mich machen, damit du es verstehst? Sag mir, was ich tun soll, ich tue es! Aber dieser Whisper ist verloren. Er hat es selber eingefädelt, er ist sein eigenes Verderben. Sag etwas, sprich mit mir! Zeige, dass ich nicht zum toten Türholz rede! … Megge, meine Tochter!« Er schnappte Luft, hustete, spuckte aus und setzte sich. Der Stein war kalt. Thomas kühlte seine Hände, legte sie auf seine Wangen.

»Megge …?«

Hinter der Tür war Stille. Er spürte, dass er nur noch ruheloser wurde. Jetzt tat ihm alles Leid. Er überlegte, ob er ihr gestehen sollte, dass er schwere Mitschuld am Tode Johan Whispers trug. Aber Megge würde es ihm sicher nie verzeihen, nicht diese Sünde! Obwohl: Er weinte wirklich, er wischte sich das glühende Gesicht und lauschte wieder. Etwas klang von unten herauf. Es waren Schritte, die er plötzlich deutlich hören konnte.

»Lieber Vater!« Margaret kam verwundert um die Wendelbiegung hoch. »Ich freue mich sehr, dass Sie mich besuchen wollen.«

»Wo warst du denn?«

»Ich brauchte Wasser.« Sie hatte eine große Kanne in der Hand.

Thomas wischte sich die Augen. Er schüttelte den Kopf, stieß die Tür auf und trat ein. Margaret folgte ihm. Sie stellte die Kanne unter dem Fenster auf den Boden, wo das kleine Becken stand, in welchem sie sich morgens wusch.

»Geht es Ihnen gut, Vater?«

»Herrgott ja, doch …«

Ihr Blick verfolgte ihn.

»Weißt du, ich habe Angst, dass ich zu hart war. Aber es gibt im Leben Zwänge, Margaret, denen wir nicht aus dem Weg gehen können.«

»Ich bemühe mich sehr, Sie zu verstehen, lieber Vater. Ich will mich herzlich ändern, wenn es nur immer einzusehen wäre.«

Ich bin der Kindskopf, Megge!, wollte er ihr sagen. Ein alter, dummer Narr, der längst vergessen hat, was Liebe ist. Verzeih mir bitte! – Er sagte nichts, blickte sich um und spielte blöde mit den Händen.

Dann nach einer Weile: »William Gills ist ein guter Mann, du wirst es sehen.«

»Ich weiß es, Vater.« Sie goss etwas Wasser in das Becken.

Ihr Schweigen war das Schlimmste. »Sag doch was!«

Sie blickte hoch. »Ich möchte eine gute Tochter sein. Aber es fällt mir schwer. Ich liebe die Gerechtigkeit.«

»Wer tut das nicht?« Er sah sie an. »Jetzt denkst du, dass ich sagen werde, dass deine Liebe zu dem Jungen keine Liebe sei, dass du zu jung seiest, um zu wissen …«

»Nein«, unterbrach sie ihn.

Er ließ es sich gefallen. »Die Zwänge, Margaret …«

»Du musst nicht weiterreden, Vater. Ich habe dich verstanden.«

Er ging zur Tür. Er hoffte, sie würde ihn zu bleiben bitten. Aber sie sah ihn nur kurz an und lächelte verlegen.

»Ich wollte …«, stammelte er.

»Ja?«

»Ich freue mich, dass du meine Wünsche respektierst.«

»Sie sind mein Vater«, sagte Margaret.

Er nickte. »Ich bin auch stolz, dass du so stark bist, dass du die Kraft besitzt, für diesen jungen Mann zu kämpfen. Und dennoch …« Er sah sie an, erschreckt. Von sich enttäuscht. Er nickte wieder nur. Die Worte fehlten ihm. Ihm, der dem König mit den besten Worten diente!

»Verzeih mir!«, sagte er und flüchtete zur Tür.

31. Kapitel, worin ein Kampf vor dem Beginn verloren ist

Natürlich war der Plan verrückt und vielleicht aussichtslos. Andrew sah die Risiken, aber er sah auch seinen Vater im Gefängnis und dass er selber keine Wahl mehr hatte. Gregor hatte ihm noch in der Nacht Dekken, Wasser, verschiedene Kleidungsstücke, Brot und ein paar andere wichtige Sachen gebracht. Er war bei ihm im Versteck geblieben. Es war fast unerträglich kalt geworden. Sie hatten kaum geschlafen und Andrew hatte noch einmal jeden Einzelschritt des Plans durchdacht.

Im Dunkeln noch war er die Straße abgegangen, wo es nachher geschehen würde, hatte sich jeden Strauch, jede Mauerecke, jede Haustür eingeprägt, um zu wissen, wie er sich bewegen musste, wenn es so weit war, um unentdeckt zu bleiben. Auch das Versteck war hergerichtet. Lederriemen und Tücher lagen schon bereit, etwas angespitzte Kohle und ein Blatt Papier zum Schreiben, außerdem ein Stück Rattenhaut, sorgfältig vom Fell befreit, zurechtgeschnitten und noch blutfeucht, fest in Blätter eingewickelt. Es sah auf den ersten Blick tatsächlich aus wie Menschenhaut!

Der Morgen graute. Die Kälte und der raue Wind machten die beiden Freunde stumm. Schließlich klaubte Andrew die Sachen zusammen, die sie brauchen würden. Sie schlichen weg, den kurzen Weg zur Straße, wo es geschehen würde. Dort gingen sie in Deckung.

Andrew fühlte sich zerschlagen, müde, schlecht wie nie. Er zitterte am ganzen Leib. Er dachte an den Hund und fühlte seine Wut neu kochen. Dennoch bohrte Angst in ihm. Es war, als liefen sie in eine Falle, wissentlich. Sie waren schon gefangen, bevor man sie gefangen nahm! Er dachte an Margaret und biss sich auf die Lippe, um die Tränen wegzudrängen. Er rieb die kalten Hände, fühlte an seinem Gürtel, wo die Riemen hingen, das Messer steckte, der Knebel saß, alles griffbereit. Er schwitzte kalt. Nun wurde er zum Verbrecher, er war es längst; allein der Plan war wie ein Urteil. Er spähte. Die Straßen waren noch leer. Jemand Vermummtes verließ irgendwo ein Haus, schüttete einen Eimer Dreck aus, verscheuchte ein paar Hunde und ließ für den Morgen Hühner auf die Gasse.

Gregor zitterte. Andrew stieß ihn an.

»Als Kind habe ich mit den Augen geblinkt, und was ich gerade sah, war wie ein Gemälde fest in meinem Kopf. Ich kann die Bilder heute noch erinnern, jede Einzelheit.«

»An was du jetzt denken kannst«, staunte Greg. »Mir ist bloß schlecht.«

»Ich sehe meine Mutter«, erzählte Andrew weiter. »Ich war neun oder zehn Jahre alt, als sie starb. Sie hatte schöne, hohe Wangenknochen und roch so gut. Die Hände waren weich, das Haar so lang, dass sie damit ein riesiges Nest bauen konnte. Mein Vater hat nie mehr gelacht, nachdem sie tot war.«

Er fühlte sich, als richtete ein unsichtbarer Schütze seinen Pfeil auf ihn; er wusste nicht, von wo und wann er schießen würde. Im Grunde war er schon getroffen. Was, wenn es doch Wächter in der Nähe gab? Was, wenn dieser Anwalt sich mit Kräften wehrte, wenn er bewaffnet war? Die Müdigkeit betäubte alle Glieder. Es dauerte und dauerte. Die Zeit kroch hin, zäh, schneckenähnlich, klebte fest wie Pech.

Der Himmel wurde bleich. Drüben in der Gasse wurden Türen aufgemacht, die Leute lugten um die Ecken. Ein Esel graste in der Nähe, dann kamen Schafe, Schweine. Ein Mann schob eine Karre, die Räder quietschten laut. Kinder rannten durch die Straße, stolperten und schrien, jagten dicht vorüber, weiter in die nächste Gasse und verschwanden.

Dann überschlug sich alles. Ein Reiter kam die Straße hoch. Es war der Anwalt, Gills, mit Schärpe und Barett. Gerichtsornat. Und da: Er trug einen Degen an der Seite! Gregor schob Andrew vor: »Jetzt musst du …!«

Andrew sprang aus der Deckung und lief los. Der Mann sah ihn kommen, das Pferd scheute und stand auf. Noch bevor Andrew ihn erreichen konnte, stürzte Gills hintenüber auf den Boden. Er starrte einen Augenblick. Dann fuhr er hoch, stand schon in ganzer Größe da und zog den Degen! Andrew rannte auf ihn zu, war schnell genug und fiel ihm in die Arme. Sie stürzten hin.

Der Anwalt lag am Boden, ganz benommen, der Degen ein Stück weiter. Gregor holte ihn. Andrew hatte seinen Fuß auf Gills' Arm gestellt, der Mann verzerrte das Gesicht vor Schmerz. Gregor zog die Riemen aus Andrews Hosenbund, legte Gills' Hände aneinander und band sie fest.

»Schnell weg hier!«

Andrew presste dem Überwältigten den Knebel in den Mund. Der kam jetzt zu sich, riss die Augen auf und trat ins Leere. Er ergab sich. Andrew nahm seinen Arm und half ihm auf die Beine.

Er zog ihn weg, er blickte um sich. Das Pferd stand in der Nähe. Andrew zerrte Gills weiter, schnell, bloß schnell, die leere Gasse hoch, er sah die hohe Mauer und die Büsche des Verstecks. Er trieb ihn zischend an. Gregor kam hinterher. Sie hechelten erschöpft. Gills stolperte und fing sich wieder. Andrew stützte ihn mit letzter Kraft. Sie erreichten das Versteck. Niemand, so schien es, hatte sie gesehen.

Gregor goss Wasser in einen Krug und ließ Gills trinken. Der Anwalt hatte Tränen im Gesicht.

»Also der Herr Bräutigam!«, rief Andrew.

Gills summte seltsam, leise, fast selbstvergessen wie ein Kind.

»Das hier ist keine Rache, Sir«, erklärte Andrew heiser. »Es geht nicht um Margaret, es geht um meinen Vater. Er soll leben. Ich will, dass man ihn freilässt. Wir werden Sir Thomas Morland drohen, Sie zu töten.«

Gills schnaufte nur erschöpft. Andrew band einen weiteren Lederriemen an Gills' linkem Fuß fest, das andere Ende knotete er an einen Wandring des Gemäuers.

»Ihr wisst nicht, was ihr tut«, sagte Gills leise.

»Ich rette meinen Vater, Sir, mit Ihrer werten Hilfe«, antwortete Andrew.

»Du rettest niemand mehr, mein Junge.«

Andrew las in Gills' Augen. Eine Zeit verging.

»Weil er schon tot ist …?«

»Ja.«

Andrew schüttelte den Kopf. Er tat, als ließe sich die Welt verdrehen, wie er wollte. Er wusste, dass es dummes Zeug war. Er spielte es. Es tat zu weh, daran zu denken, wie der Vater vermutlich umgekommen war …

»Nein, Sir«, sagte er nach einer Weile. »Das will ich nicht.«

»Was willst du nicht?«

»Sie müssen lügen, Sir. Oder Sie träumen eben oder Sie werden sterben müssen … wie mein tapferer Vater.«

32. Kapitel,
in welchem alle Macht gespensterhaft verloren geht

Thomas spürte Übelkeit, ging in die Küche und setzte sich ans Fenster. Die Mägde flüchteten sofort. Er fuhr sie an zurückzukommen, ließ sich von ihnen Milch und Brot zum Tisch hinbringen. Es schmeckte nicht, es war, als äße er Papier. Sein Magen krampfte, es war die Schuld, er wusste es.

Die Tür ging auf und Lady Alice kam herein, gebeugt und dennoch stolz, wie immer. Mit blauer Wange, Blut im Haar und an der Schläfe. Es sah schlimm aus. Er schaute weg, blickte stur nach draußen in den Hof. Alice musste gar nichts sagen, so war es jedes Mal. Es reichte, dass sie da war.

Und wie sie da war! Dieser Stolz!

Wie sehr er diesen unbeugsamen Willen hasste, mit dem sie lautlos ihre Rache nahm! Mit dem sie ihn jetzt angriff, gespensterhaft, mit bösen Blicken, Bewegungen, die niemand sah, nur er. Mit denen sie die Scham aus seiner Seele lockte, das war das Schrecklichste, das war am schwersten zu ertragen. Sie tat es wissentlich. Und es war umgekehrt: Sie ertrug die Schmerzen seiner Prügel, triumphierend, nur um der Rache willen – das war das abgrundtief Verwerfliche an ihr! Diese Frau war grausam, unmoralisch, voller Tücken.

Alice ging zur Esse, blies das Feuer an und hängte einen Kessel Wasser an den Haken. Thomas war für sie unsichtbar. Er spähte zu ihr hin und überlegte, was er sagen sollte, ob er etwas sagen sollte. Damit die schwere Stille brach. Er sagte nichts, er war genauso stolz. Er stellte seinen Männerstolz gegen ihren Weiberstolz, das linderte die Wut ein wenig.

Sie schnitt Gemüse, Zwiebeln, Rüben, Lauch. Sie stand seitlich zu ihm und tat, als sei er Luft. Er hustete, schnäuzte sich, er spuckte aus, er gähnte halb versteckt. Er war kurz davor, den Tisch zu nehmen und schreiend vor die Wand zu schmeißen. Und sie wusste es natürlich. Sie wusste, wie er kochte, der Kopf tat ihm schon weh, die Brust, die Ohren, alles.

In einer Schale, drüben auf dem Fenstertisch und noch in Tuch gewickelt, lag ein abgebrühtes Rebhuhn. Sie nahm es, bewarf es schön mit teurem Pfeffer, etwas Thymian, zerstoßenem Lorbeerblatt und Salz. Es war sein Lieblingsessen. Damit zielte sie auf ihn.

»Setz dich!«, befahl er.

Sie reagierte nicht und schwieg beharrlich. Sie drehte das Geflügel, zupfte ein paar letzte Federn aus der grauen Haut, schnitt Speck und steckte ihn mit spitzen Holznadeln auf dem Geflügel fest. Sie kochte jetzt für ihn, den Ehemann, und wusste, dass ihm übel war und dass er von dem schönen Essen nicht einen Bissen würde zu sich nehmen können. Das war ihr stiller, unsichtbarer Krieg!

»Ja, Herrgott, ja!«, rief er plötzlich. »Ich weiß, dass ich es nicht ungeschehen machen kann. Und Margaret, meine Tochter, steht an deiner Seite. Überhaupt alle sind deine Partei, nicht meine, die ganze Welt, das ist mir klar.« Er schlug auf den Tisch. Alice zuckte zusammen.

»Trotzdem erwarte ich … verlange ich, dass jeder hier in diesem meinen Haus das nötige Maß Demut zeigt, also auch Vergebung leistet und Verständnis hat für die Belastung, die ich täglich tragen muss, das Gewicht des Amtes, das mir das Herz einschnürt. Was wisst ihr schon in eurer Küche von der Qual, dem König Tag für Tag gefällig sein zu müssen. Wenn ihr wüsstet, welche Ängste einen jagen!«

Alice lachte. Er sah es nur im Augenwinkel und es war lautlos, kurz gewesen, aber er hatte es genau gesehen: Sie lachte – über ihn! Am liebsten wäre er jetzt aufgesprungen und hätte sie erneut geprügelt. Er zwang sich, ruhig zu bleiben.

»Ja, lach nur!«, sagte er leise. »Ich weiß schon, ich bin ungerecht, ein schlechter Ehemann. Geh! Lauf auf die Gasse, in die Stadt, damit es alle wissen: Thomas Morland ist ein alter Esel, dass er seine Frau ernährt, dass er seine Kinder liebt und fördert, dass er sein Haus vor Not und Hunger schützt ...«

Sie lachte wieder leise. Es tat ihm weh. Aber sie hatte Recht: Er hatte sie geschlagen, jetzt schlug sie ihn – schlimmer, als er sie je mit Händen hätte schlagen können. Er ließ Zeit verstreichen, zwang sich, nicht aus der Küche fortzulaufen, diesen stummen, scharfen, blöden Weiberhass zu dulden, der auf ihn niederfuhr.

Alice mischte Quittensaft mit Zimt, Nelken, Ingwer und Muskat, tat Zucker dazu, kandierte Zitronenscheiben und gab es an das Rebhuhn. Es duftete.

»Es tut mir Leid«, sagte er halblaut. Nun stand er doch auf und ging zur Tür. »Ich bin der Esel. Ich bin das Ungetüm, mein Herz ist nur ein Stein ...« Er öffnete die Tür und wurde weiß vor Schreck.

Margaret stand vor ihm.

»Es duftet, lieber Vater. Die Stiefmutter kocht für Sie. Sie liebt Sie. Darf ich hereinkommen?«

Thomas gab den Weg frei.

Sie trat ein. »Das hier wurde für Sie abgegeben, von einem Fremden, am Tor zur Straße.« Sie hielt ein Päckchen in der Hand.

Thomas brauchte einen Augenblick, um sich zu sammeln.

»Wer hat dir die Tür im Turm geöffnet?«, fragte er nach einer Pause.

»Die Stiefmutter. Sie sagte, Sie hätten es erlaubt.«

»So?« Er starrte auf das kleine Bündel. Es war aus grobem Leinen, mit einer Schnur umbunden. Er wandte sich zur Seite, ging an den Tisch zurück. Alice stand an ihrer Arbeit, sah nicht her.

»Was ist passiert, Stiefmutter?«, fragte Margaret überrascht. »Haben Sie sich im Gesicht verletzt?«

»Ja.«

»Soll ich etwas Salbe holen?«

»Gerne, wenn du magst.«

Margaret blickte zwischen beiden hin und her. Thomas merkte, wie sie forschte. Er tat, als sei nichts, und setzte sich.

Sie reichte ihm das Päckchen und ging zu einem Wandschrank, aus dem sie Tücher und ein Gläschen nahm. Thomas tastete an dem verschnürten Leinenbündel.

»Setz dich bitte zu mir, Megge!«, bat er.

Sie dankte artig, entschuldigte sich und sagte, dass sie gleich kommen würde. Sie ging zu Lady Alice. Jetzt erst sah sie das verklebte Haar, die Flecken auf den Wangen.

Sie befeuchtete ein Tuch und tupfte vorsichtig, reinigte die Stellen, strich ein paar Mal mit dem Handrücken zärtlich über Alice' wunde Haut. Die Stiefmutter hielt still, schwieg beharrlich, sie zuckte nicht mal mit dem Mund. Margaret trocknete die Stirn, die Schläfen, öffnete das Gläschen und tupfte Salbe auf die bläulich roten Inseln im Gesicht. Thomas sah es, verstohlen und mit halbem Blick.

Er hielt das Päckchen in der Hand. Ein schwebendes Gefühl befiel ihn. Ihm schien, als sei das Bündel warm, als lebte es. Wie albern! Er legte es schnell hin und schüttelte sich fröstelnd.

Doch er bezwang sich und nahm das Päckchen erneut vom Tisch, wog es in der Hand. Es war nicht größer als ein

Gänseei und leicht für seine Größe, nichts Metallenes, nichts Irdenes und sicher auch kein Glas. Es war vielleicht Papier, Holz, Stoff. Wieder legte er es hin.

»Wer hat es abgegeben?«, fragte er.

»Es war ein Fremder, lieber Vater. Ich sagte es vorhin. Ein Knecht hat es entgegengenommen. Er kannte den Mann nicht.«

»Und er hat kein Wort gesagt, der fremde Bote?«

»Nichts, was der Knecht uns hätte weitersagen können.«

Margaret legte die Tücher zusammen und verschloss das Salbenglas. Alice war an das Feuer zurückgekehrt. Thomas hatte das Bündel wieder aufgehoben, hielt es nah an sein Gesicht. »Es riecht. Und zwar nicht gut.«

»Wonach denn?«, fragte Margaret.

»Ich weiß nicht … nach Verdorbenem.«

Margaret kam, streckte den Kopf vor, sog Luft ein und fuhr erschreckt zurück.

»Was ist das? Wollen Sie es öffnen, Vater?« Sie hielt die Hände schützend vor die Lippen.

»Bring mir ein Messer!«

Margaret gab es ihm. Er schnitt die Schnur entzwei. Er hielt das Päckchen an einem Zipfel fest und wickelte es aus. Es rollte über den Tisch und wurde kleiner. Fiel schließlich gänzlich auseinander, dann lag der Inhalt offen da, die bleiche Haut, die Rattenhaut, die wie Menschenhaut aussah, noch blutverschmiert.

Margaret tat einen spitzen Schrei. Lady Alice blickte her. Thomas starrte für einen Moment darauf, unfähig zu begreifen, was es war.

»Oh nein …!«

»Was ist, Vater?«

Er schüttelte den Kopf. »Nichts, Megge, nichts. Nur tote Haut, von einem Hund vielleicht.« Er rief eine Magd herbei und gab ihr zu verstehen, den Schmutz sofort vom Tisch zu räumen.

Sie kam, den Ekel im Gesicht, blieb stehen, wie festgewachsen.

»Wird's bald?«, schimpfte Thomas.

»Ich kann nicht, Sir.«

»Du wirst wohl müssen. Was ist los in diesem Haus?« Er wurde wieder rot vor Zorn. »Gibt es hier nur noch Weigerungen, zarte Pflänzchen, Seidenraupen, Schmetterlinge, die man nicht berühren darf?«

Es klopfte.

Lady Alice öffnete. Es war Margarets jüngste Schwester, Elizabeth. Sie blickte ernst, streckte die Hand vor, in der sie etwas Helles mit scharfen Kanten trug.

»Ein Stück Papier, Vater«, rief sie mit ihrer Kinderstimme. »Es ist soeben in den Hof geflogen, wie ein Vogel, vom Himmel auf die Erde …« Sie hielt es ihm entgegen. Sie machte einen hübschen Knicks und reichte ihm das Vogelding. Er dankte sehr, faltete es auseinander.

»Was ist es, Vater?«, fragte Margaret.

Seine Stirn war tief gefurcht. »Ein dummer Scherz. Nein …« Er legte das Papiergebilde auf den Tisch und zog es glatt. Die Magd flennte, weil sie das Stück Haut und auch das Leinen nicht berühren wollte. Margaret beugte sich vor und las die große, schwarze Schrift auf dem gefalteten Papier.

LASST JOHAN WHISPER FREI,
SONST WIRD DER SOHN MICH TÖTEN.
GILLS.

Ihre Lippen wurden fahl, auf ihren Wangen flammten Flecken. Sie ging zum Tisch und stützte sich. »Vater, ich verstehe nicht …«

»Doch, du verstehst genau. Jetzt siehst du, Megge, welcher Teufel in ihm steckt.«

33. Kapitel,

worin ein großer Zorn ins Messer fährt und nur noch töten will

Gregor hatte auf seinem Weg zu Andrew die alte Zeichensprache angewendet. Zur Sicherheit. Search würde jetzt nach ihnen suchen und sie früher oder später mit Hilfe dieser Zeichen finden; auch Charles bestimmt.

Am Ladenschild eines Schuhmachers in Cow Cross hing ein Lindenblatt, am Fuß des Great Conduit, des großen Stadtbrunnens auf dem Cheapside, gab es zwei schwarze Kreuze, mit Kohle aufgemalt, und in einem alten Fass, das am Portal des Kirchhofs von Gray's Inn schräg im Boden steckte, lag ein Stück Birkenrinde, auf dem geheim vermerkt war, wo sich das Versteck befand.

Andrew und der Gefangene dösten in der Ecke. Alle froren. Die Mäntel und Decken widerstanden nicht der Kälte. Der Anwalt wimmerte. Gregor ließ ihn nicht aus den Augen. Er wartete auf Searchs Signalpfiff, der jetzt irgendwann ertönen würde.

Aber er war nicht richtig konzentriert. Er hatte sich entschieden, gegen seinen Paten vorzugehen. Aron Boggis war so gut wie tot. Gregor sah die alten Bilder vor sich, die Mutter, wie sie sich vor Aron ängstigte, als Gregors Vater krank gewesen war. Der Pate hatte nichts Besseres zu tun, als Gregors Mutter nachzustellen. Sie hatte sich versteckt, der Pate hatte sie gefunden. Sie schrie um Hilfe, er schlug sie. Der Vater konnte ihr nicht helfen. Der Sohn, der alles sah, war Aron ganz egal gewesen. Jetzt ist das Kind erwachsen. Die Mutter lebt nicht mehr. Sie kann sich nicht mehr rächen. Der Vater ist zu alt …

»Entschieden!«, sagte Gregor leise. Andrew und der Kerl glotzten herüber. Gregor zuckte mit den Achseln, als ob nichts sei. Dann hörte er Searchs Pfiff.

»Ich hole ihn.« Er schlich ins Freie, prüfte die Umgebung, entdeckte Search in einiger Entfernung und machte sich bemerkbar. Er flüsterte fast atemlos, erzählte, was passiert war, bevor sie das Versteck betraten.

»Andrew ist am Ende. Sein Vater ist tot. Nach außen tut er so, als wüsste er es nicht. Er will sich an Margaret Morlands Vater rächen. Der Kerl da drinnen ist ihr Verlobter.«

»Seid ihr verrückt geworden?«

»Ein Anwalt, der hundert Jahre älter ist als Margaret.«

»Na und? Wir sind geliefert!«

Gregor sah ihn aus großen Kinderaugen an. Sie gingen ins Versteck. Andrew begrüßte Search und hielt ihn lange fest, die Körperwärme tat ihm gut.

Search machte sich frei.

»Mein Pate Aron und Clifford sind die Männer, die hinter allem stecken, ich bin sicher«, sagte Gregor. »Andrew hat Clifford totgeschlagen, in Upper Moor Field. Clifford hat den Hund geköpft und auch Andrew wollte er töten, mit einem Schwert.«

»Clifford ist nicht tot«, erklärte Search. »Er liegt in Manson House und ist verletzt. Dich hat er beim Bürgermeister angeklagt, Andrew, und alle Stadtsoldaten suchen dich.«

Andrew war so überrascht, dass er sich setzen musste. Er war sofort erleichtert, aber er sah auch seine Lage. Niemand würde ihm glauben, wenn er erzählte, was passiert war.

»Lass den da laufen!«, sagte Search leise und nickte in Gills' Richtung.

Andrew zuckte mit den Schultern.

»Sie fangen dich, Andrew! Du machst es schlimmer, als es ist.«

»Wir sind die *Blackfrairs Seven*, oder nicht?«, sagte Andrew scharf. »Wir sind zusammen, wir sind Freunde. Sag mir, wenn du nicht mitmachen willst!«

»Wobei?«

»Ich weiß nicht.« Andrews Augen füllten sich. »Ich hab alles falsch gemacht. Geht ruhig weg von hier, ihr könnt mir nicht mehr helfen. Nehmt den da mit!« Er spuckte in Gills' Richtung aus. »Sie sind doch stärker. Wir haben keine Chance und wir sind keine Helden.«

»Meinst du, wir sind Kinder?« Gregor war empört. »Ich nicht, das werde ich beweisen. Ich werde meinen Patenonkel töten, ich schwöre es.«

»Lass den Quatsch!« Search stieß Gregor in die Seite.

»Wir beten«, sagte Andrew. Er stellte das Licht auf einen Stein. »Herr, wir sind in deinen Händen. Du weißt, wie schwach wir sind und wie verletzlich. Wir beugen uns deinem Willen.«

»Ich kann nicht beten«, sagte Gregor. »Ihr werdet von mir hören.« Er sprang auf und rannte hinaus.

Gills hockte totenbleich am Boden. Er zitterte erbärmlich, bat um Wasser. Andrew nahm einen Krug und ging zu ihm, hielt ihm den Krug an seinen Mund, so dass er trinken konnte. Das Wasser lief Gills übers Kinn und tropfte silbern auf den Boden.

DER ZORN BESEELTE GREGOR, und er hatte dennoch Angst vor dem, was er sich vorgenommen hatte. Das Atmen tat ihm weh. Er hatte so viel Wut, dass ihm die Tränen in die Augen stiegen. Er rannte ein Stück geradeaus, die Straßen waren voller Menschen, Water Mark Lane, dann Tower Street in abendlicher Richtung. Zur Linken lag die Themsebrücke.

Er sah die Silhouette der wuchtigen Gebäude obenauf. Es war ein Riesenlindwurm, der mit hundert Feueraugen in den Abend blickte und mit seinen schweren, runden Beinen durch das Wasser lief, um alles zu verschlingen, den Lärm, Gestank und Dreck, die Menschen, Häuser, Kirchen und Paläste, die Gefängnisse und Hurenhäuser, Kneipen, Wasserbrunnen, Schweine-, Ziegen-, Pferdeställe und Kasernen, Whitehall, Westminster, das *New Inn* ohnehin und St. Paul's, den blutigen Tower und ganz Southwark auf der anderen Uferseite, *The Bear Garden*, alle Mühlen, Bauernhöfe und Ziehbrunnen von Bermondsey bis Vauxhall, alles, alles!

Gregor hechelte, hustete, stieß Leute an und rannte weiter. Er wusste, dass er jederzeit irgendeinem Söldner in die Arme laufen konnte, dann war's vorbei. Aber er wollte rennen. Er überquerte Fish Street und hatte keine Luft mehr. Er weinte laut, die Leute gafften. Er lief nach links, zum Fluss, zur Brücke. Die Boote waren nur noch dunkle Flecken, die letzten Barken legten an. Er wurde langsamer, er konnte nicht mehr. Der Fluss, die *Stairs,* die Stege. In der Erinnerung seine Mutter, wie sie ängstlich rief, während der Pate sie verfolgte. Die Rufe klangen echter als der Straßenlärm.

Der Himmel war jetzt dunkelgrau. Hier und da fiel etwas Licht aus einem Fenster, draußen auf dem Fluss war nichts mehr, nur drüben auf der anderen Seite glimmten ein paar gelbe Lampen.

Er ging den Fluss entlang, bis er im letzten Licht den langen Wimpel mit dem Schwankopf, Helm und Federschwanz erkannte. Der Steg des Paten!

Draußen in dem Boot war jemand zu erkennen. Greg hörte Hämmern, lautes Fluchen. Ein Mann war dort. Gregor schlich näher und spähte. Dann sah er ihn. Da war noch jemand bei ihm, wie ein Gespenst, nur fahler Umriss und Bewegung. Das Wasser gluckste, sie redeten.

Gregor zog ein Messer aus dem Schaft. Messer zu tragen war innerhalb der Stadt nach Sonnenuntergang streng verboten. Er trug es immer bei sich. Er stach es in die Luft, wirbelte umher und drohte spielerisch. Er lachte bitter und blickte zu dem Boot. Inzwischen war es finster. Die Männer würden jetzt das Boot verlassen, sie würden über den Steg an Land gehen, im Dunkeln, ihre Stiefel etwa in Höhe seiner Schultern. Sie würden dicht an ihm vorübergehen, einen Griff weit weg.

Sie kletterten vom Boot herunter auf den Steg, er hörte ihre Schritte. Er duckte sich, sie kamen näher. Es blitzte. Sie trugen eine Laterne bei sich. Das Licht flog in die Dunkelheit, es spritzte lustig aus dem Wasser hoch. Die Bohlen knarrten, die Stiefel waren Schatten. Gregor blickte schräg hinauf, tauchte tiefer weg, um nicht ins Lampenlicht zu kommen. Das Messer hielt er fest umklammert. Er hasste seine Angst. Er atmete nicht mehr, er lauschte angespannt, sah nichts Genaues. Aber die Geräusche waren nah, er fühlte sie.

Er wollte diese Rache und schmeckte seine Wut im Mund, sie trommelte in seiner Brust, sie schrie ihn an, die Hand zu heben, in der das Messer war. Als er das Licht dicht vor sich sah, schloss er die Augen, hob die Hand und holte aus, so weit er konnte …

34. Kapitel,
in welchem eine Wahrheit an den Tag gelangt

»Und ich bin wirklich wieder frei?« Margaret folgte Thomas die Wendeltreppe nach unten.

»Du darfst dich in Haus und Hof vollkommen frei bewegen. Nur bitte nicht noch einmal in der Stadt. Es ist gefährlich. Die Söldner und Gassenvögte durchkämmen jedes Haus und sind bestimmt nicht zimperlich. Sie werden William Gills früher oder später finden, ich hoffe, rechtzeitig. Ich habe alles in Bewegung gesetzt, was in meiner Macht steht. Sie schwärmen bis nach Southwark aus.«

»Wieso befreien Sie Andrews Vater nicht aus dem Gefängnis, Vater? Ist William Gills es nicht wert?«

Thomas blieb einen Moment stehen, blickte aber nicht zurück.

»Schon aus Prinzip nicht, Megge. Wer garantiert mir, dass der Bengel deinem zukünftigen Ehemann nicht trotzdem etwas antut? Dies blutige Stück Rattenhaut ist eine ernste Warnung …«

»Andrew ist nicht so. Er ist verzweifelt. Ich fühle es. Was hat er zu verlieren?«

»Seine Zukunft!« Thomas ging weiter. »Dass du so leichtfertig denken kannst! Er hat das Recht verwirkt, die beste Schule, die wir haben, zu besuchen. Er ist verloren, das weißt du genauso gut wie ich.«

»Umso milder sollten Sie gestimmt sein, lieber Vater«, schmeichelte sie. »Ich weiß, wie großzügig Sie sein können.«

»Es geht nicht, Megge, aus vielen Gründen.« Er war am Fuß der Treppe angelangt.

Sie nutzte jeden Augenblick, um ihn heimlich zu beobachten. Er hatte sich verändert. Er war so fahrig und ruhelos, die Augen forschten überall, als ob er sich in seinem eigenen Haus nicht länger sicher und geborgen fühlte. Irgendetwas drückte, krümmte ihn. Er tat ihr Leid. Zum ersten Mal erkannte sie, dass er alt geworden war, sie sah sein graues Haar, die Falten um den Mund und um die Augen, die Flecken auf der Stirn und an den Händen.

Es stimmte sie noch trauriger, als sie es ohnehin schon war. Sie wusste jetzt, dass sie kein Kind von Andrew unter ihrem Herzen trug. Sie war für einen Augenblick enttäuscht gewesen. Dann war sie einsichtig geworden. Denn Angst hatte sie sehr wohl gehabt, bei dem Gedanken, dass sie ein Kind gebären würde. Sie hatte wieder besser schlafen können, wenngleich sie in Gedanken treu bei Andrew war.

»Vater, ich will Sie nicht verletzen …«, sagte sie ein bisschen angestrengt und steif. Sie stand dicht vor ihm, auf der letzten Treppenstufe, genauso groß wie er. Da wich er wieder ihrem geraden Blick aus.

»Gute Tochter«, erwiderte er leise und drehte sich herum, zum Bogengang, der hinüber in das Wohnhaus führte. »Danke, dass du mich verstehst und dass du mir verzeihst und siehst, dass ich es schwer habe. Sehr schwer, mein Kind. Du verzeihst mir doch, Megge, oder nicht?«

Sie war erstaunt. »Wenn ich es kann.« Sie wusste gar nicht, was er meinte.

Er war bleich geworden.

»Ist Ihnen nicht gut, Vater? Wir gehen ins große Zimmer. Setzen Sie sich, ich bringe Ihnen Wasser.« Sie wollte seine Hand fassen, er zog sie weg. Sie tat, als hätte sie es nicht gemerkt.

Als hätte Gott es fügen wollen, trat Margaret in den Hof, ging bis zum Tor und sah den fremden Jungen draußen in der Nähe. Er winkte sie heran.

»Ich bin Charles Summers«, sagte er, »und soll dich bitten, mir zu folgen. Andrew ist sehr verzweifelt. Er weiß nicht, wie er weiter handeln soll, um zu vermeiden, dass man ihm mehr Schuld zuweist, als er sich aufgeladen hat. Mehr sag ich besser nicht.«

Sie blickte kurz zurück. Dann ging sie mit ihm in Richtung Stadtmauer zum Versteck. Sie weinte schon, als Charles sie durch die dichten Sträucher führte. Die Dunkelheit und der Gestank erschreckten sie. Andrew war so verändert, dass sie ihn kaum erkannte oder nicht erkennen wollte. Sie wich vor ihm zurück.

Er stand mit hängenden Armen da. Auch seine Stimme erschien ihr hässlich und verzerrt.

»Er will dir etwas sagen«, meinte Andrew und deutete auf Gills.

Margaret sah ihn an. »Was soll das alles, Andrew? Kannst du nicht wie jeder andere Mensch zu meinem Vater gehen und ihn bitten, deinen Vater freizulassen? Stattdessen überfällst du deinen Lehrer, wie man sich erzählt, und tust dem Anwalt Gills dieses schlimme Unrecht an.«

Andrew schüttelte den Kopf. Er war so müde, er wankte hin und her. »Ich sag doch, er wird dir jetzt erzählen, was passiert ist …« Er drehte sich zu Gills, bückte sich und hob einen Stein vom Boden auf.

»Was ist los mit dir, Andrew?«, rief Margaret. »Ich habe meinem Vater versprochen, dass du nicht so bist, wie er jetzt glauben muss. Ich verstehe das alles nicht …«

»Ihr Vater, Miss Margaret«, unterbrach sie Gills, »hat mich gebeten, ihm einen anwaltlichen Brief zu schreiben, eine gerichtliche Notiz, in der ich ihm bestätige, dass das Verhör des Johan Whisper in aller Ordnung vorgenommen wurde.«

Margaret sah ihn verwundert an.

»Verstehen Sie?«

»Nein.«

»Der Vater dieses jungen Mannes ist gestorben. Er ist tot.«

Margaret blickte auf den Boden, dann auf ihre Hände, wie sie zitterten. »Wieso denn tot?«

»Weil man ihn in *Newgate Prison* erschlagen hat«, sagte Andrew dumpf.

»Mein Vater …?«

»Ganz sicher nicht er selbst mit seinen eigenen Händen, Miss Margaret«, erklärte Gills.

»Wer denn?«

»Die Knechte dort.« Gills hustete.

»Und der da«, sagte Andrew und deutete auf Gills, »hat diese amtliche Gerichtsnotiz geschrieben, die deinen Vater wohl vor aller Welt entlasten sollte …«

»Vorhin noch hat mein Vater mir gesagt, dass er deinen Vater aus prinzipiellen Gründen nicht befreien könne …«

»Wem willst du also glauben, Margaret?«, fragte Andrew. »Jetzt darfst du sogar raten, welchen Preis der Anwalt Gills von deinem Vater für das ordentliche Schreiben forderte!«

Sie wurde bleich.

»Genau. Kein Geld, das braucht er nicht. Er wollte dich von ihm und hat dich wohl bekommen …«

»Ihr Vater hat es angeboten!«, rief Gills empört. »Von sich aus, ich hätte niemals …«

»Sei bloß still!«, schrie Andrew und drohte ihm.

Margaret stand zitternd da. Die Tränen tropften ihr vom Kinn.

»Es tut mir Leid«, sagte Andrew schließlich leise. »Alles. Ich hätte es am liebsten ganz verschwiegen. Aber als Gills mir gestern alles sagte, wurde mir klar, dass mich die ganze Last trifft, obwohl ich nichts verbrochen habe. Clifford hat mich aus der Stadt gelockt und wollte mich im Dunkeln mit einem Schwert erschlagen. Er hat den Hund getroffen. Ich hab mich nur gewehrt. Clifford erklärt jetzt überall das Gegenteil. Du kannst dir denken, wem man glaubt. Ich bin jetzt vogelfrei.«

Margaret nahm seine Hand in ihre beiden Hände und drückte sie. »Lass bitte William Gills frei, bevor alles nur noch schlimmer wird!«

Er schüttelte den Kopf.

»Warum nicht?«

»Wir wissen, dass Aron Boggis mit Clifford gemeinsame Sache macht. Wir wissen, dass er diese Briefe schreibt, die man bei den toten Schülern fand. Aber Boggis hat viel Einfluss, er hat sich bei deinem Vater eingeschlichen, der bestimmt nicht einmal ahnt, was dieser Mann im Schilde führt. Ich hab nichts zu verlieren …«

»Oh doch!«, rief Margaret.Was du Gills antust, das tust du mir an, weil ich dich dabei verlieren werde.«

»Dein Vater lässt uns nicht zusammen sein.«

»Wenn ich ihn zwinge, schon.«

»Und wie?«

»Das lass nur meine Sorge sein.« Sie hatte aufgehört zu weinen. Ihr Mund war hart geworden. Sie ließ Andrews Hände los. »Ich nehme Mister Gills mit mir nach Hause. Du wirst dich verstecken, bis ich mich bei dir melde. Mein Vater ist im Grunde seines Herzens gut.«

Andrew stand leicht vorgebeugt da. Er war erschöpft. Man sah ihm an, dass er erleichtert war. Er nickte. Dann setzte er sich hin. Er gab Charles ein Zeichen, der ging zu Gills und löste ihm die Fesseln von den Händen und den Füßen. Es schmerzte sehr, da waren dunkle Striemen auf der Haut entstanden. Der Anwalt stöhnte schwer und konnte kaum mehr laufen. Charles und Margaret griffen seine Arme und stützten ihn, so gut es ging.

35. Kapitel,

worin ein Vater seine Tochter nicht mehr kennt

Die Atheismuskommission war ein zweites Mal um jenen großen Eichentisch versammelt. Bischof Reed mit übler Laune, Walter Skinner, Sprecher und Sekretarius des Bürgermeisters, dann Julian Pinchbeck, der mehr mit seinem neuen Gehrock beschäftigt schien als mit der Seelenpest, und diesmal Doktor Peter Furges als Vertreter des *New Inn.*

Thomas führte wie beim ersten Mal den Vorsitz. Wieder unwillig, mutlos, wütend auf sich selbst und unsicher, wie er diese Meute zur Ordnung zwingen sollte. Unsicher auch darüber, ob er es überhaupt wollte – ob er wirklich wissen wollte, was genau hinter den Vorfällen um die unseligen Schüler steckte. Ob es nun Selbstmorde waren oder etwa doch ein unaussprechliches Verbrechen. Wenngleich – da hatte Reed wohl Recht – auch der Suizid ein christliches Verbrechen war! Und dennoch: Die Opfer waren eigentlich noch Kinder! Man sollte Mitleid haben und Verständnis. Nein, doch wieder nicht. Denn mussten nicht auch Kinder schon begreifen können, wie kostbar ihre Existenz ist und dass Gott es nicht verzeihen kann, wenn jemand seine Gnade, sein lebendiges Geschenk verwirft? Andererseits, wie leicht und schnell wird tausendfach getötet, wenn höhere Interessen zählen! Im Krieg! Wenngleich der Krieg auch gottgegeben ist, so wie die Macht der Herrscher, die ihn führen …

»Gentlemen«, sagte er, nachdem man sich begrüßt hatte, »es ist meine Pflicht, Ihnen mitzuteilen, dass der Verdacht besteht, dass …« Er schwieg plötzlich, blickte zum Fenster. Der Regen trommelte dagegen.

»Reden Sie schon, Morland!«, forderte Bischof Reed ungeduldig.

»Es ist schwer zu sagen.«

»Nicht schon wieder«, maulte Reed sofort. Er schmatzte. »Sagen Sie klipp und klar, was Sache ist!«

»Mir ist zu Ohren gekommen …« Thomas tastete nach Worten. »Man erzählt sich, Gentlemen, dass diese Kinder … dass sie womöglich nicht freiwillig aus dem Leben …«

»Was soll das heißen?«, fragte Pinchbeck. Er hörte auf, an seinem Pelz herumzuzupfen. »Und diese Briefe?«

»Es besteht die Möglichkeit, dass jemand anders sie geschrieben hat«, sagte Thomas.

Alle Blicke trafen ihn.

»Was steckt dahinter, Morland?«, fragte Pinchbeck. »Ich muss wissen, was ich Wolsey sagen soll. Der Lordkanzler hat die Pflicht, dem König zu berichten.«

»Ich weiß es nicht«, gab Thomas zu. »In *Newgate Prison* redet man mit vorgehaltener Hand. Sie erinnern sich an diesen Johan Whisper, diesen lästernden Rathausschreiber. Man sagt, er habe eine Beichte abgelegt, bevor er starb.«

»Er ist gestorben?«, fragte Rektor Furges.

Thomas hob die Hand. »Es heißt, er habe eingestanden, dass er gezwungen worden sei zu schreiben.«

»Er hat sich wichtig gemacht, damit man ihn freilässt. Das kommt immer wieder vor«, vermutete Skinner.

»Und wenn nicht?« Pinchbeck fixierte ihn, dann Thomas.

»Aber kein Mensch ist fähig«, erklärte Furges, »Schüler nur mit Worten dazu zu bringen, dass sie … Nein, das ist ausgeschlossen.«

»Deshalb mein Verdacht«, sagte Thomas schnell, »dass jemand gar nicht erst gewartet hat, bis diese jungen Menschen sich …«

»Wir hatten heute Morgen einen neuen Toten, einen Schüler namens Gascoigne, und einen Brief, und wenn der Schreiber Whisper tot ist …«, sagte Reed.

»Ich sage ja, dass jeder schreiben kann«, erklärte Thomas.

»Wenn sich Ihr Verdacht erhärtet, Sir Thomas«, sagte Doktor Furges unerwartet, »sind wir von unserer Pflicht entbunden. Was soll eine Atheismuskommission ausrichten, wenn Schüler von einem Wahnsinnigen getötet werden? Mich würde es erleichtern. Die Schule ist in aller Munde. Alle Welt lästert über uns. Dass unsere Schüler, statt zu lernen, Lehrer überfallen. Wir wissen alle, von wem die Rede ist, nicht wahr? Der Apfel fällt nicht weit vom Stamm!«

Man stimmte zu.

Nur Thomas nicht. Er hatte gar nicht zugehört.

»Sie haben Recht, Furges!«, rief Bischof Reed. »Ob diese Schüler sich aus freien Stücken selbst getötet haben oder ob man sie dazu gezwungen hat, ist einerlei. Nicht einerlei dagegen ist, ob es einen Kindermörder gibt. Aber das herauszufinden kann unsere Pflicht nicht sein. Ich schlage vor, das Protokoll um diesen Zusatz zu ergänzen und uns von dieser ganzen Untersuchung freizusprechen.«

Alle gaben ihm Recht. Nur Thomas hatte Schmerzen. Er merkte, wie ihm die Tränen in die Augen stiegen, er zwang sie weg. Drüben an einem schmalen Pult, gleich an der Tür, saß ein Skribent und wartete auf das Diktat. Auf ihn, Sir Thomas Morland, der nicht im Geringsten wusste, was er ihm diktieren sollte.

Der Bischof hustete schon ungeduldig.

Thomas wischte sich durch das Gesicht, es glühte. Dann stand er auf und redete im Sinne dessen, was Reed soeben vorgeschlagen hatte.

Als er daheim den Hof betrat, stand Lady Alice händeringend in der Tür. Er schaute sie verwundert an.

»Was ist?«

»Du wirst es selber sehen.«

Er betrat das große Zimmer und wurde bleich. Er zog den Mantel aus und reichte ihn der Magd, die damit flüchtete. Am Tisch saß William Gills, noch weißer als er selbst. Dicht neben ihm stand Margaret und sah ihn, den Vater, mit einer Miene an, die er noch nie gesehen hatte. Sie wirkte beinah fremd und so erwachsen, dass er sich mit Bedacht für einen Augenblick von diesem Eindruck lösen musste, um sich zurechtzufinden.

»Das hätten wir geschafft.« Er merkte, dass es die falschen Worte waren. Er selbst war überrascht, dass William vor ihm saß. »Nicht *wir* … Ich meine, du … Erzähl! Was ist passiert?«

»Sie, Vater, hätten mich begleiten sollen, um zu erleben, was geschehen ist«, sagte sie mit sicherer Stimme.

»Wieso sagst du das?« Er dachte sofort an Johan, an Clifford …

»Andrew Whisper hat sich bei William Gills entschuldigt. Ich war dabei.«

»Du warst bei ihm?«, fragte er zu arglos. Er hätte poltern müssen, aber wie in dieser Lage? »Wo denn, in irgendeinem Räuberlager? Du bist zwar wieder frei. Aber ich hatte dir gesagt, dass …«

»Verzeihen Sie, Vater, dass ich ungehorsam war!«, unterbrach sie ihn. »Ein Freund von Andrew hat mich von hier mitgenommen. Ich bin gebeten worden, nicht entführt. Mister Gills hat mir gesagt, dass Andrews Zweck, ihn zu entführen, nämlich seinen Vater zu befreien, sinnlos war. Johan Whisper lebt nicht mehr.«

Thomas hob den Kopf und blickte seine Tochter an. Er überlegte, was er sagen sollte. Sie war ihm also wirklich überlegen, sie hatte einen Vorsprung, den er nicht erwartet hatte. Er war erleichtert, dass es nur der tote Johan Whisper war, nicht etwa Clifford und der Mordauftrag.

»Er starb in *Newgate Prison*«, sagte er.

»Vor der Entführung Gills'«, ergänzte Margaret.

»Ja, aber ich trage daran keine Schuld, es war nicht meine Absicht, ihm zu schaden, Megge …«

»Sie haben mich angelogen, Vater, uns alle, die wir dachten, dass Andrew etwas Falsches tut.«

»Es war falsch!«

»Er hat sich wehren müssen. Sein Lehrer wollte ihn erschlagen.«

»Clifford sagt das Gegenteil.«

»Wird man dem Lehrer oder dem Schüler mehr Glauben schenken, wenn man den Hergang untersucht?«

»Nur einer kann die Wahrheit sagen. Wir waren nicht dabei, Megge.«

Sie nickte einfach und sah ihn lange an.

»Du glaubst ihm also und möchtest, dass ich dasselbe tue«, sagte er. »Ich soll ihm helfen, ich soll ihn für dich aus dem Feuer holen …« Es fiel ihm schwer, den Satz zu sagen. Er hatte ein Gewissen, er war nicht hölzern, es tat ihm plötzlich alles Leid! Er schämte sich. »Ich weiß nicht, ob mein Arm so weit reicht, Kind.«

»Immerhin so weit, dass Sie mich William Gills versprochen haben, weil er für Sie ein Schreiben formulierte, das Sie freispricht. Ich verstehe nichts davon. Sie werden ihn wohl nicht umsonst darum gebeten haben. Was hat man Andrews Vater angetan, als Sie ihn verhörten?« Sie weinte jetzt.

»Nichts, Megge. Es war das übliche Verfahren.«

»Wurde er geschlagen?«

»Unerheblich.«

»Wie können Sie mit dieser Schuld mit mir zusammenleben?« Sie wandte sich ab und wischte sich die Augen. Er sagte nichts, er machte Fäuste. Es war ihm peinlich, dass Gills das alles mitbekam.

»Er hat mich ausgelacht, beschimpft, der Kerl«, erklärte Thomas. »Du weißt, er hat getrunken …«

»Ich bin wie Geld für Sie, Vater, wie eine Ware auf dem Markt …«

»Du bist mir pures Gold, mein Kind.«

»Das kann ich nicht mehr glauben, Vater.« Sie schluchzte laut. Er äugte zu ihr hin, er traute seiner Tochter zu, dass sie nur spielte. Sie wollte ihn gewinnen, auf ihre Seite zwingen. Sie wollte, dass er diesen Andrew aus der Schlinge zog. Sie drehte sich um diesen Jungen, um niemand sonst, vor allem nicht um ihren Vater. Er musste sie entlarven. Wer hatte hier Gewalt und Macht?

»Ich fordere dich auf«, sagte er fest, »dich von diesem Jungen loszusagen, hier und jetzt an dieser Stelle. Es ist sehr ehrenvoll von dir, ihn zu verteidigen. Aber was er getan hat … was er dem guten William an Schmerzen zugefügt hat, lässt sich nicht verzeihen, Margaret, vor allem um der Liebe willen nicht …«

Er hörte, wie sie losschrie. Sie schrie etwas, es waren vielleicht Worte, er verstand sie nicht. Er fuhr vor Schreck zusammen. Sie riss die Tür auf, schrie einfach weiter, schrie ganz rücksichtslos das ganze Haus zusammen. Was fiel ihr ein? Wer war sie, sich das Recht zu nehmen …? Er schrie sofort zurück. Die Schreie gellten durch die Räume. Lady Alice flog herein und riss die Arme hoch. Die Mägde rannten in den Hof. Die Kinder liefen in den Flur. Thomas rannte Margaret nach, er schlug nach ihr, er traf sie, schrie sie an. Sie schrie zurück, sie schlug zurück, er konnte gar nicht glauben, was sie tat. Sie schlug nach ihm, dem Vater! Er kannte sie nicht wieder, er war außer sich. Was dachte sie sich bloß, was ging um Gottes willen in ihr vor …?

36. Kapitel,
in welchem sich die Tochter herzhaft wehrt

Die drei Schüler waren in der abendlichen Dunkelheit ins Haus gekommen, darauf hatte Thomas größten Wert gelegt. Raspale hatte ausnahmsweise die entfernt gelegene Gartentür geöffnet, damit ja niemand Fremdes den verdächtigen Besuch bezeugen konnte.

Thomas fühlte sich schon seit dem frühen Morgen krank. Der Magen schmerzte. Lady Alice hatte ihm ein bitteres Mittel aus einer Apotheke holen lassen.

Er ahnte, was er zu erwarten hatte. Das Schlimmste war, dass dieser Andrew Whisper in ein paar Augenblicken vor ihm stehen würde. Er wollte ihn nicht sehen, es quälte ihn zu sehr.

Er betete zum zigsten Mal. Im großen Zimmer, nebenan, hörte er die Schritte dieser frechen Bengel und wie sie Margaret an den Lippen hingen. Er hatte keine Wahl. Er raffte sich zusammen, band seinen Hausmantel enger zu und schritt hinüber.

Margaret und die Schüler standen sofort auf, als er hereinkam. Sie verneigten sich. Er selbst nahm erst mal Platz und ließ sie einfach stehen, es zähmte sie vielleicht ein wenig.

»Da bin ich also, meine Herren. Mein Töchterchen hat mir erzählt, was vorgefallen ist. Wir haben uns sehr arg gestritten. Schwamm drüber.« Zu seinem eigenen Schutz kehrte er sofort den Staatsmann heraus. Er sah Andrew Whisper an, mit festem Blick. »Sie, junger Mann, haben sich erdreistet, einen Inwohner meines Hauses frech zu entführen und zu quälen. Aber ich verzeihe Ihnen. Sie werden außerdem beschuldigt, einen Lehrer überfallen zu haben mit der Absicht, ihn zu töten. Ich hoffe, Ihnen ist bewusst, dass ich normalerweise diese Worte vor dem Gericht des Königs sprechen würde, mit anderen Konsequenzen, versteht sich.« Er blickte Andrew fragend an und ließ etwas Zeit verstreichen.

Er rang die Hände. Sie waren feucht geworden. »Meine Tochter hat mir auch berichtet, dass ein Agent des Königs sich einiges zuschulden kommen ließ. Soweit ich weiß, ist dieser Mann nicht antastbar. Ich selber kenne ihn, wenngleich er mir durchaus suspekt erscheint. Dass er ein Mörder sein soll, klingt für mich übertrieben …«

»Sir, bitte, ich …« Andrew wollte etwas sagen.

»Unterbrechen Sie mich nicht!«, befahl Thomas ohne Zögern. So weit würde er die Zügel hier nicht schleifen lassen, hatte er sich vorgenommen.

»Weiter also: Der königliche Brautbeschauer Aron Boggis, Fährmann und Agent, wie er sich selbst bezeichnet, glaube ich, ist gleichsam sakrosankt, weil er im Auftrag unseres Königs handelt, wie man mir versichert hat.«

»Und mordet!«, sagte Andrew.

»Sie sollten Ihre Zunge hüten, junger Mann, sonst wird sie Ihnen eines Tages abgeschnitten. Ich kenne viele Fälle dieser Art und die Gerichte sind nicht eben zimperlich damit. Möchten Sie jetzt hören, was ich sage, oder nicht?«

»Ich möchte etwas sagen, verehrter Vater«, wandte Margaret ein.

Er reagierte nicht.

Margaret sah ihn eindringlich an. »Wir haben Forderungen. Ich weiß, dass es sich nicht geziemt, so mit seinem Vater zu reden. Aber unser Fall ist nicht alltäglich. Es wurden Menschen, Freunde, die wir kennen, umgebracht, wir wollen Gerechtigkeit. Erst heute Morgen haben wir erfahren, dass

Gregor Gascoigne am Fluss tot aufgefunden wurde. Er ist ermordet worden, Vater. Wir wissen auch von wem, von Aron Boggis, den du kennst. Wir sind empört. Auch wenn wir jung und unerfahren sind, besteht für jede Obrigkeit die Pflicht, uns wahrzunehmen. Sie haben selbst gesehen, zu welchen Mitteln Andrew in seiner Not gegriffen hat. Verehrter Vater, ich fordere Sie auf, dass Sie uns helfen, dass Sie Ihren Einfluss geltend machen und Clifford ebenso wie Aron Boggis in die Knie zwingen …«

Thomas war sprachlos. Er hatte nie zuvor solch eine Dreistigkeit erlebt, noch dazu von einem seiner Kinder. Natürlich war er selbst an allem schuld und konnte froh sein, wenn sie ihn nicht mit der noch größeren Sünde konfrontierte, mit seinem Mordauftrag an Clifford!

»Woher willst du wissen, dass Aron Boggis schuldig ist?«

»Wir wissen es, verehrter Vater«, sagte Margaret. »Wir können nicht mehr schlafen, wir haben Angst, und unsere letzte Waffe ist die offene Drohung, die wir Ihnen hiermit überbringen möchten. Wir werden Wege finden, dass die Stadt darüber spricht, dass Sie den Schreiber Johan Whisper wissentlich dem Blutknecht des *Newgate Prison* überlassen haben, noch bevor ein Urteil ausgesprochen war. Ich schäme mich für Sie. Ich schäme mich, weil ich der Meinung war, dass mein Vater von allen Menschen dieser Stadt am besten weiß, dass Unrecht immer neues Unrecht in die Welt bringt …« Sie weinte jetzt. Thomas blickte weg. Er wollte es nicht sehen.

Die Schüler schwiegen. Er prüfte ihre Mienen. Sie wirkten in derselben Weise sicher und erwachsen, wie er es bei Margaret soeben wahrgenommen hatte. Es war ein anderer Ernst, als er ihn kannte, nicht einfach gottesfürchtig und blind dem König zugewandt oder aus Achtung vor der Würde eines unsichtbaren Höheren. In den Gesichtern dieser Jungen leuchtete ein neuer Stolz, ein eigenes Selbstbewusstsein, als ob man diesen Kindern eine stärkere Gewissheit der eigenen, unteilbaren Kraft gegeben hätte. Sie saßen da und forderten von ihm, dem Vater, dem Unterschatzkanzler Seiner Majestät des Königs, der so viel Macht in seinen Händen hatte, ein Menschenrecht, das sich weder um Besitz, um Stand, um Macht und Geltung noch den gesellschaftlichen Leumund kümmerte, im Gegenteil, das diese Dinge frech als Werkzeug für die eigenen Ziele nutzte. Er schüttelte den schweren Kopf.

»Ich bin zutiefst enttäuscht, mein Kind. Wir sind in meinem Haus, an meinem Tisch, wir atmen meine Luft, mein Wissen hat dich klug gemacht, weil ich mir die Mühe machte, dich zu unterrichten, dich in diese Welt zu führen, die feindlich ist und einem Mädchen keine Bildung zugestehen will. Ich habe dich ernährt, ich habe dich deine Kleidung wählen lassen, ich habe alle väterliche Liebe aufgebracht, die sich ein Kind nur wünschen kann. Und weil ich einmal fehlbar war und schwach, drohst du mir mit dem Tod.«

Margaret verlor die Farbe.

»Denkst du, es wäre nicht mein Tod in der Gesellschaft, wenn alle Welt erführe, dass der Unterschatzkanzler …«

»Gregor Gascoigne, verehrter Vater, ist wirklich tot, er lebt nicht mehr.«

Thomas gab ihr Recht, aber es fiel schwer. Als müsste er sein Innerstes offenbaren vor diesen Kindern!

»Für die Gerechtigkeit sorgt unser König«, sagte er, »er ist die Gerichtsbarkeit, er ist das Gesetz und auch die Gnade …« Er merkte, dass er so nicht weiterkam. »Es ist sehr schwierig, eine am Hof angesehene Persönlichkeit dem Richter zuzuführen.«

»Es ist Ihre Aufgabe, Vater. Sie leiten eine Kommission, die sich zu diesem Zweck zusammenfindet«, sagte Margaret.

»Der König fällt das Urteil.«

»Der König hat Berater, er hat Sie und viele andere, die täglich Sorge tragen, dass er das Gute tut für alle Menschen.«

»Ja«, sagte Thomas und erkannte seine Stimme nicht. »Aber Boggis ist Agent, eine sehr schlangenhafte Position.«

»Wir schwören, dass wir im Falle Ihrer guten Hilfe schweigen werden, sowohl was Andrews Vater angeht als auch den Lehrer Clifford. Ihm will Andrew auch Gewalt antun, so lange, bis er vor Zeugen aussagt, dass nicht Andrew ihn, sondern er Andrew töten wollte in jener Nacht.«

Thomas holte Luft. »Ich kenne keinen Clifford.«

»Sie haben ihn in der Kommission getroffen«, sagte Margaret.

»Das kannst du gar nicht wissen.«

»Ich weiß es aber, Vater.« Sie wischte sich die Tränen ab. Sie drehte sich herum, bestimmt damit er sie nicht ansehen konnte. Dann sagte sie: »Ich bin enttäuscht. Sie waren immer gütig. Niemals hätte ich geglaubt, dass Sie mich so wie andere Väter an irgendeinen Mann vergeben werden, auch wenn dieser Mann ein braver Anwalt ist und vielleicht gut für eine Frau. Ich bin Ihr Kind. Sie müssen sich doch sorgen, dass ich glücklich werde, ist das nicht höchste Vaterpflicht?« Sie wandte sich ihm wieder zu.

Er streifte ihren Blick und suchte nach dem Ausweg, der beides möglich machte: vor sich selbst zu bestehen und Margarets Liebe nicht zu verlieren. Er war verzweifelt, aber er scheute sich, es vor sich selber zuzugeben. Es war viel leichter, so zu tun, als habe er wie sonst die Macht in diesem Zimmer.

»Selbst wenn alles, was du sagst, die Wahrheit ist, kann ich nicht handeln, wie du es von mir verlangst. Ich bin ein Diener unseres Königs und als solcher nicht befugt …«

»Dann handeln wir«, sagte Margaret. Die Art, wie sie ihn ansah, war so bitterkalt, dass er innerlich zusammenfuhr.

»Nein!«, sagte er laut und grob und stand von seinem Stuhl auf. »Ich bin der Herr in diesem Haus. Ich muss Sie bitten, meine Herren … Es tut mir Leid. Ich kann nichts für Sie tun.« Er raffte die Schöße seines Mantels zusammen, ging zur Tür und öffnete. Er wartete, bis alle aufgestanden waren. Die Verhandlung war vorbei. Er hatte seinen Willen durchgesetzt. Wie immer.

»Verehrter Vater«, sagte Margaret. »Sie müssen es verstehen, wenn ich an dieser Stelle nicht zu Hause bleiben kann. Ich folge meinen Freunden. Ich widersetze mich dem Willen meines Vaters …« Sie wagte nicht, ihn anzusehen.

Die Schüler grüßten und verbeugten sich, als hätten sie Respekt. Thomas hätte sie mit beiden Fäusten prügeln können, gleich hier und jetzt, mit Knüppeln, bis sie lernten, wie das Leben wirklich ist.

Margaret ging an ihm vorüber, er roch sie flüchtig. Es stach ihm so ins Herz, dass er die Hände hochriss und seine Brust mit aller Kraft zusammenhalten musste, sonst wäre sie zersprungen.

37. Kapitel,

worin der Vater seine Tochterliebe sucht und wiederfindet

Lady Alice freute sich im Stillen. Sie spürte, wie es Morland ging, er quälte sich. Statt einzuschlafen, wälzte er sich hin und her. Sie hörte, wie er in seiner Kammer auf und ab lief, wie die Dielen knarrten bis zum frühen Morgen. Sie gönnte ihm, dass er sich grämte. Gott sollte ihn ruhig leiden lassen, so lange, bis er begriff, dass man nicht immer nur nach seiner Fiedel tanzte.

Sie hatte Morlands Streitereien mit Margaret heimlich angehört. Den letzten, lauten, den wirklich schlimmen Kampf, bei dem die Tochter sich vergessen und zurückgeschlagen hatte, fand sie wunderbar. Wer, wenn nicht sie, die Ehefrau desselben Mannes, wusste, dass es Grenzen geben musste. Die sollte Morland ruhig mal spüren, das würde für ihn lehrreich sein.

Natürlich hatte er am Morgen so getan, als sei nicht das Geringste vorgefallen, und forderte zugleich von ihr, sie möge Margaret suchen lassen, wenn nötig von Soldaten.

Sie hatte nichts getan. Sie hatte nur genickt und war hinausgegangen. Jetzt saß sie in der Küche bei den Mägden, schnitt Brot und presste Käse. Man hörte, wie Morland im großen Zimmer nebenan die Stühle rückte, die Stiefel polterten umher, er war allein, aber er redete, er schrie und schnäuzte sich, er lachte angewidert und würde jeden Augenblick mit Feuer in der Stimme sein Mittagessen fordern.

Die Tür flog auf.

»Was gibt es heute?«

Die Mägde zuckten. Alice streifte seinen Blick und schob die Unterlippe vor. »Ein dummes Hasenbein.«

Er machte sofort schmale Augen. »Ja, ja. Die Dame hat mal wieder ihren Spaß. Du hast natürlich an der Tür gehorcht und mitgehört, was mir das Kind dort drüben an den Kopf geworfen hat. Alles sehr in deinem Sinne.«

»Das sag ich nicht.«

»Du denkst es, das genügt. Du freust dich nämlich, dass sie mich geschlagen hat. Das sieht dir ähnlich!«

»Das Hasenbein ist roh«, sagte sie hart. »Wenn du es essen willst, dann musst du warten. Die Dinge brauchen ihre Zeit.«

»Wie weise!«, rief er wütend. »Jetzt übt sie sich in schlauen Reden und wird mir noch am Ende meine Bücher besser schreiben als ich selbst!«

Lady Alice kicherte. Wie hübsch es war, sich vorzustellen, in ihrem Alter noch das Schreiben zu erlernen! Warum nicht? Und wenn nur, um den Mann, der vor ihr stand, damit zu quälen.

»Jetzt tut es dir natürlich Leid«, sagte sie.

Er stand in der Tür und sah sie fragend an.

»… dass du nicht auf Margaret eingegangen bist.«

»Tut mir nicht leid.«

»Lüg mich nicht an! Du hast jedes Wort verstanden und weißt, dass die Kinder Recht haben.«

»Indem sie mich erpressen?«

»Indem sie einen anderen Standpunkt haben. Vergiss deine Konventionen, das Gericht, so wie du es kennst. Sie wollen, dass du für sie da bist und nicht für ganz England.«

»Das muss ich mir von meinem Eheweib nicht sagen lassen«, maulte er und kam endlich in die Küche. Er schloss die Tür. »Wenn du wüsstest, wie sie sich betragen hat!«

»Hast du dich besser aufgeführt aus ihrer Sicht?«

Er brummte, nahm sich einen Krug Wasser und trank. »Willst du uns gleichsetzen, ist es das? Alle Menschen sind aus einem Stoff, ob Neger oder Edelmann …«

»Du weißt schon, was ich meine.«

»Sie hat kein Recht, mich zu erpressen. Es gehört sich nicht.«

»Sie möchte, dass ein Unrecht aufgedeckt und angeprangert wird, egal ob es ein Schreiber, ein königlicher Brautbeschauer oder Hofnarr angerichtet hat.«

»Ich auch«, sagte er halblaut und stellte den Krug zurück auf einen Tisch am Fenster.

»Und warum willst du ihr nicht helfen?«

»Weil nichts in Ordnung ist!«, schrie er plötzlich. »Allein dass du es weißt, dass du die beste Kenntnis hast von allem, das gehört sich nicht. Die Form ist wichtig, Alice. Die Form hält unsere Welt zusammen. Ohne Form und Norm würde der Mensch zerfließen zu einem Brei, der … nichts wäre, gar nichts. Wir leben nun mal in einem Netz aus richtigen und falschen Wegen, die wir gehen können. Wenn wir die falschen gehen, gefährden wir die ganze Welt …«

»Aber wenn du nun mal weißt, dass du genauso falsch gegangen bist«, wandte Alice ein.

»Ich bin ihr Vater.«

»Ja, ja!« Sie schwieg bedeutsam. Er schielte zu ihr hin. Dann sagte sie, ironisch: »Sie ist die Tochter!«

»Genauso ist es.«

»Und sie ist erwachsen.«

»Nein, eben nicht!«, rief er.

»Ich glaube, eben doch. Das willst du bloß nicht einsehen, weil es dir missfällt. Begreif doch endlich, dass du eine sehr kluge Tochter hast, die denken kann und unsere Welt durchschaut. Du kannst ihr nicht mit Normen und mit Formen kommen. Das genügt ihr nicht.«

Er sagte nichts.

»Du hast doch sicher schon getan, was sie verlangt, ich kenn dich doch. Ich trau dir zu, dass du dich längst mit allem abgefunden hast und hier nur Lärm machst, um zu stänkern.«

»Halt's Maul!« Er dachte nicht im Traum daran, ihr irgendwas zu sagen.

Natürlich hatte er gehandelt und die Gerechtigkeit erzwungen, zumindest in dem schlimmeren Fall, zu seiner eigenen Sicherheit: Er hatte durchgesetzt, dass Clifford nicht mehr unterrichten durfte. Er hatte Doktor Furges mit nackter Macht dazu gezwungen, der ihm nach langem Hin und Her versprochen hatte, dass Clifford sein Präzeptoramt verlor, für immer.

»Sag schon!«

»Nichts.«

»Feigling!«

»Sieh dich lieber vor!« Er hasste sie. Die Alte war so frech, dass man sich vor den Mägden schämen musste! »Sieh lieber zu, dass dieser Hasenfuß bald gar ist!« Er drehte sich zur Tür. Als er hinausging, traf er ihren Blick.

»Bitte!«, fügte er hinzu und schloss die Küchentür.

Raspale sass hoch oben an seinem Gaubenfenster und beobachtete die Elstern, als es klopfte und die Stubentür geöffnet wurde.

Thomas trat ein, nickte dem Alten zu und sagte: »Mein lieber Freund, wir müssen ein paar Worte miteinander wechseln. Der Ort hier oben lohnt sich, da haben wir die ganze Welt im Blick.«

»*Zephania,* Sir Thomas«, begrüßte Raspale ihn.

Thomas trat ein. »Du weißt, was vorgefallen ist, Raspale. Margaret ist mit diesen Schülern aus dem Haus gelaufen. Sie will mich zwingen, meinen Einfluss für ihre Sache einzusetzen … Nein, falsch herum: Sie hat eine Sache, eine Forderung, die ich zu meiner eigenen machen soll. Es widerstrebt mir aber. Leider habe ich mich selbst nicht klug verhalten, auch das weißt du bereits. Und du verstehst ebenfalls, dass es für mich nicht üblich ist, mich schuldig zu bekennen, selbst wenn ich Unrecht tue. Meine Position bewirkt, dass jedermann es ignoriert, bis auf den König.«

Raspale nickte Thomas freundlich zu.

»Es geht nicht um Gerechtigkeit, wie Margaret sagt. Es geht darum, dass die Prinzipien nicht geschädigt werden. Sie weigert sich, mich zu verstehen.« Er zeigte zu dem Fenster hin. »Dort draußen wäre niemals Frieden, wenn es keinen Adel gäbe, der das Volk regiert, der an der Spitze steht wie Gott im Himmel, der uns in seiner grenzenlosen Güte durch das Leben führt.«

»In seiner grenzenlosen Güte«, wiederholte Raspale. Und noch einmal: »Grenzenlose Güte …!« Er ging vom Fenster weg und holte seinen Folianten. Er schlug ihn auf. »Sehen Sie, Sir Thomas. Das ist mein ganzes Leben, meine Liebe und mein Glauben.«

»Ich beneide dich so sehr«, sagte Thomas. »Weil du nichts anderes als Ziel vor Augen hattest als diese schwerelosen Flügelchen. Sie sind dein Glück und nicht die hundert anderen Dinge, die unser Leben immer schwerer machen.«

Raspale blätterte.

»Hör zu, du Narr. Ich habe meiner Tochter schon geholfen. Du siehst also, was grenzenlose Güte ist. Dieser Präzeptor Clifford unterrichtet niemanden mehr. Aber Doktor Furges ist nicht ganz auf meiner Seite; er glaubt mir nicht, dass Andrew Whisper nur das Opfer war. Mir wäre es lieb, er hätte Recht. Also hat er mir Bedingungen gestellt, um die du dich jetzt kümmern musst, wenn wir die Kinder retten wollen. In die Schule kann der Unglücksjunge nicht zurück; Furges besteht darauf, ihn vor Gericht zu stellen. Ich bin schon froh, dass er Clifford aus dem Dienst genommen hat. Der Junge muss verschwinden, unauffällig. Wenn es mir nicht gelingt, ihn aus der Stadt zu bringen, verliere ich mein Töchterlein für immer. Es sind ihre Worte. Ich frage mich: Woher nimmt das Kind die Macht, mich spielend zu besiegen?«

»Sie schöpft sie aus der grenzenlosen Güte ihres Vaters, Sir«, sagte der Alte und zeigte auf einen großen Stern aus elf Libellenflügeln. »Und weil sie selber diese Güte in der Seele trägt.«

»Sie wird mit ihm nach Norden gehen«, sagte Thomas. »Mit diesem Andrew. Es gibt Kuriere, die von einem Haus aus, das im *Asylum Whitefrairs* liegt, geheimen Zugang zu den Toren haben, insbesondere *Moor Gate.* Du führst sie hin und kehrst zurück, um mir zu sagen, ob sie sicher ihren Weg gefunden haben.«

»Natürlich, Sir.«

»Ich gebe dir das Geld und die Papiere. Merk dir, es ist ein Mann namens Maximilian, er hat nur einen Arm und spricht mit Akzent. Er wird vorher instruiert; du sorgst dafür, dass die Kinder dieses Haus finden und dass sie dort die Pässe und Parolen zeigen können. Ich werde sie nach Stamford schicken, zu Harris Welland, du kennst ihn. Er nimmt sie auf und sorgt dafür, dass sie unbehelligt bleiben, bis etwas Ruhe eingetreten ist. Wir werden beide unser liebes Kind verlieren, ich weiß, dass du an ihr hängst, Raspale. Gott segne dich, du kluger Narr. Wir sehen uns später.« Thomas legte die Hand auf seine Schulter. »Was wirst du einmal damit tun?«, fragte er und zeigte auf das große, offene Buch.

»Ich werde fliegen, Sir. Es ist die höchste Zeit für mich. Man sollte Abschied nehmen, bevor der Weg zu steil wird.«

Thomas ging zum Fenster. »Was redest du denn da?« Er zeigte auf den Folianten. »Es ist so etwas wie ein Zauberbuch, wenn ich es richtig sehe.«

»Ja, Sir. Ein Märchen aus dem Morgenland, erzählt von so genannten Mantelfahrten. Dort fliegt man mit einem Zaubermantel, den man überzieht. Er soll aus Vogelfedern sein.«

»Ist das nicht gefährlich?«, fragte Thomas. »Bei uns zumindest, wenn man bedenkt, dass wir es hier als Hexenwerk betrachten könnten. Stell dir vor, ich würde dem Gericht erzählen, dass du Mantelfahrten unternimmst. Sie würden dir doch sofort unterstellen, dass du ein Hexenkönig bist und diesen ganzen Unsinn.«

»Das könnte sein, Sir.« Raspale klappte den Folianten zu.

Thomas reichte ihm die Hand. »Bitte, sorge heute noch dafür, dass Margaret es erfährt. Sie soll mich wieder lieben, ich bin ihr Vater, alter Narr ...« Er schenkte ihm ein Geldstück und gab ihm die Erlaubnis, sich aus der Vorratskammer fünf große Kerzen und ein Fässchen Bier zu nehmen.

38. Kapitel,
in welchem die Gerechtigkeit obsiegt

Der Saal war riesig und fast leer. Jedes Wort verlor sich in der Höhe und der Weite. Thomas saß auf seinem angestammten Platz und bebte innerlich.

Der König saß etwa siebzig Fuß weit entfernt an einer Tafel, die fast die gesamte Breite des Saales einnahm. Dort türmten sich die Speisen: Fleisch, Fisch, Geflügel von aller Art und Farbe, Eier, Kuchen, Würste, Käse, daneben standen Blumenpyramiden aus buntem Zuckerguss, Spielzeugpaläste aus Baiser und Schokolade. Der König aß, er fraß.

Aron Boggis saß auf einer Bank, die an der Seite unter einem hohen Fenster stand. Ein Richter, der gleich neben Thomas Platz genommen hatte, machte jedes Mal ein Zeichen, wenn Boggis sprechen durfte.

»*Salvavi animam meam*«, sagte er halblaut. Es gebe keine Schuld in seinem Herzen. Ihm sei von Gott verziehen worden.

»Das heißt genau«, erklärte er, »ich habe kein Gefühl gekannt, wenn ich die Damen traf, ausschließlich den Verstand im Dienste Eurer Majestät, das will ich heilig schwören! Ich beginne mit Navarra, Majestät, wenn Sie erlauben.« Er leckte sich die Lippen. »Der Palast ist äußerst schmutzig, die umgebenden Wege ebenfalls. Es regnete und ich versank im Kot. Ein Stallmeister, oder was er war, empfing mich übellaunig. Man ließ mich sieben Tage warten, bis man mich vorließ, um die Infantin anzusehen. Ich empfehle keinen Handel, Sire, es lohnt nicht im Geringsten.«

Der König kaute still.

Er schien auf das, was Boggis sagte, nicht zu reagieren. Stattdessen saß ein Schreiber in der Ecke und notierte emsig.

»Die Infantin ist sehr dünn«, erzählte Boggis weiter. »Ihre Hände sind zu feucht. Sie lispelt außerdem und isst Flöhe aus dem Flohpelzchen, das sie beständig bei sich trägt. Ich bin ihr gar nicht nah gekommen, ich wollte nicht. Sie hätten keine Freude an ihr, Sire, zumal sie kränkelt, Hunde küsst und selten lächelt.«

Der König biss, er riss und malmte.

Ein Diener rief den Koch aus, der von Bütteln auf einem großen Stuhl in den Saal getragen wurde. Er wurde abgesetzt. Die Träger flüchteten. Der Koch stand auf und wedelte mit einer Fackel. Er war bekleidet wie ein Feldherr aus dem Mohrenland, der Kragen seines roten Mantels stand weit ab. Auf seinem Kopf prunkte ein großer, weicher Hut, von dessen Höhe ein blauer Federstrauß in seinen Nacken fiel.

Zwei Jungen schleppten ein Tablett mit Fisch. Es duftete sofort nach Zwiebeln und Holunderbeeren. Den Jungen folgte der Königliche Vorkoster mit seinem Kästchen, in welchem er die Natternzunge, das Einhornstäbchen und den Krötenstein bereithielt, um die Speise vor den königlichen Augen auf verstecktes Gift zu prüfen. Die Jungen traten an die Tafel, stellten das Tablett ab und machten sich davon. Der Koch kam näher, als ginge er auf rohen Eiern.

»Die ersten, besten Heringe, mein König«, hauchte er und zeigte auf die Fische, die unter einer zarten Decke von Gewürzen lagen.

Der Vorkoster stellte seinen Kasten auf und öffnete den Deckel. Er nahm die Natternzunge (eigentlich ein Haifischzahn, wie jeder wusste) und berührte den Hering. Er schien zufrieden. Der König beachtete ihn nicht.

Boggis straffte sich, reckte den Hals und hüstelte. »Ich reiste auch nach Portugal. Dort fand ich eine Dame vor … ein reiner Engel, Sire. Sie zeigte mir die schönsten Fesseln dieser Welt. Ihr goldenes Haar ist länger als ihr weißer Körper, und ich darf sagen, dass sie beinah eine Heilige ist. Ihr Fürst und Landesvater hat sie bereits mit eigenen Geschenken überschüttet. Erfolglos, Majestät! Sie zu erobern, Sire, bescherte Ihnen sicher tiefere Freude als diese Fische dort …«

Der König schaute hoch, nur einen kurzen Blick lang.

»Verzeihung, Majestät! Ich muss mich wohl entschuldigen, ein sehr schwieriger Vergleich. Und dennoch trifft er ganz vortrefflich zu. Die zarte Schönheit, die zu betrachten meine größte Freude war, nennt man die *Heringskönigin*. Weil sie so zart und bleich ist, sagt man dort, nicht weil man sie verzehren will. Wenngleich ich zu bedenken geben möchte, dass, wer schöne Heringsaugen isst, sich nie mehr ängstigt, ja dass die Angst sich ganz verliert! Jetzt stellen Sie sich vor, Sire, Ihr, unser König, fühltet niemals Angst, Ihr lebtet vollkommen furchtlos!«

Der König schmatzte. Der Richter winkte, dass Boggis weiterreden möge.

»Ach ja, ich reiste weiter, Majestät. Ich werde immer für Sie weiterreisen, ich erobere die Welt für unser Land. Ich segelte nach Afrika, ins Sultanat, nach Fes. Die Frauen dort sind unsichtbar, man ahnt sie bloß. Doch ahnen, Sire, ist viel erbaulicher als wissen. Die Phantasie ist uns der bessere Gott, der uns die Welt schafft, nicht wie sie ist, sondern wie sie werden sollte. Der Sultanshof empfing mich gut, obwohl wir nur mit Blicken und mit Händen sprachen. Die betreffende Prinzessin war verhüllt, bloß ihre Stimme nahm mich für sie ein, ihr Gang und wie sie sich bewegte. Sie konnte zaubern, Sire!«

Der Koch stand immer noch bereit. Der Vorkoster hatte den Saal verlassen. Der Fürschneider, der das Fleisch tranchierte, und die fünf Tellerdiener warteten im Hintergrund.

Der König nickte langsam. Der Koch verstand das Zeichen, dankte umständlich und begab sich unter dauernden Verbeugungen zurück zu seinem Tragestuhl. Der Richter machte neue Zeichen.

»Diese Prinzessin, Majestät«, fuhr Boggis fort, »verstand es, mit den bloßen Händen Menschenhaar zu lenken. Sie rieb die Hand an einem Tuch. Dann sah ich, Sire, wie sie mit derselben Hand dem losen Kopfhaar einer Zofe nah kam und die Haare sprühend in die Höhe stiegen. Ich hatte Angst. Es knisterte gefährlich und ich erschreckte mich wie nie zuvor in meinem Leben … Uuii!«, machte er und vollführte eine weite, hohe Armbewegung in der Luft.

Der Richter unterbrach ihn. »Das reicht dem König. Wir müssen Ihnen sagen, dass der Verdacht erhärtet wurde, dass Sie den König und das Volk betrogen haben.«

Boggis verlor die Farbe im Gesicht.

»Es haben sich in jüngster Zeit Dinge zugetragen, die wir, der König, nicht erklären können. So wünschen wir zu wissen, welchen Zauber Sie auf einen Schreiber namens Johan Whisper angewendet haben, dass er gewisse Briefe schrieb, die man bei Kindern fand, die sich mit eigener Hand getötet hatten.«

»Ich bitte sehr. Gerüchte!«, rief Boggis. »Ich bin schuldlos, Majestät. Ich werde weiter meine Pflicht tun und Ihnen sagen, was ich in fernen Ländern für Sie …«

»Man äußert den Verdacht«, unterbrach der Richter ihn erneut, »Sie würden Ihre Reisen als so genannte Mantelfahrten unternehmen, also mit einem Zaubermantel, das ist Hexenwerkzeug, wie Sie sicher wissen …«

»Geschwätz!«, rief Boggis empört.

Der König aß.

Der Schreiber kratzte mit der Feder.

»Man sagt, Sie würden schamlos lügen«, meinte der Richter jetzt.

Der Brautbeschauer schaute auf den König. »Sire, nein, ich lüge nie!«

»Ich bitte Sie!« Der Richter schnalzte mit der Zunge. »Schon diese Geschichte mit den Händen der Prinzessin und den Haaren …!«

»Es ist die reine Wahrheit, Sire!« Boggis schwitzte plötzlich stark. »Mein König, ich …« Er knetete die feuchten Hände, schielte nach der Tür, wo plötzlich andere Wachen standen. Mit Hellebarden in der Hand. Ketten klirrten leise. »Ich bin Ihr Diener, Sire. Was ist das, Mantelfahrten? Was für ein Mantel denn? Wer sagt so etwas?« Er blickte plötzlich Thomas Morland an. »Ach so! Sie sind es. Dieser ehrenwerte Gentleman hat mich als Übeltäter angeprangert, jetzt verstehe ich. Danke sehr, Sir Thomas, für die Dienste, die ich Ihnen schenken durfte. So ist das jetzt …!«

»Sie schweigen besser!«, forderte der Richter. Thomas hüstelte verlegen, er blickte emsig weg. Der Richter las von einem Zettel ab. »Man sagt, dass Sie Papier verzaubern können, so dass es wie ein Vogel in den Himmel fliegt.«

»Man faltet es auf eine ganz bestimmte Weise …«

»Das möchten wir nicht hören, Sir. In Ihrem Haus fand man gewisse Puppen, das Ebenbild des Königs und die jener Schüler, die man tot gefunden hat. Sie hätten damit in der Öffentlichkeit Szenen aufgeführt, in denen unser König dunkle Rollen spielt.« Der Richter murmelte dem Schreiber etwas zu. Der König kaute.

»Nur Unterstellungen! Das war ein Kinderspiel. Ich möchte bitten, dass ich den Bericht aus fernen Ländern wie gewöhnlich an dieser Stelle zu seinem Ende bringen darf … Die Prinzessin, Sire, im Sultanat …«

»Der König hört Sie nicht mehr. Wir wissen ebenfalls und klagen an, dass Sie mit einem Lehrer Umgang hatten, der schwer verletzt von einem Mordversuch an einem Schüler niederliegt«, stellte der Richter fest.

Der König blickte hoch.

»Umgekehrt«, rief Boggis. Ihm brach die Stimme. »Der Schüler wollte ihn erschlagen, deshalb ist Clifford doch verletzt!«

»Sie geben also zu, den Mann zu kennen.«

»Nein, ich … Ich möchte nur … Der König …«

»Der König hört Sie nicht.«

»Ich bin der Treueste der Treuen, Sire«, rief Boggis weiter. Er riss die Hände hoch und bettelte zum König hin. »Ich bin der Einzige, der Euch verstanden hat. Ich habe nie gelogen. Ich glaube an das große, neue Reich, von dem Ihr mir erzählt habt, persönlich, im Vertrauen …« Er blickte um sich. »Ich verstehe … Aber ich bekenne keine Schuld!« Er schwieg. Die Wächter traten hinter ihn und klirrten mit den Ketten. Der Schreiber reinigte die Feder, schloss das Tintenglas und stieß die Blätter auf dem Tisch zusammen. Der Richter machte neue, für Thomas unbekannte Zeichen. Dann führte man den Brautbeschauer ab.

NOCH NIE ZUVOR HATTE SIR THOMAS MORLAND ein Verhör im Towergefängnis durchführen müssen. Er ekelte sich. Der Gefangene war nicht zu sehen, weil er in einem Kellerkerker lag, der mit dem Schreibzimmer nur durch ein winziges vergittertes Fenster verbunden war, das sich in einer Wand des Zimmers dicht am Boden befand. Er, Thomas, hatte nicht einmal gewusst, dass es solche Räumlichkeiten gab. Aus dem

Loch am Boden stank es schlimmer als alles, was er aus *Newgate Prison* oder anderen Gefängnissen kannte.

Der Sekretarius war bleich wie Leinen und schon ein paar Mal hinausgelaufen. Thomas hatte keine Wahl. Sir Julian Pinchbeck hatte sich den Spaß erlaubt, die königliche Order persönlich ins Gericht zu bringen. Die Order lautete, den Angeklagten Aron Boggis peinlich zu verhören, ob er schuldig sei am Tod von Schülern des *New Inn* und anderen Schulen in und außerhalb der Stadt.

Jetzt war die vierte Stunde um, das Protokoll war fertig. Der Blutknecht hatte den Gefangenen so weit gebracht, dass er geredet hatte.

Thomas trank den zweiten Krug verdünntes Bier. Etwas in ihm trocknete die Seele aus, egal wie viel er schluckte. Es war ihm peinlich, dass der Sekretär es sah, den er nicht kannte. Er kannte niemanden im Tower. Bislang war es ihm immer irgendwie gelungen, den Fuß nicht in diesen Rabenhorst zu setzen.

Was der Gefangene bislang gebeichtet hatte, gefiel Thomas nicht. Der Kerl klagte indirekt den König an; das Protokoll in dieser Form war nutzlos. Heinrich Tudor habe ihn, den Brautbeschauer, mit Privilegien ausgestattet, um einen »Gotteskrieg« zu führen. Thomas war nah daran gewesen, dem Blutknecht freie Hand zu lassen. Dann war ihm Johan Whisper eingefallen und dieser unstillbare Durst war aufgekommen.

Der Schreiber rückte auf seinem Stuhl hin und her, er schnitzte an der Feder. Jetzt hörte man den Gefangenen wimmern, von unten durch das Fensterchen herauf. Er bettelte um Wasser. Thomas stellte den Trinkkrug entschieden auf den Tisch zurück und hustete. Aber er hustete nur, um das Gewimmer nicht zu hören. Er war verwundert über sich.

Woher rührte diese plötzliche Empfindlichkeit? Er ging zu dem Fensterchen und horchte, schloss die Augen. Es war wie seinerzeit mit Johan Whisper, als er sich gegen die Gefühle hatte stemmen müssen und fest und unerbittlich blieb, was schließlich seine Pflicht gewesen war. Aber Johan hatte er gehasst, weil der ihn angegriffen hatte. Dieser hier war ihm als Mensch egal, nicht aber als Gefangener, als Schuldiger am Tode dieser Schüler.

»Sir?« Der Sekretär erhob sich. Thomas beugte sich zum Fensterchen herunter. Hinter den Gitterstäben in der Tiefe war nichts zu sehen, nicht mal eine Fackel brannte in der Hölle.

»Die Vernehmung ist beendet«, stellte Thomas fest. Er trat zum Tisch, ließ sich die Mitschrift aushändigen und las.

Ich, Aron Marcus Gilbert Boggis, wurde 1488 in Deal am Meer geboren. Meine Eltern waren Ben und Juliette Boggis. Mein Vater arbeitete als Sporenschmied. Ich besuchte das St. Michael's Konvikt in Catham, danach ging ich zu einem Sattler in die Lehre und führte später viele Jahre lang bis heute eine Themsefähre. Im Jahre 1515 erhielt ich die Gelegenheit, für Lord Parnwell als Hausverwalter in Ely tätig zu werden, wo ich Sir Robert Nash kennen lernte, der mich eines Tages sehr zu meiner Überraschung unserem König vorstellte. Durchaus auf dessen hohen Wunsch. Was mich schnell beunruhigen musste, weil der König alsbald mit mir unter vier Augen sprechen wollte. Jedermann hätte in meiner Lage Angst gehabt. Der König lobte mein Betragen, meine äußere Erscheinung und trug mir auf, ausgestattet mit Vollmachten, Pässen und diplomatischen Papieren, Europa zu bereisen, um herauszufinden, welche jungen Damen die fremden Höfe anzubieten hatten. Das tat ich jahrelang und unentdeckt, bis mir der König eines Tages seltsam verändert gegenübertrat. Er saß krumm auf seinem Stuhl und schwieg beharrlich. Dann verriet er mir, sehr im Vertrauen, dass ihm im Traum der Dok-

tor Luther erschienen sei und Gott an dessen Seite. Der König weinte, als er das erzählte. In diesem Traum habe Gott zu ihm gesprochen wie einst zu Abraham. Dann sprach der König mit mir. Was denkst du, Aron, fragte er, wie sehr bedarf ein junger Mensch der Hilfe unseres Herrn? Wie stark ist eine unberührte Seele, wenn sie erfährt, dass Gott nur Schwindel sei, ein Wiegenlied für Kinder? Kurz darauf erhielt ich diesen Auftrag. Das Ziel war es, zu zeigen, dass ohne Gott ein Mensch zugrunde geht. Die Herren, die mir diesen Auftrag gaben, blieben für mich anonym. Ich sollte Schüler finden und ihnen sagen, dass jeder Glaube sinnlos sei, weil Gott nicht existiere. Das habe ich getan. Aber die Schüler widerstanden meinen Worten, sie töteten sich nicht, kein einziger von ihnen. Die Herren waren nicht zufrieden. Sie fragten mich, ob mir bewusst sei, dass schon ein einziger Schülerfreitod belegen würde, dass Gott der Herr im Himmel sei. Jetzt wurde mir bewusst, wie wichtig diese Sache war. Man wollte Gott beweisen. Von mir hing alles ab. Ich fragte mich, was denn entscheidend sei: ob ein paar Schüler weiterleben oder die ganze Menschheit Gott verliert. Ich suchte also Schüler. Ein Lehrer des New Inn bot seine Dienste an und half mir, sie zu finden …

Thomas las nicht weiter und warf das Papier dem Schreiber auf den Tisch zurück. Dann gab er einem Wachposten den Befehl, ihm den Weg in das Verlies zu weisen, wo Aron Boggis wimmernd lag. Die Wache starrte ihn ungläubig an. Ob er es wirklich wagen wolle. Thomas schlug dem, der fragte, ins Gesicht und schrie ihn an. Der Mann sprang weg. Er bat ihn um Entschuldigung und führte ihn mit »Bitte sehr« und »Hier entlang, Sir« in den Keller des Gebäudes.

Es wurde dunkel. Der Mann besorgte eine Fackel, das Licht gespensterte umher. Als der Soldat die Tür entriegelte, befahl Thomas ihm, einen Krug Wasser herzubringen. Der Mann gehorchte. Thomas war mit dem Gefangenen allein. Er sah nichts als ein dunkles Bündel am nassen Boden liegen, das Wimmern hatte aufgehört. Thomas trat näher heran, der Gestank war unerträglich, die Feuchtigkeit drang mit jedem Atemzug bis in die Lungen. Er zog ein Tuch aus seiner Tasche und hielt es sich an Mund und Nase. Die Wache kehrte mit dem Krug zurück. Thomas nahm ihn, schickte den Soldaten fort und beugte sich herunter.

»Es ist kein Gift«, sagte er.

Boggis richtete sich unendlich langsam auf. Thomas hielt den Krug und Boggis trank, erst winzige Schlucke, dann etwas mehr.

»Ich danke Ihnen, Sir.« Er konnte gerade einmal flüstern.

Thomas tupfte Boggis das Gesicht mit seinem Tuch. »Wir wollen beten.« Er kniete sich zu ihm und fühlte, wie die Nässe durch den Mantel in das Beinkleid drang. Er sagte leise das Gebet. Es waren ein paar schlichte Worte. Boggis war zu schwach, um mitzutun. Er bewegte bloß die eingerissenen Lippen.

39. Kapitel,
worin die Liebe endlich siegt und ein Begnadeter vielleicht zu einem Engel wird

Die Gegend um *Asylum Whitefrairs*, der alte Londoner Freibezirk unzähliger Gauner, Diebe und Verbrecher, war ein Gewirr von Häusern, Ställen und Remisen auf engstem Raum, um einen Klosterhof gruppiert. *Whitefrairs* garantierte Schutz vor Stadtsoldaten, Gerichtssöldnern, Bütteln aller Art und Schichten und vor den Gassenvögten. Niemand hatte Zutritt, wenn er nicht zuvor Verbindung aufgenommen hatte und die Parolen kannte. Aber wer einmal Asyl in *Whitefrairs* oder *St. Martin's le Grand* gefunden hatte, kam nie mehr zurück in das normale Leben und war, normalerweise, nicht weniger gefangen, als säße er in *Newgate Prison*.

Das *Asylum* war ein Dorf für sich, mit eigener Regierung, den Stärksten, Frechsten, Rücksichtslosen, die das Sagen hatten, mit eigener Versorgung, Märkten, Läden, mit fliegenden Händlern und was dazugehörte. Es gab kaum etwas, was nicht zu haben war oder für das derjenige, der es haben wollte, das Asyl verlassen musste. Niemand, der auf der Flucht vor städtischen Behörden war, verließ es wieder, und kein Bediensteter, kein Wächter, kein Soldat hätte je gewagt, jemandem bis *Whitefrairs and within* zu folgen – wenn doch, so wäre er dem Stadtbezirk kaum mehr an Leib und Seele heil entronnen.

Die kleine Prozession verließ Bucklesbury, kreuzte Cheapside und betrat den Norden mit seinen tausend engen, dunklen Höfen und Ruinen, mit seinen Kellern, Höhlen, baufälligen Scheunen und verborgenen Remisen.

Andrew ging voran. Raspale folgte mit dem großen Sammelbuch und einer Ledertasche, neben ihm ging Margaret und hinter ihr der Knecht, der sie beschützen sollte; darauf hatte Lady Alice am frühen Morgen noch gepocht, als nach dem Frühstück zum Abschied erst gebetet, dann ein frommes Lied gesungen worden war. Margaret hatte ihrem Vater unter Tränen sehr gedankt, sie hatten sich versöhnt. Es sei ein Abschied, sagte Thomas, der in ein frohes Wiedersehen münden werde. Er gab Andrew seine Hand und hielt sie eine Weile fest. Man werde Clifford vor den Richter bringen, das sei abgemachte Sache. Aron Boggis werde hingerichtet. Thomas hatte für Raspale ein paar Instruktionen wiederholt, der letzte Segen war gesprochen worden und Lady Alice hatte Margarets Tränen abgewischt. Dann war die kleine Gruppe schließlich aufgebrochen.

Jetzt lief Margaret etwas schneller und erreichte Andrew, nahm seine Hand und hielt sie fest. Sie hatten Angst, doch noch entdeckt zu werden. Vor einem Haus wurde einem Kind ein Zahn gezogen. Vier Männer hielten es. Es schrie erbärmlich, dass es von den Wänden widerhallte. Der Arzt und Bader fluchte, spuckte selber Blut, vielleicht weil er sich vor Aufregung und Wut den eigenen Mund zerbissen hatte. Er schrie das Kind an, es solle ruhig bleiben, sonst könne er den Zahn nicht fassen. Er fuchtelte mit seiner Zange. Die Männer fluchten, das Kind entwand sich ihnen mehrmals, sie packten es, sie schlugen es und zwangen es erneut, sich hinzusetzen. Das Kind war etwa sieben oder acht, schätzte Margaret. Ein Mädchen. Es hatte blondes, straff in ein Netz gerolltes Haar und drüber eine offene, bestickte Haube, nicht eben sauber und an den Säumen eingerissen. Andere Kinder standen in der Nähe, vielleicht Geschwister. Sie starrten wie gelähmt, die Blicke flogen hin und her, auch zwischen dem

Mädchen und einer Frau, die schief auf einem Stuhl saß, laut weinte und von einer zweiten Frau gestreichelt und getröstet wurde.

Andrew zog Margaret weiter. Sie folgten einer Häuserzeile, die hier nach links sprang und den Blick freigab auf das düstere, verfallene Karmeliterkloster, hinter dessen Mauern der alte Freibezirk *Asylum Whitefrairs* seine Grenze hatte.

Der Eingang lag hinter einer Insel junger Birken. Zerlumpte Kinder spielten dort. Von drüben her spähten ein paar Kerle neugierig herüber. Sie hatten Messer und leckten drohend an den nackten Klingen, pfiffen, warfen Kot und Steine.

»Glaubt ja nicht, wir gestatten euch hereinzukommen!«, schrie einer.

Raspale ging näher heran.

»Sag die Parole!«, schrie ein Zweiter. Sie hoben ihre Spieße, Keulen, Schwerter hoch.

»*Jacobus intercisus*«, rief Raspale. »Wir haben Geld. Der König ist uns auf den Fersen.«

»Das sagen alle! Wie viel Geld?«

»Genug für alle! Und ich zeige euch etwas, das ihr nie zuvor gesehen habt. Ich flieg vor euren Augen wie ein Vogel.«

Die Männer lachten. »Der Jahrmarkt ist in Southwark, drüben auf der anderen Seite.«

Raspale winkte Andrew zu. Er löste sich von Margaret, die ihm ängstlich folgte. In kurzem Abstand betraten sie den Birkenhain und gingen auf die Asylumswärter zu. Der Knecht blieb stehen, wünschte Glück und kehrte um.

Raspale gab den Wärtern Geld, die es misstrauisch prüften. Dann durften sie den Freibezirk betreten. Sie gingen weiter, durch den weiten Klosterhof auf einen Burgfried oder Schutzturm zu, der alle Dächer der Umgebung überragte.

Neugierige sammelten sich, Kinder, die in Lumpen liefen. Die meisten trugen Spieße bei sich, Bögen, Hellebarden. Raspale bestieg die Treppe, die außen in die Höhe führte. Andrew blieb dicht hinter ihm, er blickte um sich. Die Treppe bebte, ächzte.

Auf halbem Weg drehte sich der Alte um. »Andrew Whisper, junger Mann, pass mir auf Margaret auf, sie ist wie meine Tochter. Ich könnte ohne sie nicht sein.« Er lachte abgehackt.

Andrew war außer Atem.

Raspale war als Erster oben angelangt. Er ging zur Brüstung und blickte mit einem süßen Schrecken auf das Meer der hundert Dächer, Türme, Spitzen, Masten, Zinnen. Der Blick reichte bis Hampstead und Harrow on the Hill am Horizont und noch unendlich weiter.

»Es regnet nicht, kein Wind«, rief Raspale. »Bestes Wetter für den letzten Sieg.« Er legte das Sammelbuch mit den Insektenflügeln auf den Holzboden und streifte die Ledertasche von den Schultern. »Dort unten liegt das Haus, wo ihr euch nachher bei einem Maximilian melden werdet, wenn ich zu Hause bin. Ein Mann mit einem Arm. Er weiß Bescheid, ihr wisst Bescheid ...« Er zog seinen Mantel aus. »Denkt bitte an die Vögel, die Insekten, denkt an die Sterne, Wolken, Engel ... nur ja die Engel nicht vergessen, denkt immer an die Engel!«

»Ja, Sir«, sagte Andrew. Auch Margaret musste es versprechen.

Die Dielen waren grau und rissig. Es gab Bohlen, die gebrochen waren. Raspale öffnete das Buch. Er nahm eine Pinzette und einen feinen Pinsel aus der Tasche und öffnete ein Fläschchen mit verdünntem Harz.

Der Alte knöpfte sich sein Hemd auf und zog es aus. Er setzte sich und nahm den Pinsel, tauchte ihn ins Harz und tupfte etwas auf seinen Arm. Dann nahm er den ersten Libellenflügel aus dem Buch und legte ihn behutsam auf die Haut. Er haftete sofort. Der zweite gleich daneben und ein dritter, bis das erste Muster fertig war und zugleich zart und überraschend wehrhaft wirkte.

Raspale klebte sich fast alle Flügel auf die Arme, auf den Hals, die Brust und auf die Beine. Es wurden hübsche Räder, Wirbel, Sterne, Strahlen und Mäander. Andrew und Margaret tasteten behutsam; es war, als hätte sich der Alte eine zweite Haut geschenkt.

»Ich werde auf die Brüstung klettern. Ich werde ruhig atmen. Ich werde lieben, glauben, Gott wird bei mir sein. Dann werde ich die Flügel heben …« Er kletterte hinauf, er schnaufte schwer. »Margaret, mein liebes Mädchen, werde glücklich und vergiss nicht, dass du in meinem Herzen bist, für immer …!«

Sie nickte irritiert und mochte gar nicht glauben, was geschah. Der Alte hob die Flügelarme in die Höhe. »Lebt wohl, Kinder, und habt Dank für alles! *Haggai, Haggai …*« Er drehte sich ein letztes Mal nach ihnen um. Dann spreizte er die Arme und ließ sich in die Leere fallen.

Margaret schlug sich die Hände vors Gesicht. Andrew sah hin und stieß sie an. Sie nahm die Hände von den Augen und sah Raspale so leicht wie eine Vogelfeder niedergehen.

Jürgen Seidel

Jürgen Seidel, geboren 1948 in Berlin, lebte nach schulischer und handwerklicher Ausbildung drei Jahre in Australien und Südostasien, bevor er Germanistik und Anglistik studierte und 1984 promovierte. Seither arbeitet er als freier Autor. Er veröffentlichte Romane, Hörspiele und Rundfunkbeiträge und wurde u.a. mit dem Literaturpreis der Stadt Siegburg und dem Diotima Literaturpreis Neuss ausgezeichnet.
Bei Beltz & Gelberg sind von ihm bereits die Romane *Harry Heine und der Morgenländer*; *Pickel, Clou und Woyzeck*; *Young Nick* und *Die Kopfrechnerin* erschienen.